MEMORIE DI UNO STRANGOLATORE

I MISTERI DELLA LIBERIA NEVERMORE, BOOK 4

STEFFANIE HOLMES

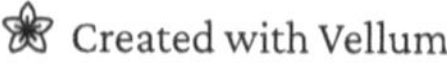 Created with Vellum

ISCRIVITI ALLA NEWSLETTER PER RICEVERE AGGIORNAMENTI

Vuoi una scena bonus gratuita dal punto di vista di Quoth e le regole del negozio di Heathcliff? Se ti iscrivi alla newsletter di Steffanie Holmes riceverai una copia gratuita di *Cabinet of Curiosities:* un compendio di racconti e scene bonus di Steffanie Holmes.

http://www.steffanieholmes.com/newsletteritalian

Ogni settimana, nella mia newsletter, parlo di vere e proprie infestazioni, strani avvenimenti, rovine fatiscenti e fatti inquietanti che ispirano le mie storie. Con la newsletter riceverai anche scene bonus e aggiornamenti esclusivi. Adoro parlare con i miei lettori, quindi unisciti a noi per un po' di spettrale divertimento:)

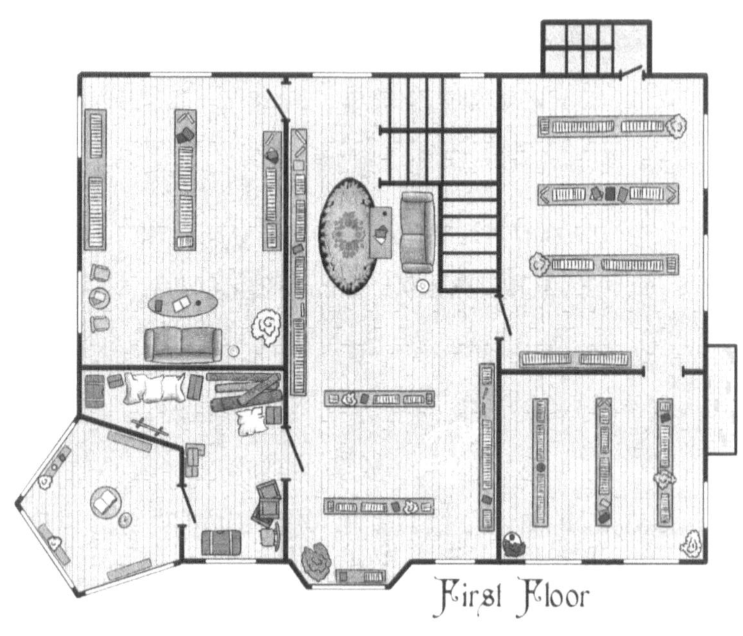

First Floor

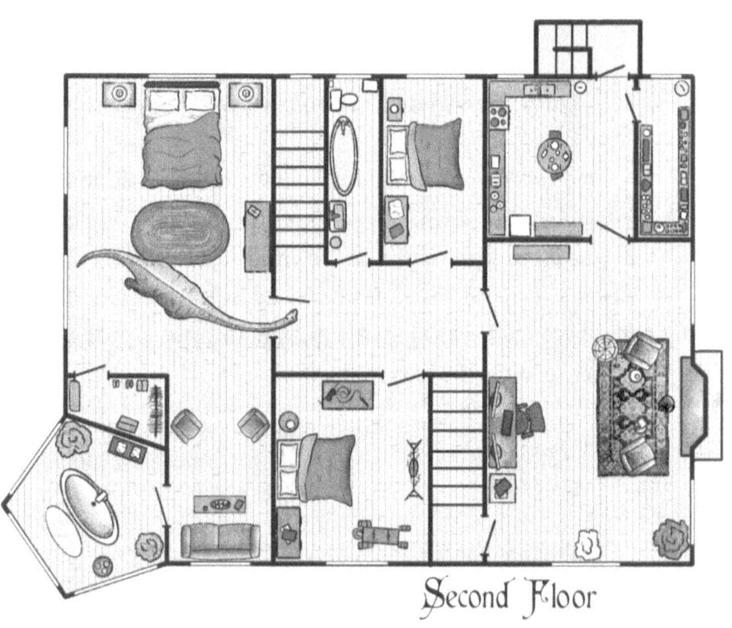

Second Floor

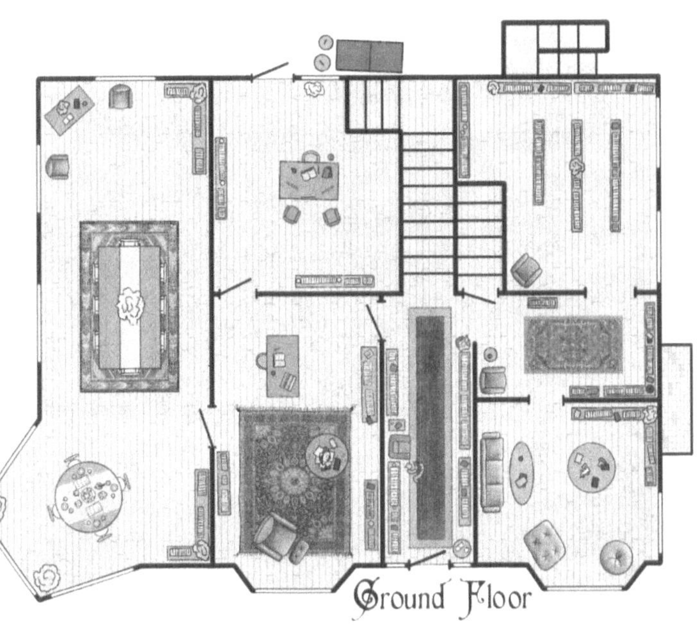

Ground Floor

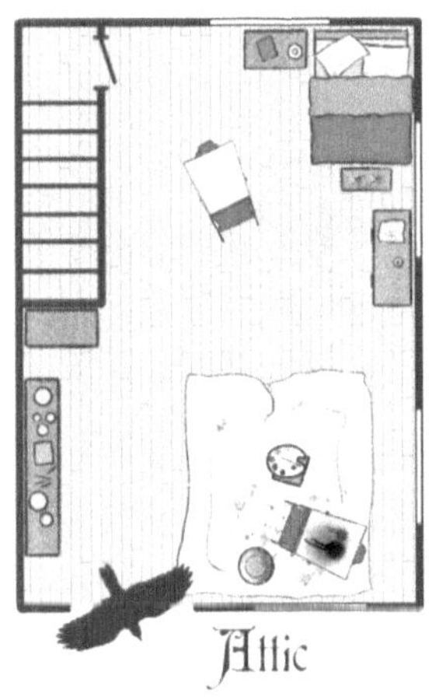

Attic

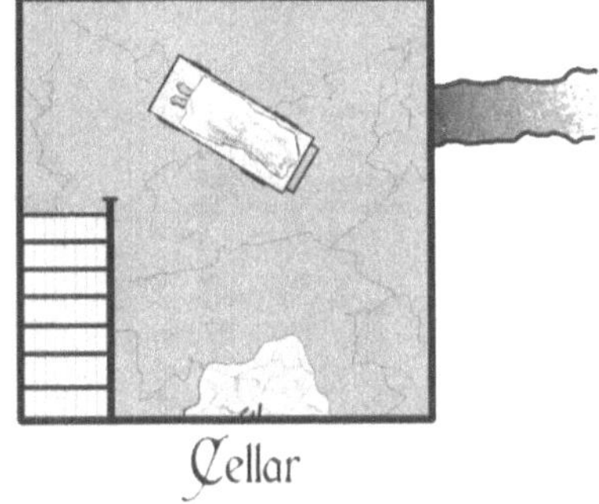

Cellar

A tutti i miei amanti del mondo dei libri,
che mi tengono sveglia la notte.

«C'erano l'amore e il desiderio, la conversazione intima
e la persuasione, che fa uscire di testa anche gli assennati»
- Omero, *L'Iliade*

I

«Oh merda, oh merda...»

CRASH.

«Venite qui, bastardi!»

Con un gemito, mi infilai ancora di più sotto le coperte e mi tirai il cuscino sopra la testa. *Cosa succede ora?*

Nelle ultime sei settimane avevo condiviso l'alloggio con la mia nuova amica del cuore, Jo Southcombe. Finora era stato quasi tutto fantastico. A differenza dello squallido appartamento in cui ero cresciuta, la casa di Jo aveva preziosi dettagli di inizio '900: soffitti alti, un sistema di binari a soffitto per appendere i quadri, bellissimi caminetti... per non parlare del riscaldamento decente, delle poltrone comode che non puzzavano di discarica e della macchina del caffè che avrei sposato se umani e oggetti inanimati avessero potuto sposarsi.

E tornare a casa alla fine della giornata e trovare un bicchiere di vino e un volto amico era molto bello. Soprattutto dopo tutto il lavoro extra che facevo alla Libreria Nevermore. Già occuparmi dei miei tre amanti, Heathcliff, Morrie e Quoth, era un lavoro a tempo pieno, ma avevo anche deciso di promuovere un programma di eventi per incrementare gli affari del negozio. Negli ultimi tre mesi avevo organizzato incontri con autori, mostre d'arte, conferenze sulla storia locale e persino un tour a caccia di fantasmi. Era molto eccitante e piacevole, ma anche davvero impegnativo. Jo era bravissima ad ascoltare i racconti delle mie sventure e a darmi consigli.

Ma Jo era anche... *unica*. Era la patologa della contea, il che significava che a) lavorava a tutte le ore del giorno e della notte, quindi a volte voleva condividere quella bottiglia di vino alle tre del mattino, e b) riempiva la casa con le più strane collezioni di cose bizzarre e macabre. Due giorni prima avevo aperto il frigorifero in cerca di uno spuntino e sul ripiano inferiore avevo trovato tre vetrini da laboratorio pieni di batteri. Poi c'era lo scheletro anatomico dietro la tenda della doccia (la prima volta che avevo incontrato "Barry" mi spaventai così tanto che inciampai sul bordo della vasca da bagno e distrussi la bottiglia di profumo di Britney Spears che avevo acquistato "per scherzo" ma che segretamente adoravo). E poi c'era il campanello della porta che suonava *Always Look on the Bright Side of Life* dei Monty Python ogni volta che arrivava qualcuno. La settimana prima aveva iniziato un progetto di studio sull'entomologia forense e aveva allestito uno scaffale in soggiorno che conteneva diversi barattoli pieni di topi morti insieme a mosche, formiche, vespe, blatte e locuste: vive e decisamente disgustose.

Un altro schianto dal fondo del corridoio. Con un sospiro, buttai via le coperte, indossai una felpa oversize degli Iron Maiden e sbirciai fuori dalla porta.

«Jo, che succede?»

In salotto, la mia coinquilina ballava, prendendo a schiaffi l'aria. Socchiusi gli occhi nella luce fioca. *Cosa sta facendo adesso?*

«Di nuovo su YouTube a imparare quella specie di danza del lutto che fa quella tribù di cacciatori-raccoglitori? Perché credo che serva...» Le parole mi morirono sulle labbra quando notai dei piccoli oggetti che le sfrecciavano intorno alla testa. *Sono insetti? Non ditemi che si è lasciata scappare di mano il suo esperimento scientifico...*

Il mio sguardo cadde sul pavimento ai suoi piedi, dove pezzi di vetro erano sparsi sul tappeto. *Ti prego, fa' che non siano le formiche rosse sudamericane...*

«Aahhh!» urlai, e feci un balzo indietro quando qualcosa di grosso e nero mi arrivò in volo sul viso. L'insetto mi passò davanti e andò a sbattere contro la porta, dove rimase sospeso ad ammirare il panorama. «Uccidilo! Uccidilo!» gridò Jo.

Afferrai l'oggetto più vicino, una copia di un vaso canopico egizio, e lo lanciai. Il vaso di ceramica andò in frantumi e l'insetto nero sfrecciò lungo il corridoio, completamente indenne.

«Che cos'era?» chiesi, osservandolo guizzare sul ritratto di Sir Bernard Spilsbury (il padre della medicina legale, come avevo avuto modo di scoprire qualche giorno prima in un fuori programma di quarantacinque minuti, dopo che avevo ingenuamente chiesto a Jo di parlarmene).

«È una locusta! Ho urtato per sbaglio il barattolo e si è rotto e ora sono sparse per tutto l'appartamento.» Jo lanciò un libro di anatomia contro il muro. Emise un soddisfatto "Tiè!" quando riuscì a colpire il bersaglio, che lasciò una brutta macchia marrone sulla parete, e poi si preparò a ripetere il lancio.

«Mi stai dicendo che l'appartamento pullula di locuste?» Mi abbassai mentre un altro insetto arrabbiato mi si tuffava sulla testa.

«Più che pullulare, sciama!»

Mi coprii la testa con le braccia e mi rintanai in cucina. Le locuste volavano in giro per la stanza in un turbine: colpivano le finestre e si tuffavano sui piatti sporchi accatastati nel lavello. In pochi secondi ridussero il giardino di erbe aromatiche sul davanzale a una macchia di terra nuda.

Io annaspavo sotto il lavandino, non riuscendo neanche a leggere le etichette dei prodotti per la pulizia. Le mie dita afferrarono una bomboletta spray. *Spray per mosche.*

Per tutte le dee, speriamo che funzioni.

«Tornate in Egitto, brutte bastarde!» Puntai la bomboletta contro gli insetti e premetti il dito.

Un getto di liquido bianco uscì dall'ugello. Roteai il braccio, ridendo come una pazza mentre ne ricoprivo gli insetti. *Beccatevi questo, piccoli schifosi coglioncelli...*

«Oh no, quello è olio da cucina!» urlò Jo.

Cosa? Oh merda.

Abbassai il braccio proprio nell'istante in cui un enorme getto partì dall'ugello e finì sulla parete dietro i fornelli. Bolle di olio esplosero su tutta la cucina, ricoprendo il pavimento, le pareti e il set da farmacia vittoriano di Jo, e anche me e Jo, di uno strato di olio viscido e appiccicoso.

«Mi dispiace,» gemetti, girando il barattolo per leggere l'etichetta. Come mi era sfuggita la scritta "Spray da cucina antiaderente" a caratteri cubitali?

Probabilmente perché sto diventando cieca, ecco come.

«Ora sono solo più arrabbiate.» Jo si abbassò mentre uno sciame scuro si dirigeva verso la sua testa. Strisciò sul pavimento e afferrò la maniglia della porta d'ingresso. «Sbrigati, Mina!»

Mi precipitai dietro Jo che, dopo aver la porta con uno strattone, si tuffò giù per i gradini. Sbattei la porta dietro di noi, trasalendo mentre le locuste si lanciavano contro la vetrata colorata.

Il vento gelido mi sferzò le gambe nude. I piedi mi affondavano nella neve ghiacciata. Mi strinsi la felpa al petto. «Mi dispiace. Pensavo fosse un insetticida.»

«No.» Jo si pulì una macchia di olio dalla guancia. «Non era affatto un insetticida. Se ti può consolare, a me dispiace di aver rotto quel barattolo e di aver liberato uno sciame di locuste nel nostro appartamento.»

Io agitai una mano. «Sono sicura che succede spesso. Cosa facciamo?»

Jo sollevò un sopracciglio. «Pensavo di lasciare loro la casa?»

Avevo perso la sensibilità ai piedi. «O forse potremmo chiamare un disinfestatore?»

«Credo che potrebbe funzionare.» Jo guardò l'orologio. «Oh, merda. Devo andare. Sono in ritardo per il lavoro e Cal mi starà aspettando perché le prepari il corpo.» Si frugò in tasca alla ricerca delle chiavi della macchina.

«Non puoi andartene così. E se le locuste escono? Come faccio a raggiungere la mia stanza? Ho bisogno di vestiti.» Mi indicai le gambe nude, che ora stavano diventando di un'audace tonalità di blu.

Jo alzò le spalle. «Non ne ho idea. Ho dei vecchi vestiti nel bagagliaio dell'auto. Puoi cambiarti mentre ti porto alla libreria, se vuoi. Non è che quei ragazzi non siano abituati a vederti nuda.»

«Ma tutte le nostre cose...»

Aprì la portiera dell'auto e poi si mise al volante. «Lascia perdere l'appartamento. Lo raderemo al suolo, spargeremo del sale a terra e ne prenderemo un altro. Con una vasca idromassaggio e una di quelle docce con tanti getti. Andiamo, Mina. Io ho un cadavere da fare a pezzi, e tu hai tre ragazzi sexy pronti a farti aria con fronde di palma e a imboccarti con chicchi di uva sbucciata. Cosa preferisci?»

Sospirando, mi coprii il sedere tirandomi in giù l'orlo della felpa e salii in macchina accanto a lei. «Pensavo che vivere con te mi avrebbe salvata dal caos e dalla confusione, non che avrebbe attirato sventure.»

«Non puoi avere sempre ragione,» disse Jo mentre avviava

l'auto. «Guarda il lato positivo. Almeno erano locuste, e non un altro cadavere.»

Gemetti. Non aveva idea di quanto avesse ragione. Poco prima di Natale ero stata ospite della Jane Austen Experience di Argleton, durante la quale erano state uccise due persone. E quelle si aggiungevano agli altri omicidi in cui ero stata coinvolta: la mia ex migliore amica Ashley e i membri del Club dei Libri Banditi di Argleton. Quando smetterò di vedere cadaveri sarà sempre troppo tardi.

Rilassati, mi dissi mentre cercavo qualcosa da indossare tra le cianfrusaglie dietro il sedile di Jo. *L'unica cosa che mi aspetta questa settimana è un firmacopie, un workshop per scrittori e qualche momento sexy con i ragazzi. Non sono previsti assassini.*

Giusto?

2

«Sembri stanca,» disse Morrie mentre mi teneva aperta la porta della Libreria Nevermore. «Problemi con la tua amante lesbica?»

Non lo degnai nemmeno di una risposta. Morrie e Jo erano amici da un po' di tempo. Entrambi condividevano un interesse professionale per la malavita: Jo in quanto impiegata del coroner locale, Morrie come membro della suddetta malavita.

Lui mi prendeva in giro, insinuando che avevo una relazione lesbica con Jo, da quando mi ero trasferita da lei poco prima di Natale. Io reputavo fosse scortese, visto che sapeva che Jo era effettivamente lesbica, ma Morrie era fatto così.

Personalmente, credevo che ci fosse rimasto un po' male perché non mi ero trasferita nell'appartamento con lui e gli altri miei due amanti, Quoth e Heathcliff. Per quanto allettante fosse, sapevo che essere l'unica ragazza in una casa piena di uomini di fantasia sarebbe stato un incubo. Solo una zaffata dell'odore che proveniva dal loro bagno mi fece capire che avevo preso la decisione giusta.

«Dai, bellezza. Dimmi qualcosa di più. Com'è il nuovo alloggio?»

«Al momento è invaso da una piaga biblica,» risposi, spintonandolo per passare. Gettai la borsa in un angolo e mi buttai sulla poltrona di velluto accanto alla scrivania di Heathcliff. Quoth volò giù dal lampadario e si appollaiò sull'antico registratore di cassa. Mi studiò con i suoi profondi occhi scuri.

Sei diversa, mi disse nella mente, e inclinò la testa di lato.

«Perché indosso i vestiti di Jo. I miei al momento stanno venendo divorati dalle locuste,» mormorai ad alta voce, pizzicando il tessuto dei pantaloni rossi di tartan, stretti alla caviglia. Jo era più formosa di me, quindi i suoi vestiti mi stavano larghi, ma dovevo ammettere che aveva un ottimo gusto. «Per fortuna sotto il sedile della sua auto ho trovato uno dei miei reggiseni, altrimenti oggi sarei tutta cascante.»

Grimalkin uscì dall'ombra e mi saltò in grembo, facendo le fusa mentre si raggomitolava in una palla. Le accarezzai la schiena, lasciando che le sue fusa sonore mi rilassassero e mi portassero nel mio luogo felice. Essere circondata dagli scaffali della Libreria Nevermore e in presenza dei tre uomini che mi facevano provare ogni sorta di sensazioni piacevoli poteva curarmi da qualsiasi malumore, anche quello causato da un'invasione di locuste.

Come se mi avesse letto nei pensieri, Morrie attraversò a grandi passi la stanza. Appoggiò una mano sul bracciolo della poltroncina, con il viso a pochi centimetri dal mio. Fui investita da un'ondata di pompelmo e vaniglia: lo shampoo di Morrie, distinto e costoso, un profumo che non mancava mai di farmi palpitare il cuore.

Gli occhi azzurri come il ghiaccio fissarono i miei. Le labbra carnose si arricciarono in un sorriso possessivo. Una vampata di calore mi si fece strada tra le gambe. *Come fa quest'uomo a essere mio?* Non riuscivo ancora a crederci.

E non era nemmeno il mio unico uomo, perché a quanto

pare l'universo permetteva a una ragazza fortunata (me) di accaparrarsi tutti i ragazzi sexy. Naturalmente, i miei ragazzi provenivano da libri di fantasia, quindi tecnicamente non avrebbero dovuto essere in questo mondo. E ciò potrebbe spiegare perché erano così speciali.

«Presumo che tu non sia in vena di dirci di più sulla questione della piaga biblica. Permettimi di richiamare la tua mente su altre cose. Cose *blasfeme*.» Morrie si chinò e mi sfiorò le labbra con le sue. Tutti i pensieri sugli esperimenti di Jo con le locuste evaporarono quando la sua lingua si fece strada nella mia bocca, provocandomi una fiammata di calore che mi accese tutto il corpo.

«Miao!» Grimalkin si scostò dal mio grembo, infastidita dal fatto di non essere lei quella adorata.

Morrie si tirò indietro. «Credo che la tua micia abbia bisogno di un po' di attenzione,» mormorò, con un luccichio negli occhi che mi fece intuire che non stava parlando di Grimalkin.

«Miao!» lei gli diede una leggera zampata sul braccio.

«Scusa, gattina.» La spinsi via dalle mie ginocchia. «Questo abbraccio non è per te.»

Gli artigli di Grimalkin picchiettarono sul pavimento di legno mentre si allontanava zampettando e miagolando per l'ingiustizia subita.

Morrie mi passò le dita sulla mascella, tirando la mia testa verso di sé e reclamando la mia bocca per un lungo, languido bacio. Persa nel tocco esperto di Morrie, mi dimenticai di Grimalkin. Quell'uomo era un baciatore esperto. Baciarlo era un atto di resa, era rinunciare al pensiero razionale e tuffarmi a capofitto nella sua psiche. Baciare Morrie era saltare dal trampolino più alto, provare il primo vertiginoso splendore dell'ebbrezza.

Lentamente, Morrie mi sfilò la sciarpa dal collo e la gettò a terra. A uno a uno, aprì i bottoni della camicia di Jo, con le punte delle dita che mi accarezzavano appena la pelle sottostante. Mi si mozzò il fiato quando aprì la stoffa e mi mise le braccia dietro la schiena per slacciare il reggiseno.

«E i clienti...» mormorai.

Rilassati. Ho girato il cartello su CHIUSO.

I miei occhi si spostarono da Morrie al busto sopra la porta, su cui Quoth stava appollaiato immobile come una statua, con gli occhi scuri che continuavano a fissarmi. Inclinò la testa di lato, chiedendomi il permesso di restare, di guardare, e io annuii. Mi piaceva che guardasse, che gli *piacesse* guardare.

Morrie fece scattare il fermaglio del reggiseno e, con lentezza angosciante, mi fece scivolare le bretelline dalle spalle, poi mi spinse il reggiseno e il tessuto della camicia lungo le braccia, e mi bloccò le mani lungo fianchi. Una corrente d'aria fredda mi soffiò sui capezzoli nudi, che già si ergevano duri e turgidi, desiderosi del suo tocco.

Ma a Morrie piaceva *tanto* stuzzicare. Si chinò e mi baciò il collo, la clavicola, gli avambracci. Ovunque, tranne che i seni. Gli ringhiai contro e lui sorrise.

«Ormai dovresti sapere che basta chiedere,» mormorò. «Adoro quando mi supplichi.»

Ringhiai di nuovo. Avevo il corpo che sfrigolava tutto. «Morrie, saresti così gentile da succhiarmi i capezzoli fino a farmi urlare di avere pietà?»

«Oh, signorina Wilde, pensavo che non me l'avrebbe mai chiesto.»

Le labbra di Morrie si strinsero sul mio capezzolo. Io inarcai il collo mentre mi sentivo una corda di fuoco che mi attraversava il corpo. La sua lingua mi attirò dentro le sue labbra. Lui mi posò le dita sulla cintura dei pantaloni scozzesi, e tirò lentamente il nodo della coulisse finché io non gemetti di frustrazione e la slacciai da sola. Morrie ridacchiò, e quella risata sonora produsse un'altra ondata di calore in tutto il mio corpo.

Con le labbra ancora intorno al mio capezzolo, Morrie mi infilò una mano tra le gambe per afferrarmi il pube. Il calore si accumulò dentro di me. Spinsi i fianchi in avanti, desiderosa di avere di più.

Morrie mi tolse i pantaloni e li gettò dietro di sé. Si impigliarono nell'armadillo imbalsamato, che rimase con la testa che spuntava dal tessuto a quadri. Quoth volò giù e si appollaiò sopra di loro, con gli occhi fissi nei miei.

Sollevai le gambe sulle spalle di Morrie. Lui si abbassò tra le mie cosce, con il viso radioso come se stesse scartando un regalo di Natale. Mi premette le labbra sul clitoride pulsante e tutto il mio corpo rabbrividì. La sua lingua si muoveva in cerchi lenti, così che potevo sentire ogni minimo movimento riverberarsi nelle vene. Mi aggrappai ai braccioli della poltrona mentre lottavo per evitare di sciogliermi a terra in una pozza.

Intorno a me, torri di libri mi fissavano con silenziosa disapprovazione. Ma a me non importava. Il piacere cresceva mentre Morrie mi prendeva in bocca il clitoride e lo succhiava leggermente. La pressione era così intensa che gridai. Affondai le unghie nella poltrona. Morrie mi fece venire e continuò a stuzzicarmi con piccoli e leggeri cerchi intorno al clitoride.

E per tutto il tempo, gli occhi castano scuro di Quoth rimasero fissi sui miei. Ai loro bordi, pagliuzze dorate. Il suo sguardo era così intimo, quasi più di ciò che mi stava facendo Morrie.

Mina, mi disse Quoth nella testa. *Sei adorabile. Ti amo.*

Morrie risucchiò il clitoride e io ero persa, completamente, il corpo che mi si contorceva in preda al piacere. Inclinai la testa di lato, senza abbandonare lo sguardo di Quoth anche se avevo degli sfarfallii di luce blu al neon che mi danzavano negli occhi.

Morrie si alzò. «Sono meno scontroso ora?»

«Molto.» Tesi la mano e lui mi aiutò ad alzarmi. I suoi occhi di ghiaccio mi passarono sul corpo mentre mi infilavo le mutandine e i pantaloni di Jo e mi buttavo sulla sedia alla scrivania di Heathcliff. Sapevo cosa voleva: sbattermi contro la libreria e affondare dentro di me. Ma a Morrie piaceva giocare e quello era uno dei suoi giochetti. Voleva che lo implorassi. Lo volevo anche io, oh quanto lo volevo, ma avevo troppo lavoro da fare prima dell'evento della sera. «Dov'è Heathcliff? Voglio discutere con lui i dettagli della settimana.»

Morrie fece una smorfia. «Lord Suscettibile è ancora a letto. Ha detto che non scenderà di sotto finché il negozio è pieno di *scrittori*. Secondo lui, sono peggio dei clienti.»

Gemetti. Heathcliff era l'unico bottegaio che avessi mai conosciuto a diventare scontroso quando il suo negozio aveva successo. E grazie a me, la Libreria Nevermore stava andando meglio che mai.

Un mese prima avevo strappato a Heathcliff la concessione di gestire il negozio come volevo io. Non avevo perso tempo e l'avevo subito trasformato in una meta imperdibile per i bibliofili. Avevo scattato nuove fotografie per il sito web, avevo aperto un account Instagram e organizzato il mio primo evento in libreria. Quella sera il famoso autore di gialli Danny Sledge avrebbe letto alcune pagine del suo ultimo romanzo, *Il Garrotatore del Somerset*. E l'indomani avrebbe tenuto un workshop di un'intera giornata per scrittori di gialli. Avevamo partecipanti provenienti da tutto il Paese per imparare da quel maestro della narrazione.

Quando pensavo al workshop mi si rovesciava lo stomaco per l'agitazione. Anche se non avevo mai scritto un libro, vi avrei preso parte anche io, con scrittori *veri*. Per qualche motivo ciò mi eccitava più di ogni altra cosa dell'intero evento. Tutta la mia vita era stata piena di libri, e sarebbe stato interessante sbirciare dietro il sipario e vedere come nascevano davvero trame e personaggi.

Oppure forse era per il fatto che negli ultimi mesi avevo assistito a un numero eccessivo di omicidi, che mi avevano fornito trame sufficienti per un'intera *serie* di romanzi gialli. *Sarà meglio che Danny Sledge stia attento, o potrei prendere il suo posto nella lista bestseller!*

Ma l'evento non si sarebbe svolto se non avessi preparato il negozio. Tirai fuori l'elenco che mi ero stampata, a caratteri cubitali, e passai in rassegna tutto ciò che era necessario fare. Dovevamo riordinare la sala Eventi. L'editore di Danny, Brian Letterman, sarebbe arrivato con una scatola di libri da far autografare a Danny e io avrei dovuto inserirli nel nuovo sistema di inventario digitale creato con Morrie (nonostante le proteste di Heathcliff) per poterli mettere in vendita.

Portai la mano alla borsa. Tenevo la lettera di mio padre nel portafoglio e mi ritrovavo a sfiorarla ogni volta che mi sentivo stressata o turbata. In quel momento ero stressatissima per la serata in arrivo. Non avevo ancora una risposta su chi fosse mio padre o sul perché avesse lasciato me e mia madre, ma il solo pensiero che esistesse ancora da qualche parte nel tempo, e che pensava a me, mi tranquillizzava.

«Bene, allora.» Indicai Quoth. «Tu, indossa la tua forma umana. Devi spostare mobili, sistemare sedie e appendere le tue opere d'arte su tutte le pareti libere della sala Eventi.»

Quoth scese in volo e andò ad appollaiarsi sul bordo della scrivania. Un attimo dopo, un uomo dall'aspetto molto nudo e molto preoccupato era chino sulla scrivania, che si scostava dagli occhi una ciocca di capelli neri perfetti, da pubblicità per uno shampoo. «Vuoi le mie opere d'arte...»

«Sulle pareti, sì. Nel negozio ci sarà una quantità di persone che non abbiamo mai avuto. Voglio i tuoi pezzi in primo piano.» L'espressione terrorizzata di Quoth mi bloccò. Mi avvicinai e con le labbra sfiorai le sue, cercando di trasmettergli sicurezza sul fatto che sarebbe andato tutto bene. Indicai Morrie. «Tu... sarai al servizio clienti. Io non avrò tempo di rispondere a una sola domanda su come trovare la sezione Storia o per discutere se il miglior libro di J. K. Rowling sia *Il Signore degli Anelli*. Ho troppo da fare.»

«A proposito di perditempo,» mi disse Morrie con un sorriso, guardando la finestra. «Ne vedo uno in arrivo, con uno sguardo determinato che lascia intendere che il nostro cartello CHIUSO sarà completamente ignorato.»

Il corpo umano di Quoth, caldo e nudo, scomparve in una nuvola di piume proprio mentre la campanella tintinnava. Un attimo dopo, la signora Ellis, la mia vecchia insegnante di inglese del liceo, apparve davanti a me. Senza una parola di saluto, rovesciò la borsa sulla scrivania, buttando sul mio libro mastro una pila di opuscoli di viaggio dai colori vivaci.

«Mina, aiutami!» si lamentò. «Non so decidere!»

3

«Mi dispiace, signora Ellis. Sa che sono sempre felice di aiutarla con i suoi progetti di artigianato, ma oggi non ho tempo. Ho tante cose da fare prima dell'evento di stasera.» Venni presa da un senso di colpa, ma lo respinsi mentre mi chinavo per dare un colpetto al braccio di Morrie. «Il signor Moriarty la aiuterà in tutto quello che le serve.»

«Sì, posso aiutarla io.» Morrie prese uno degli opuscoli, ammirando l'immagine di un uomo mediterraneo abbronzato con un sorriso a trentadue denti, un costume a slip bianco e il corpo unto con un ettolitro di olio. «Sta facendo un altro calendario di costumi da bagno? Sul computer ho un programma per editare foto. Potremmo scannerizzarle e togliere i costumi da bagno, senza problemi...»

«Non mi tentare, giovanotto.» La signora Ellis gli strappò l'opuscolo dalle dita. «Non posso farmi distrarre dal pensiero di ciò che c'è sotto i costumi. Ho una questione urgente che richiede il contributo di una donna. Mina, devi aiutarmi tu! Non conosco nessuno che abbia un gusto fine come il tuo.»

Sospirai. Era chiaro che non mi sarei liberata della signora

Ellis finché non l'avessi aiutata a risolvere il suo problema. Presi un opuscolo, ammirando l'ennesima foto di un uomo greco in costume in piedi sul ponte di un'enorme nave da crociera. L'opuscolo pubblicizzava vacanze nelle isole greche.

«Va in vacanza, signora Ellis?»

«Certamente! Ho sempre desiderato fare una crociera, e non c'è momento migliore di questo, dato che qui in Inghilterra è ancora freddo e grigio. L'unico problema è che oggi devo versare la caparra all'agenzia di viaggi e non riesco a decidere dove andare!»

«Dove si trovano i soldi per una crociera come questa?» chiese Morrie. «Sta gestendo un giro di scommesse clandestine o uno schema Ponzi di cui non siamo a conoscenza?»

«Non tutti sono delle menti criminali,» ribattei io. «Probabilmente la signora Ellis ha solo risparmiato, come farebbe una persona normale...»

«Santo cielo, no!» disse la signora Ellis con voce chioccia, mentre apriva un poster a tutta pagina di una nave da crociera che navigava sopra l'immagine photoshoppata di un uomo a torso nudo. «Non ho mai risparmiato una sterlina in vita mia. Ho speso fino all'ultimo scellino in vino, scarpe e regali per giovani uomini accomodanti. Ma proprio questa settimana ho avuto un bel gruzzoletto! L'adorabile signor Lachlan è venuto da me la settimana scorsa e mi ha offerto un'enorme somma per il mio piccolo appartamento. Ho deciso di accettare. Potrò andare in crociera e mi resterà ancora abbastanza per comprare una casa più piccola dall'altra parte della città, e un po' di denaro da infilare nel perizoma di un fortunato giovanotto.»

Morrie e io ci scambiammo un'occhiata. Sei settimane prima, l'urbanista Grey Lachlan aveva visitato il negozio. Aveva fatto a Heathcliff un'offerta per la Nevermore, almeno quattro volte il valore effettivo della libreria. Naturalmente, non c'era nessuna possibilità che Heathcliff vendesse il negozio che aveva una stanza che viaggiava nel tempo al terzo piano, un mucchio di misteri irrisolti e la possibilità che personaggi immaginari a caso facessero capolino da un momento all'altro, quindi aveva detto di no. L'intera conversazione era stata un po' strana, in realtà. A Grey non piaceva sentirsi dire di no. Continuava a offrire altri soldi e a dire le cose più strane: sembrava quasi che ci stesse minacciando.

Grey non era più tornato al negozio, ma mi preoccupava il fatto che avesse acquistato l'appartamento della signora Ellis dall'altra parte della strada. Qual era il suo *vero* piano per Argleton e come vi si inseriva la Nevermore?

«Da quando il signor Lachlan è diventato un "adorabile signore"?» chiesi. «Secondo ciò che lei e la signora Scarlett avete detto, con la sua lottizzazione del King's Cross stava rovinando questo villaggio.»

«Oh, Mina,» disse la signora Ellis agitando la mano. «Che atteggiamento antiquato. Mica possiamo ostacolare il progresso, no?»

Certo che no, soprattutto quando possiamo ricavarne un bell'assegno e una vacanza in Grecia, pensai.

«È sicura di non volerci ripensare? Vive in quell'appartamento da molto tempo. Cosa penserebbe il suo defunto marito se lo vendesse...»

«Non ci voglio affatto ripensare,» si schernì la signora Ellis. «E non mi interessa l'opinione di Ronald, non dopo che mi ha piantata in asso lasciandomi senza un uomo che mi tolga i ragni dalla doccia o mi tenga al caldo la notte. L'unica cosa a cui voglio pensare è: dovrei andare in giro per l'Australia con dei tipi robusti alla Crocodile Dundee, o piuttosto preferire la costiera amalfitana con tutti i suoi dèi oliati?»

«Okay... beh...» Rovistai tra gli opuscoli finché non mi imbattei in un greco particolarmente bello. Lo tenni sotto la lampada della scrivania e strizzai gli occhi finché non riuscii a distinguere le scritte in piccolo sotto l'intestazione, che indicavano specificamente che la crociera era ideale per gli anziani. Glielo porsi. «Questo sembra l'uomo giusto per lei.»

«Oooh, ma ciao, bellezza.» La signora Ellis baciò la brochure, lasciando una macchia di rossetto blu brillante sul viso del dio greco. «Sì, credo che tu abbia fatto centro. Sapevo di poter contare su di te.»

«Non c'è di che. Verrà alla lettura stasera?»

«Passerò con le signore del mio club della maglia.» La signora Ellis si mosse verso la porta. «Però potrei non rimanere fino alla fine. Devo fare le valigie. Partirò tra qualche giorno. Ah, e devo anche comprare un costume da bagno. E imparare il greco per dire "offrimi da bere, bello".»

Quando la porta d'ingresso si chiuse sbattendo, il volto pensieroso di Heathcliff apparve sulle scale. «So che pensi di essere tu a gestire questo negozio ora, ma ciò non significa che puoi aprire presto.»

«Non siamo ancora aperti. Era la signora Ellis. Sai bene quanta poca attenzione presti ai cartelli.»

Heathcliff borbottò qualcosa, poi si rivolse a Morrie, stravaccato sulla poltrona di pelle con Quoth appollaiato sul bracciolo, che cercava diligentemente di strappare con il becco un pacchetto di mirtilli secchi. «Posso parlare con Mina da solo?»

Morrie si alzò in piedi. «Bene. Vado a fare la spesa, perché non abbiamo nulla, a parte cibo per uccelli. Qualcuno ha bisogno di qualcosa?»

«Cra!» Quoth scosse il pacchetto di mirtilli verso Morrie.

«Solo caffè. Tanto, tanto caffè.» Allungai la mia tazza riutilizzabile, vuota. Morrie la infilò nella sua costosa borsa di pelle e si diresse verso la porta.

«Io invece rivoglio la pace nel mio negozio,» ringhiò

Heathcliff. «In mancanza di altro, una focaccia al formaggio andrà bene.»

«Focaccia al formaggio in arrivo. Ne vuoi anche tu, uccellino?» Morrie usava questo soprannome per sminuire Quoth, ma ora lo diceva con una tale tenerezza e affetto che non gli dicevo più di smettere.

«Cra!» Quoth svolazzò dietro a Morrie, stringendo ancora tra gli artigli il sacchetto di mirtilli rossi.

Incuriosita, guardai Heathcliff che si avvicinava, seguito da un'ondata del suo profumo di spezie e muschio incredibilmente fantastico. Il mio battito accelerò quando lui fissò gli occhi neri nei miei. Doveva essere appena uscito dalla doccia, perché aveva i capelli umidi e i suoi vestiti erano appena increspati, invece di essere nel loro solito stato così stropicciato che ricordava la superficie della luna. Portava con sé un pesante libro di pelle, che al passaggio posò sulla sedia di velluto. Appoggiò le mani sulla scrivania e mi sovrastò, con un ribelle ricciolo scuro che gli ricadeva sugli occhi intensi. Sapevo che stava aspettando che mi alzassi dalla sua sedia. Poteva anche essere stato lui a gestire le cose a Cime Tempestose, ma quel giorno ero io ad avere un milione di cose da fare. Rimasi dov'ero e con l'estremità della penna picchiettai sul mio elenco.

Heathcliff girò il blocco per guardarlo bene, e il suo cipiglio si fece più profondo mentre leggeva punto per punto. «Non hai cambiato idea su questo stupido evento, allora?»

«No. Ci siamo quasi.» Cercai di riprendermi il blocco, ma Heathcliff lo spostò fuori dalla mia portata. Puntò un dito su una delle righe.

«Non vorrai davvero fare una sessione di domande e risposte.»

«Certo che sì. La gente vorrà fare domande allo scrittore.»

«Non credo tu lo voglia.»

«Perché no?»

«Nemmeno una scudisciata della frusta di Hindley è più dolorosa di una sessione di domande a un evento per scrittori,» dichiarò Heathcliff, agitando il blocco. «Non ci sono mai domande vere e proprie: la maggior parte sono solo scuse nemmeno troppo velate per incensare il proprio lavoro, oppure accuse idiote che impongono all'autore di difendere i propri scritti di fronte a una plebe insopportabile, o ancora elogi a raffica di cui non frega un cazzo a nessuno. Potrebbe anche capitare di sentire domande così banali (come "dove trovi le tue idee?") che è un miracolo che gli scrittori non muoiano di noia sul posto.»

Riuscii a strappargli dalle mani la lista. «Beh, tu non mi stai aiutando, quindi non vedo perché debba avere un'opinione.»

«Forse.» Heathcliff prese il libro e lo sbatté sulla scrivania tra noi. «Però ho trovato qualcosa sul signor Simson.»

«Eh?» Portai di scatto la mano alla borsa, ad accarezzare il bordo della lettera di mio padre. Avevamo capito che probabilmente mio padre e il signor Simson, il proprietario del negozio prima di Heathcliff, si conoscevano. Sembrava che mio padre si fosse nascosto da qualche parte nel tempo, ma se fossimo riusciti a localizzare il signor Simson, avremmo potuto convincerlo a dirci chi era mio padre e dove potevamo trovarlo.

Sapevo che era un azzardo. Quando lo conoscevo da piccola, il signor Simson era un uomo anziano, quasi completamente cieco. Poteva essere morto o in uno stato di inedia in un vecchio villaggio da qualche parte. Ma nel momento in cui Heathcliff pronunciò il suo nome, il mio cuore accelerò. *Devo sperare.*

Una nuvola di polvere si sollevò appena Heathcliff aprì il libro e ne sfogliò le pagine. «Ho cercato tra i vecchi libri contabili, le fatture, i conti e altri documenti di Simson, sperando di trovare qualche informazione su dove possa essere andato. Non sono stato così fortunato, ma ho trovato questo.»

Girò il volume verso di me e puntò un dito sulla pagina. Mi

chinai per ispezionarla. Era la fattura di un altro collezionista per una piccola serie di volumi sull'occulto, intestata al signor Simson. Questa volta il suo nome di battesimo era stampato per intero:

Omero.

«Si chiama Omero, come Homer. E allora?» Guardai Heathcliff corrucciato. «In che modo questo ci aiuterà?»

«Ti ricordi il libro che è apparso sul pavimento dopo che abbiamo trovato il Terrore di Argleton?»

Sorrisi pensando al nome che i giornali locali avevano dato a un topolino che aveva creato scompiglio nei negozi della zona, finché la sua morte prematura non ci aveva fornito l'indizio essenziale per risolvere un omicidio. «Sì, quello con un titolo impronunciabile che parla di una guerra tra rane e topi.»

«Esatto. Il nome di Simson è lo stesso dell'autore di quel testo, e ha anche le stesse iniziali di Herman Strepel, che siamo quasi certi sia tuo padre.» Heathcliff batté il dito sul libro mastro. «Con quel libro avevamo pensato che Strepel stesse usando la libreria per mandarci un messaggio sull'assassino della signora Scarlett, ma forse l'indizio era proprio il libro.»

«Che cosa stai insinuando?» chiesi lentamente, senza riuscire a seguire i suoi pensieri.

Le labbra di Heathcliff si piegarono in uno dei suoi rari sorrisi. «Insinuo che il vecchio proprietario della nostra libreria e il signor Strepel, il rilegatore medievale, possano essere la stessa persona, e che quella persona sia tuo padre.»

Avevo la mente che sfrigolava. Mi appoggiai allo schienale della sedia e feci saettare gli occhi dal libro mastro al volto di Heathcliff, cercando di capire ciò che stava dicendo. Grimalkin balzò sulla scrivania e si posò sul libro. Fissò Heathcliff con un "miaoooo" di sfida, prima di sollevare una gamba in aria e leccarsi il sedere con eleganza.

«Bene. Perché per un attimo avevo pensato che mi avresti

detto che mio padre era un poeta epico morto, e che quindi avremmo dovuto farti vedere da uno bravo.» Mi sfregai la tempia e allungai l'altra mano per accarezzare Grimalkin. «Hai ragione. Ha perfettamente senso. Il signor Simson era cieco. Io ho ereditato la retinite pigmentosa da mio padre. Il signor Simson ti ha detto che dovevi proteggermi, cosa che sembra essere anche la fissa di mio padre, secondo la sua lettera. Insomma, trovo difficile credere che mia madre sia andata a letto con un vecchio libraio, ma...»

«... la stanza che viaggia nel tempo significherebbe che l'uomo che ha ingravidato tua madre potrebbe provenire da qualsiasi punto della sua linea temporale.» Heathcliff concluse la frase al posto mio. Ultimamente lo faceva spesso, come se i suoi pensieri coincidessero con i miei in ogni momento. Era un po' strano, ma anche meraviglioso.

«Miao,» aggiunse Grimalkin, picchiettandomi una zampa sul naso.

«Esattamente.» La mia mente correva mentre tutti i pezzi si incastravano al loro posto. «Forse mio padre è arrivato a questo tempo da giovane, ed è così che ha sedotto mia madre. Ciò spiegherebbe perché lei non l'ha riconosciuto quando veniva al negozio a prendermi. Potrebbe anche essere che lei non mi abbia mai detto che era cieco e soffriva di retinite pigmentosa perché all'epoca non l'aveva ancora manifestata. A dire il vero, non riesco a credere di non averci pensato.»

«Almeno l'abbiamo capito prima di Morrie,» gli occhi di Heathcliff brillavano di gioia. «Si arrabbierà.»

«Cerca di non sembrare così allegro quando glielo dici,» lo provocai. «Anche se questo è fantastico, non ci avvicina a trovare mio padre. Da quello che sappiamo ora, è più che probabile che abbia lasciato la libreria attraverso la stanza al piano di sopra, il che rende ancora più remota la possibilità di trovarlo.»

La mia mente tornò al biglietto che avvertiva del pericolo e alle parole che Victoria Bainbridge mi aveva rivolto l'ultima volta che avevo messo piede nella stanza che viaggiava nel tempo: "La prossima volta che ti vedrò, sarai ricoperta di sangue".

Ma il sangue di chi? Di chi? Di mio padre? Il mio? Di uno dei ragazzi... ti prego, fa' che non sia quello di uno dei ragazzi.

«Stai pensando di nuovo al biglietto,» ringhiò Heathcliff.

Annuii.

«E al sangue.»

«Soprattutto al sangue.»

«Ovviamente, Victoria si riferiva al sangue dei tuoi nemici.»

Sbuffai, principalmente perché Heathcliff aveva un'espressione furiosa, come se credesse davvero che sarei andata in giro con addosso il sangue del mio nemico. «Non credo, ma il problema è proprio questo. Non lo so, e mi fa impazzire. E se fosse il sangue tuo? E se fosse di Morrie o di Quoth o di mamma o di Jo o...»

«Permettimi di liberare la tua mente da questo peso.» Con uno spintone della sua robusta mano, Heathcliff spinse via dalla scrivania il libro mastro, insieme alla mia lista e a tutta la nostra posta e alle penne e ai francobolli. Grimalkin miagolò e saltò via mentre il libro cadeva a terra. Lanciò a Heathcliff un'occhiataccia, girò sulle sue zampette eleganti e sgattaiolò via.

Non riuscirò mai a fare nulla oggi se continuano a... Oh, per Iside...

La bocca di Heathcliff trovò la mia, calda per la voglia. Avevo il fuoco che mi scorreva nelle vene e gli strattonai il colletto per avvicinarlo e per unire i nostri corpi. Il mio fianco premette contro il nostro antico registratore di cassa di metallo mentre Heathcliff mi adagiava sul bancone, le sue mani che slacciavano la coulisse dei pantaloni di Jo. Nei suoi occhi ardeva una fame oscura, quel tipo di fame che nei libri faceva svenire le donne.

«Ma ho un sacco di lavoro da fare...»

Le mie deboli proteste furono messe a tacere quando il più grande eroe gotico della letteratura mi prese tra le braccia e mi divorò corpo, cuore e anima.

4

«Grazie mille, Mina. Apprezziamo molto che tu abbia organizzato questo evento per Danny.» Brian Letterman mi teneva la mano tra le sue. I vivaci occhi grigi gli brillavano mentre osservava la stanza.

«Grazie per aver accettato di essere le mie cavie. Sono davvero entusiasta del potenziale di questo spazio.» Sorrisi all'editore mentre osservavo il mio lavoro. Avevamo davvero fatto un miracolo.

La settimana prima avevo preso la decisione esecutiva di rimuovere definitivamente gli scaffali dalla sala di Storia del mondo e di stiparli in una piccola nicchia sul retro del negozio. Ora la stanza luminosa e ariosa, con il suo bovindo pentagonale, era il nostro nuovo spazio eventi. Avevo pulito e ridipinto una parete di bianco antico e avevo acquistato un proiettore che poteva essere usato per proiettare diapositive o film sulla parete. Quoth e io avevamo spulciato ogni negozio di cianfrusaglie di Argleton alla ricerca di un numero sufficiente di sedie spaiate per creare un piccolo cerchio intorno al leggio. Morrie aveva cercato le recensioni dei prodotti nel Negozio-Che-Non-Si-Deve-Nominare e, sulla base delle raccomandazioni su Internet, aveva messo insieme un sistema audio all'avanguardia, che in quel momento stava diffondendo una tranquilla musica jazz mentre arrivavano gli ospiti.

Sotto la finestra c'era un buffet con formaggi di produzione locale, cracker, le conserve di frutta della signora Ellis e salumi artigianali. Ero persino riuscita a convincere Richard McGreer, il proprietario del pub Rose & Wimple che aveva da poco avviato una sidreria artigianale, ad allestire una piccola mescita.

Vicino alla porta c'era un'esposizione dei libri di Danny, insieme a un paio di opere d'arte di Quoth e ad alcuni oggetti che avevo recuperato nella camera di Morrie: una lente d'ingrandimento, delle manette (avevo dovuto strappare la fodera nera imbottita) e una lunga sciarpa di seta nera che avevo annodato intorno all'espositore. L'ultimo libro di Danny, *Il Garrotatore del Somerset,* parlava di un serial killer che strangolava le vittime con del tessuto, usandolo come fosse stato una garrota a filo. Speravo di aver trasmesso il messaggio senza essere stata troppo morbosa.

I nostri ospiti, giornalisti locali, intellettuali di Barchester e membri del fanclub di Danny, si muovevano per la stanza riversandosi nella sala principale al piano inferiore della libreria, dove curiosavano con occhio attento tra gli scaffali. Notai che nell'angolo una donna aveva già impilato sul bancone un'impressionante quantità di volumi da acquistare.

Stasera faremo una strage.

Era giusto così, perché avevamo bisogno di tutto il denaro possibile. Quell'enorme sforzo non era solo per dare un po' di vita al posto: Heathcliff mi aveva finalmente permesso di guardare il suo libro mastro. La situazione era più disastrosa di quanto pensassi. Otto anni prima, il tetto era stato danneggiato da un brutto temporale e il signor Simson, che a quanto pare non credeva nelle assicurazioni, aveva dovuto accendere un'ipoteca sul negozio per effettuare le riparazioni. L'ipoteca era poi stata rinnovata per altri anni, quando i margini di guadagno si erano ridotti e il dominio del Negozio-Che-Non-Si-Deve-Nominare aveva intaccato i già magri profitti della libreria. Heathcliff non aveva aiutato la situazione: gestiva quel locale nel modo in cui tutti i possidenti della sua epoca avevano gestito le loro proprietà, cioè rifiutando ostinatamente di accettare il fatto che ogni cambiamento richiede un nuovo approccio. Dovevamo pagare presto gli arretrati, o saremmo finiti davvero nei guai.

Poi, avevo anche bisogno di denaro per apportare seri miglioramenti al negozio. Se volevo continuare a lavorare lì anche dopo che fossi diventata cieca, dovevo trovare un modo per distinguere i libri quando non avrei più potuto leggerne i titoli. L'assente signor Simson non era d'aiuto: da quello che ricordavo della mia infanzia, sembrava che il suo sistema consistesse nel presentare alle persone libri del tutto a caso e che loro li accettassero semplicemente perché non volevano essere scortesi, e un inglese avrebbe preferito pagare quarantotto sterline per un libro sulla storia delle fogne di Londra piuttosto che chiedere ciò che cercava veramente.

Avevo studiato diverse opzioni e scoperto che le etichette braille sarebbero state le più convenienti, ma avrebbero comportato una quantità pazzesca di lavoro. Inoltre, anche se avevo già iniziato a cercare di imparare il braille, mi ci sarebbero voluti un paio d'anni per diventare abile. Tuttavia, esisteva un sistema elettronico di etichette parlanti che avrei potuto controllare dal cellulare...

«È bello vedere questa libreria all'altezza del suo potenziale,» disse Brian. «Sono venuto qui circa un anno fa, e ho cercato di convincere il proprietario a tenere i miei autori o a organizzare un evento. È stato piuttosto scortese. Mi ha mandato a scoparmi una capra...»

«Oh sì, beh, diciamo che si è ravveduto.» Lanciai

un'occhiata a Heathcliff, che stava dietro il bancone e che, con grande riluttanza, registrava gli acquisti. Non l'avevo ancora sentito dare dell'idiota a nessuno in tutta la serata, quindi era già qualcosa.

«Mi fa piacere sentirlo. Sai, tu hai un'ottima conoscenza dell'aspetto commerciale di questo settore. Tengo un corso di editoria a Barchester, e devo dire che troppi studenti ingenui arrivano con l'idea che l'editoria serva solo a realizzare il sogno di diventare un poeta beat di successo o di portare la gioia della lettura alle generazioni future, o altre sciocchezze del genere. Potrebbero imparare molto da una donna come te... Ah, ti presento Danny. Vorrà ringraziarti anche lui.» Brian schioccò le dita. «Danny, vieni a conoscere Mina. È lei che ha organizzato questo evento.»

Una figura alta e affascinante, con capelli rossi e vivaci, si allontanò dal cerchio di ammiratori che lo circondava e si diresse verso di noi. Era seguito da uomo più basso, con un abito elegante e sottili capelli neri. Riconobbi il primo dalla copertina del libro. Danny Sledge, in carne e ossa.

Quando ci raggiunse, Danny allungò una mano e strinse calorosamente la mia, sfoggiando un sorriso carismatico. Si strofinò la mascella con una leggera ricrescita e fece un gesto verso la sala. «Un evento favoloso, Mina. Le mie congratulazioni per aver finalmente fatto ragionare quel signor Earnshaw e aver trasformato questa libreria in un successo.»

Sentii le guance scaldarsi al suo elogio. «Non sono ancora sicura che sarà un successo. Però di sicuro ci sto lavorando.»

Alle spalle di Danny, notai Jo entrare nella stanza, con un vestito rosso che la fasciava in tutti i punti giusti. Immaginai che invece di affrontare l'appartamento infestato dalle locuste fosse andata a fare shopping. Salutai la mia coinquilina e lei si diresse verso il nostro gruppo, afferrando due bicchieri di sidro al passaggio davanti al banco del bar.

«È davvero importante sostenere queste piccole librerie indipendenti,» stava dicendo Danny in tono serio. «Altrimenti faranno la fine dei dinosauri. Naturalmente, al giorno d'oggi, i lettori preferiscono uno schermo a un libro vero e proprio. Io ricavo la maggior parte delle mie royalties dalle vendite su A...»

Alzai una mano mentre Heathcliff sollevava di scatto la testa, con gli occhi neri infuriati. *Ha dei poteri extrasensoriali o qualcosa del genere? Come ha fatto a sentirlo da dove si trova?* «Le consiglio vivamente di non usare quella parola in questo negozio.»

Heathcliff si avvicinò facendosi largo a spintoni.

«Quale parola? Am...»

«Cra?» Quoth volò giù e si posò sulla spalla di Danny, il quale allungò subito una mano per dargli una pacca sulla testa. La potenziale gaffe fu fortunatamente evitata.

«Oh, bravo uccellino? Ho visto anche un gatto in giro prima. Questo posto è un vero e proprio serraglio. Ehi,» Danny sorrise a Quoth. «Ora ho capito. Tu sei la mascotte del negozio. Devono aver chiamato questo posto Nevermore in onore a *Il Corvo*. "Una volta in una fosca mezzanotte, mentre meditavo, debole e stanco..."»

Fui presa dal panico. Sapevo cosa succedeva di solito quando qualcuno recitava quella poesia in presenza di Quoth. Strizzai gli occhi, aspettando l'inevitabile momento in cui il mio evento, accuratamente pianificato, sarebbe diventato un disastro...

Non preoccuparti, non gli defeco addosso, mi disse la voce di Quoth. *Riesco a controllarmi. Ho solo pensato che se fossi volato qui avrei potuto evitare che dicesse la parola che trasforma Heathcliff in un Super Saiyan.*

Sei il mio eroe, risposi con il pensiero, mentre tutto il mio corpo si rilassava.

«... ciascun tizzone moribondo proiettava il suo fantasma sul pavimento...»

Non sapevo che fosse possibile, ma il corvo sorrise. *Per servirti. Tra l'altro, se riuscissi a fargli smettere di recitare quella poesia infernale, te ne sarei molto grato.*

Danny aveva preso il ritmo. «Al dolore per la mia perduta Eleonora, che nessuno chiamerà in terra...»

«Danny, ehm, allora...» Cercai disperatamente una domanda da fargli. «Tu partecipi a molti eventi, come autore?»

«Non come una volta. È difficile convincere la gente a uscire di casa e a partecipare. Oggi mi dedico esclusivamente ai social media. È un peccato, perché è sempre bello incontrare i fan di persona, ascoltare le loro storie. È un modo per raccogliere idee. Dimmi, Mina, quale dei miei libri è stato il tuo preferito?»

«Oh, ehm...» Mi scervellai per trovare un titolo. La verità era che non avevo mai letto uno dei libri di Danny Sledge: la narrativa poliziesca commerciale non faceva per me. L'avevo scelto per quell'evento perché la signora Ellis mi aveva detto che era famoso e diabolicamente bello, quindi sarebbe riuscita a convincere tutto il suo gruppo di sferruzzatrici a venire. Avevo venduto almeno venti biglietti alle vecchiette che ora erano raggruppate intorno al bar e che ridacchiavano ogni volta che intravedevano il culo di Danny. Diedi un'occhiata al tavolo e colsi il titolo del suo ultimo libro. «Mi è piaciuto molto *Il Garrotatore del Somerset*. Credo che sia il suo lavoro migliore.»

«Ottima risposta. Anche a me piace particolarmente.» Danny non sembrò notare dove puntava il mio sguardo. «È sempre così affascinante entrare nella mente di un criminale. Come sai, ho fatto in modo che questo ragazzo sia particolarmente violento. Gli piace il contatto ravvicinato con le sue vittime, per vedere la vita che si spegne sui loro volti...»

«Oh, sì, sì.» Annuii, ascoltando solo a metà, mentre notavo una figura familiare entrare nella stanza, con addosso un vestito bizzarro che sembrava un incrocio tra un maglione di Natale e un procione. Diedi un'occhiata a Quoth. *Cosa ci fa qui mia madre?*

L'hai invitata tu, ricordi?

Sì, ma non mi aspettavo che venisse. Rabbrividii quando si girò su se stessa e notai un enorme cerotto argentato attaccato alla parte superiore del braccio. *Che cos'ha sul braccio?*

Non ne ho idea, ma ne vedo altri che le spuntano dalla borsa. Credo che abbia un nuovo entusiasmante prodotto da vendere.

Zing. Fui di nuovo presa dal panico.

«Non ho letto il suo libro. Quali metodi utilizza il suo assassino?» chiese Jo a Danny. «Strangolamento? Eviscerazione? Uncini da carne?»

«Morte per locuste?» aggiunsi io. Jo soffocò una risata.

«L'assassino di Danny ha scelto come arma la garrota,» intervenne il secondo uomo. «La garrota è un metodo di omicidio davvero insolito. Fu sviluppato dai cinesi come prima forma di esecuzione, ed era popolare anche tra gli spagnoli come pena di morte fino al 1978. L'uso di questo metodo nel libro di Danny è parte del motivo per cui *Il Garrotatore del Somerset* ha avuto così tanto successo. È un po' diverso dal solito serial killer cannibale.»

Danny si guardò alle spalle come se si fosse appena ricordato che c'era anche l'altro tipo. «Oh, scusami tanto, Mina: ti presento Angus, il mio più caro amico e lettore alfa. Faceva parte delle forze dell'ordine di Argleton e mi ha beccato un paio di volte quando ero giovane e ribelle. È andato in pensione anticipata e il suo contributo professionale mi ha salvato la pelle più di una volta. Angus, questa è Mina, la ragazza che ha organizzato l'evento. Non è fantastica?»

Angus mi diede una stretta di mano decisa. Aveva un sorriso genuino e una di quelle facce dolci che ti fanno venire voglia di fidarti immediatamente di lui. *Scommetto che da giovane era molto sexy.* «Piacere di conoscerti, Mina. Grazie per ospitare Danny. Era preoccupato per l'accoglienza de *Il Garrotatore del Somerset*. È molto più cruento degli altri suoi libri, perché la morte per garrota può essere una morte macabra, soprattutto se descritta con il livello di dettaglio che Danny ama riservare alle sue vittime.»

«Mi dica di più,» disse Jo, sorseggiando il suo drink. «No, sul serio, mi racconti. Non ho mai avuto un caso di garrota prima d'ora. Che tipo di ricerche fa, Danny?»

«Non si preoccupi, signora. Non vado in giro a far fuori la gente solo per scovare i dettagli giusti,» spiegò Danny con un sorriso. «Angus mi aggiorna con dettagli realistici di molti dei suoi vecchi casi, e naturalmente ho Internet, no? Lasciate che vi racconti di questo strangolamento di cui ho letto l'altro giorno...»

Il mio sguardo tornò alla porta. Mia madre era scomparsa tra la folla. Il panico mi salì al petto mentre scrutavo i volti in penombra. *Per favore, che non mi metta in imbarazzo...*

Danny diede una pacca sulla spalla ad Angus. «... e così sappiamo che il nostro assassino ha usato un legaccio di tessuto invece di un filo di ferro. Quando si tratta di dettagli di realtà, non mi preoccupo di nulla. Di quelli se ne occupa Angus. Ha paura che la sua reputazione professionale sia a rischio con ogni libro che pubblico. Quando era ispettore ha lavorato a un caso di garrota di alto profilo, ma l'assassino non è mai stato preso.»

Jo intrecciò il braccio a quello di Angus. «Mi sembra che il suo bicchiere sia vuoto, gentile signore. Lasci che la accompagni al bar per un altro bicchiere, e così potrà raccontarmi di più sulla storia della garrota...»

Angus annuì e se ne andò con Jo. Danny si avvicinò, facendomi l'occhiolino. «Faresti meglio a dire alla tua amica di stare attenta. Angus è un po' un playboy. L'unico motivo per cui viene a queste feste con me è per farsi qualche scopatina.»

«Sarà, ma non è il tipo di Jo.»

«Non le piacciono gli ex poliziotti ingrigiti?»

«Sono sicura che il problema non sia il suo lavoro. Piuttosto, il fatto che sia un lui.»

Danny sollevò in modo esagerato le sopracciglia e l'espressione sul suo volto mi disse che l'idea che Jo fosse lesbica lo eccitava. Si avvicinò, dandomi una gomitata con il braccio. «E tu? Tu sei...»

«Ho un ragazzo,» dissi, improvvisamente a disagio. Era così stupido che gli uomini reagissero *ancora* così quando sentivano che a una ragazza non piacevano i maschi. Perché, ovviamente, le preferenze sessuali di Jo avevano a che fare solo con il divertimento di lui. Una donna diede un colpetto al braccio di Danny per chiedergli qualcosa e io riuscii a sgattaiolare di nuovo tra la folla. Dovevo trovare mia madre prima che si lanciasse in uno dei suoi discorsi promozionali e...

«... non devo fare altro che indossare il cerotto Flourish e la sua tecnologia vitaminica transdermica trasmette i nutrienti vitali e gli stimolanti brucia-calorie direttamente nel mio flusso sanguigno, aiutandomi a bruciare il grasso in eccesso.» La sua voce si diffondeva tra la folla. «Proprio ora, mentre bevo questo champagne gratuito e mangio questi deliziosi involtini di salsiccia, sto bruciando cinquanta calorie al minuto...»

Maledizione, troppo tardi.

«Scusate, scusate.» Mi feci strada tra gruppetti di scrittori e giornalisti. Finalmente la vidi. Mia madre aveva messo all'angolo tre donne ed era intenta ad accarezzarsi il cerotto argentato sul braccio e a ripetere il suo discorso.

«... come consulenti Flourish, parlerete in giro di questa nuova e straordinaria tecnologia e aiuterete centinaia di persone a realizzare i loro sogni di salute e dimagrimento. Non solo, ma prenderete in mano il vostro destino, costruendovi un'attività imprenditoriale e raggiungendo l'indipendenza finanziaria. Guardate me: un mese fa vivevo in un quartiere popolare, ora sto per ricevere le chiavi della mia Mercedes color argento.»

Oh no, cos'è questa storia della Mercedes?

«Mamma, sei venuta!» Le gettai le braccia al collo, sperando di bloccare quel flusso di sciocchezze che le usciva dalla bocca.

«Mina, cara. Sei bellissima, anche se scommetto che lo saresti ancora di più con un regime vitaminico completo. Stavo giusto parlando ai tuoi amici di un'entusiasmante opportunità di lavoro.» Si girò per mostrarmi la diavoleria. «Non è fantastico? In questo momento, sto bruciando calorie e al tempo stesso ricevo una dose di nutrienti salutari da questo straordinario cerotto transdermico...»

«Sono sicura che è meraviglioso, mamma, ma non c'è bisogno di indossarlo qui. La gente è venuta stasera per discutere di libri, non di cerotti per perdere peso...» Girai leggermente il capo e lanciai alle donne uno sguardo di scuse.

«Oh, non aiuta solo a perdere peso. Il cerotto Flourish cura anche il gonfiore, migliora l'energia e riduce l'appetito, e in questo modo toglie quelle fastidiose voglie... Oh, guarda, dei piccoli cupcake.» Ne prese due da un vassoio sul tavolo. «Devi assolutamente provarlo, Mina. È *incredibile*. Io lo indosso solo da due giorni e sono già dimagrita!»

«Non mi sembri affatto diversa.» La guardai mettersi in bocca una tortina.

«Certo che no! È la luce. Non rende giustizia. Magari vado da Morrie e cerco di convincerlo a cambiarla.» Mia madre si voltò per tornare a farsi strada nella stanza spingendo qua e là, e intanto si infilò in bocca il secondo cupcake. «È bello vederti, cara!»

«Scusi tanto,» dissi alla donna. «Viene risucchiata in continuazione da questi sistemi di guadagno rapido. Però in realtà è innocua.»

«Va benissimo così. Tutti abbiamo degli amici che sono stati vittime di questi schemi. Sono davvero criminali, per il modo in cui ingannano le persone. Mi sorprende che mio marito non ne abbia scritto in uno dei suoi libri, ma non credo sia una cosa sexy come un *omicidio*.» La donna al centro si schernì. Aveva un caschetto corto e austero di capelli biondo fragola e un vestito firmato che era fuori moda da un paio d'anni e di almeno due taglie più piccolo. Mi allungò una mano. «Sono Penny Sledge, la moglie di Danny.»

«Non sapevo che Danny fosse sposato.» Le strinsi la mano.

«Non gli piace farne pubblicità, soprattutto non con donne giovani e carine come te.» Le due amiche di Penny si scambiarono un'occhiata e si allontanarono in silenzio. «Ho sentito che sei l'organizzatrice di questo evento. Hai fatto un ottimo lavoro, davvero. Uno sforzo ammirevole, ma se posso darti qualche suggerimento...»

«Certo!» le risposi raggiante.

«Non credo che vada bene avere tutte queste persone stipate in uno spazio così angusto. E le sedie sono tutte spaiate! Il cibo è un po' *rustico,* e poi... sidro al posto del vino?» Schioccò la lingua. «Non va bene. Questo negozio è terribilmente polveroso, giusto? Sarebbe stato meglio affittare la sala da ballo della tenuta della mia amica Cynthia Lachlan. O magari pensare a Londra, a uno dei saloni letterari...»

«Ne prendo nota,» dissi. *Saloni letterari?* Ma che tipo di libri pensava che scrivesse suo marito? Mentre blaterava allo sfinimento della temperatura giusta per servire il vino e del perché cupcake e involtini di salsiccia fossero inappropriati come *antipasti*, io mi guardai intorno, sperando di scorgere qualcuno che potesse salvarmi da quella terribile conversazione.

Penny aveva ragione su una cosa: l'affluenza era stata superiore a quanto avessi osato sperare. Continuava a entrare gente, che poi si spostava dallo spazio Eventi al negozio, e ognuno sembrava avere uno o due libri in mano. La signora Ellis arrivò con le sue amiche del circolo della maglia, che si accalcarono intorno a me, costringendo Penny a farsi da parte (che peccato) mentre si complimentavano per la trasformazione del negozio.

«Sei una boccata d'aria fresca per questo posto, Mina!» commentò Hazel Barrowly. «Vedo già che la Libreria Nevermore diventerà una vera risorsa per il villaggio.»

«Mi piacerebbe parlare con te per organizzare un evento insieme,» aggiunse Sylvia Blume. Sylvia gestiva il negozio locale di cristalli e terapie alternative, dove a volte mia madre lavorava come lettrice di tarocchi. «Vedo che avete una discreta sezione di occultismo. Potremmo portare qui un famoso filosofo metafisico per una conferenza e poi allestire una bancarella in un angolo. Tua madre potrebbe anche fare le sue letture. Quella sì che sarebbe una vera *trasformazione*.»

«Forte!» Mi costrinsi a sorridere, ma il panico mi rimbombava nel petto. Volevo tenere mia madre il più possibile lontana dall'aspetto finanziario del negozio, soprattutto se avesse continuato a cercare di convincere i miei clienti a perdere peso con un cerotto. *È il caso di cambiare argomento.* «Signora Ellis, ha prenotato le vacanze?»

«Oh, certo!» Lei prese dal bancone un secondo bicchiere di sidro e se lo portò alle labbra. «Parto tra due giorni. È tutto molto emozionante. Stavo giusto dicendo alle ragazze qui che...»

«Oh, *adoro il* tuo vestito,» disse una donna che si infilò nel nostro cerchio e mi afferrò la gonna per allargarmela.

«Grazie. L'ho fatto io.» Le sorrisi. Dato che non avevo avuto il coraggio di sfidare il nostro appartamento per cambiarmi d'abito, avevo rispolverato le mie doti di ex stilista e avevo confezionato il vestito nel pomeriggio, facendo a pezzi un vecchio abito da ballo viola che avevo trovato dal rigattiere in centro. Avevo tagliato la gonna, aggiunto pannelli di pizzo nero e bordato il corpetto con un nastro nero. Completato con i miei immancabili stivali Dr Martens e alcuni gioielli d'oro, sembrava un abito di scena per la cantante di un gruppo punk, ed era proprio per questo, ovviamente, che lo adoravo.

«Hai talento. Accetti ordinazioni?» La donna protese il labbro inferiore mentre si metteva in posa sporgendo un fianco per mettere meglio in mostra il suo costoso abito da cocktail di velluto nero punteggiato da fili d'argento che catturavano la luce e accentuavano le sue curve invidiabili. Si passò una mano sui capelli biondo cenere, perfettamente acconciati alla Marilyn Monroe, e fece il broncio con le labbra rosso ciliegia arcuate alla perfezione. «Mio marito mi trascina sempre a questi noiosi eventi dedicati ai libri. Questo è decisamente superiore agli altri, perché almeno avete alcol gratis.»

«Chi è suo marito?»

«Brian, l'editore.» Indicò dall'altra parte della stanza, dove Brian era immerso in una conversazione con Morrie. Mentre osservavo il suo abito sgualcito e le forme tipiche di un signore di mezza età, non riuscivo a immaginarlo insieme a una moglie così provocante, ma immagino che l'amore non conosca confini. Non ero esattamente una che dava giudizi, con la storia che avevo in corso con i miei tre amanti. «Mi chiamo Amanda Letterman. Forse mi hai vista su YouTube. Ho un canale di trucco con centomila iscritti. Di solito non mi abbasso a partecipare a eventi in *provincia*, ma Brian dice che dobbiamo socializzare, per il bene del business. Naturalmente, io sono venuta solo per il talento.» Si inumidì le labbra mentre con gli occhi seguiva Danny. Ma non si soffermò a lungo, perché poi passò a divorare Angus e infine si soffermò su Heathcliff. «Mmh, e *che* talento! Chi è quel robusto volpone all'ingresso? Vorrei sedermi sulla sua faccia e...»

«Non ci ho mai pensato, a creare abiti su commissione,» la interruppi, in parte per farla tacere e in parte perché avevo tutti gli ingranaggi della testa già in movimento. Se un'influencer come Amanda, che andava a tutti i tipi di feste di settore e aveva anche un canale online, avesse indossato uno dei miei modelli, avrei potuto avere del lavoro. Non sarebbe stato come lavorare alla Settimana della Moda di New York, ma almeno avrei potuto sfruttare le mie capacità di designer prima che diventassero inutilizzabili...

No. Non ho intenzione di rimuginarci sopra. E così respinsi la paura che minacciava di salire dentro di me ogni volta che pensavo a perdere la vista. Il mio medico riteneva che sarebbe successo entro i successivi diciotto mesi. Un anno prima, pensare a ciò che non avrei più potuto fare mi faceva arrabbiare e intristire, ma da quando i ragazzi erano entrati nella mia vita mi sentivo più positiva per il futuro. E scoprire che con la tecnologia giusta potevo ancora fare la maggior parte delle cose che mi piacevano mi aveva aiutata a capire che la mia vita non era finita. Anzi, a volte la mia vita era *troppo* interessante.

Anche se mi sentivo meglio riguardo ai miei occhi, di tanto in tanto mi capitava di sentire l'incertezza e l'ingiustizia della situazione. Ma non avevo certo intenzione di rovinare il fine settimana meditandoci sopra, non quando proprio l'evento di Danny avrebbe potuto contribuire a pagare la tecnologia di cui avevamo bisogno perché io potessi continuare a lavorare in negozio.

«Beh, io ti darei di sicuro del lavoro.» Amanda si mise a saggiare la stoffa dell'abito. «Però devo avvertirti che è difficile lavorare con me. Mio marito mi definisce una vera stronza. Ma lui che ne sa, no? Vende solo vecchi libri polverosi.»

Ma... perché deve dire a me queste cose? Mantenni il sorriso stampato in faccia. «Non ho un biglietto da visita o altro. Ma se ha qualcosa su cui posso scrivere, le do il mio numero.»

Amanda prese uno dei libri di Danny dal tavolo e mi indicò di scriverci all'interno i miei contatti. Danny ci passò accanto, e alzò le sopracciglia. «Non dovrebbe essere l'autore a firmare i libri?» disse ridendo, dando qualche colpetto sul fianco di Amanda in un modo che mi sembrò un po' troppo familiare per la moglie di un collega di lavoro.

«Oh, Danny!» ridacchiò lei, passandogli le unghie su una spalla. «Sto solo prendendo il contatto di questa dolce ragazza. Mi farà un vestito nuovo. Poi passo da te. Voglio una firma *personalizzata*.»

«Non vedo l'ora,» le disse sorridendo, con un'occhiata che sembrava potesse divorarla. Amanda lo guardò battendo le ciglia e gli fece scivolare le dita lungo il braccio. Mi allontanai, con la pelle che mi si accapponava. *Me lo sto immaginando o Danny è terribilmente in confidenza con la moglie del suo editore? Oppure gli scrittori fanno tutti così?*

Non te lo stai immaginando, mi disse nella testa una voce familiare.

Lanciai lo sguardo verso le travi, dove Quoth era appollaiato per osservare la festa dall'alto. Gli feci un piccolo cenno di saluto, che lui ricambiò chinando il capo.

Da quassù si vede bene, ma lo vedono anche la maggior parte dei presenti e soprattutto Penny Sledge, che sta lanciando occhiate assassine al marito dall'altra parte della stanza. Ah, e tua madre sta attaccando i cerotti Flourish alla signora Ellis e alle sue amiche. Ha tirato fuori dal reggiseno un foglio per raccogliere le loro iscrizioni.

Spostai gli occhi su Quoth. *Lo supponevo. Puoi andare lì e fare qualcosa per fermarla? Cagale sopra, se necessario.*

Mina, ti amo e farei qualsiasi cosa per te, ma non ho intenzione di defecare su tua madre.

Per favore. Te ne sarei eternamente grata...

«Mi sorprende che un uccello come quello possa essere

addomesticato,» affermò una voce accanto a me. «Mi aspettavo che sporcasse in giro dappertutto.»

Stupita, mi voltai e mi trovai di fronte Angus, l'amico di Danny. Aveva un bicchiere di sidro in una mano e un piatto di cibo nell'altra. Mi porse il piatto e io accettai un involtino di salsiccia.

«I corvi sono incredibilmente intelligenti,» dissi, guardando Quoth che volava via per andare a salvare il club della maglia. «I ricercatori li hanno spinti a risolvere enigmi complessi e sono riusciti persino a insegnare loro un semplice vocabolario. Quoth è il corvo più intelligente di tutti: non defeca mai su nessuno a meno che non se lo meriti.»

Angus rise. «Lo adoro. Dà a questo posto un po' di personalità. Non che non ne avesse già a bizzeffe. Ma ora che quello stronzo burbero non è più al comando, potrei venire ogni tanto in cerca di qualcosa da leggere. Abito a poche strade di distanza e da quando sono in pensione leggo molto, soprattutto in formato cartaceo. Niente e-reader per me. Avete un'ottima selezione di romanzi gialli.»

«Grazie. Partecipa a tutti gli eventi di Danny?» gli chiesi.

«Non a tutti, solo quando posso. È emozionante vedere il suo successo e quanto sia amato dalla gente. Mi diverto molto a lavorare con lui perché mi fa rivivere alcuni momenti salienti della mia carriera. Nel caso del nuovo romanzo, ho persino risolto un crimine sulle pagine che non ero mai riuscito a risolvere nella vita reale.»

«Deve essere un vero cambiamento rispetto a quello che faceva prima. Ma è vero che Danny in passato è stato dalla parte sbagliata della legge, come mi ha raccontato?»

«Oh sì, in gioventù è stato un vero e proprio mascalzone. Taccheggio, furto d'auto, droga, coinvolgimento in bande. L'ho sbattuto in gattabuia più volte di quante ne possa contare. Come tutti i giovani delinquenti, speravo che si raddrizzasse, invece è successo il contrario. Danny sembrava avviato verso una vita di seria criminalità ma poi ha scoperto il suo talento. In realtà è stato quel caso di strangolamento a fargli cambiare idea. Lui era innamorato della vittima e avrebbe potuto essere incastrato per quel crimine, se non avesse avuto un alibi.»

«Wow. E dopo ha rigato dritto?»

Angus annuì. «Ha scritto una storia su una coppia di tizi che aveva conosciuto in galera. L'ha mandata a un concorso nazionale e ha vinto il primo premio. Duemila sterline, così. Danny ha detto che sono stati i duemila più facili che abbia mai guadagnato, molto più facili dello spaccio di droga o del furto di televisori. Da allora si è dedicato alla scrittura. Ho seguito la sua carriera da vicino: deve capire, cara, che è raro che io veda un giovane ragazzo come Danny rigare dritto e rimanere sulla retta via. Mi ha scaldato il cuore. Un giorno, dopo che ero andato in pensione, ho contattato Danny e gli ho detto che ero il poliziotto che aveva conosciuto e che ero rimasto colpito da lui. Lui si ricordava di me e mi offrì uno stipendio decente per fargli da consulente. In realtà, sono qui solo per bocciargli qualche idea, inventare moventi e depistaggi, aggiornarlo sulle procedure di polizia e simili. Il vero genio è Danny, anche se dà a me più meriti di quanti me ne spettino, perché è davvero un bravo ragazzo.»

«Danny mi ha detto che lei gli legge le bozze. Ma mi chiedevo: è lei l'unica persona a farlo? E sua moglie?»

Angus rise. «Oh, no, Penny non sopporta i libri di Danny. Li considera volgari, non letteratura seria. Però è contenta dei suoi soldi e della sua fama. Ama la scena letteraria: le feste, i festival, i cocktail costosi, le scemenze pseudo-intellettuali. Danny non ne vuole sapere, ma Penny lo costringe a partecipare al circuito dei festival. Lui preferirebbe partecipare a eventi più piccoli come questo, per divertirsi un po'. No, no, le uniche persone che leggono i suoi lavori prima che vengano pubblicati siamo io e

Brian. E comunque, ci sottopone i suoi scritti solo quando pensa che siano quasi perfetti. Ha tenuto il suo lavoro sottochiave fino all'ultimo minuto possibile.»

«Sono così affascinata dal suo processo creativo. Domani parteciperò al suo workshop,» dissi. «Non vedo l'ora.»

«Oh, anche tu sei una scrittrice?»

«No.» Agitai la mano, indicando le pile di libri. «Non potrei mai fare una cosa del genere. È solo che... di recente ho assistito a cose strane. Il tipo di cose che potrebbero sembrare troppo stravaganti perfino per un romanzo. Pensavo che sarebbe divertente provare a scriverle, o qualcosa del genere...»

Morrie mi diede un colpetto sulla spalla. «Dovremmo iniziare. Qualcuno ha appena chiesto a Heathcliff se può avere un'edizione del 1837 di *The Pickwick Papers* in ottime condizioni per dieci sterline, e credo che gli stia per esplodere la testa.»

Annuii. Morrie andò a parlare con Danny e Brian. Pochi istanti dopo, Danny si diresse verso il palco. Brian picchiettò sul microfono per attirare l'attenzione di tutti. «Signore e signori, se volete prendere posto. Stasera abbiamo la fortuna di avere tra noi un vero genio della letteratura. Attraverso le sue storie oscure e realistiche, Danny Sledge ci ha permesso di entrare nelle viscere del crimine senza bisogno di abbandonare le nostre comode poltrone. Vorrei che tutti si unissero a me nel dare il benvenuto a Danny sul palco per parlarci del suo ultimo libro, *Il Garrotatore del Somerset*!»

Presi posto nell'ultima fila accanto a Quoth, che doveva essere salito in fretta a cambiarsi, perché era umano e splendido in una camicia di seta nera con riflessi argentati, e jeans scuri. Sembrava che stare lì con così tante persone lo rendesse nervoso, e per questo aveva scelto una sedia vicino alla porta per scappare se avesse sentito che stava per mutare. Gli strinsi la mano e lui sorrise con quel suo bellissimo sorriso triste, e il mio cuore ebbe un sussulto.

Anche se riuscivo a malapena a vedere nella penombra, riconobbi mia madre in prima fila dai tre cerotti argentati che portava con orgoglio sul braccio. *Ti prego, che non dica nulla durante il discorso di Danny.*

L'intera sala scoppiò in un applauso mentre Danny si avvicinava al leggio sorridendo al pubblico. Con mia grande sorpresa, la figura massiccia di Heathcliff si presentò nello specchio della porta, ancora più imponente così vestito di nero, con la pelle scura che risaltava in quella stanza per lo più bianca. Si sistemò il colletto della camicia e mi lanciò uno sguardo intenso.

Dietro di noi, Morrie armeggiava con le manopole della consolle. «Avremmo dovuto installare delle luci stroboscopiche,» mormorò. «Questo tizio si crede una rockstar.»

Sbuffai. Era vero che Danny si beava particolarmente dell'ammirazione del suo pubblico. Quando gli applaudirono, lui aprì le braccia, dimostrando tutta la sua gioia per la loro adorazione. Una volta scemati gli applausi, afferrò il microfono e si lanciò nella lettura di una parte cruenta del suo libro, seguita da un racconto esilarante di quando era un piccolo truffatore e poi dalla storia di come aveva ottenuto il contratto di pubblicazione (facendo ubriacare Brian al pub e poi rifiutandosi di pagare il conto fino a quando lui non ebbe accettato di leggere il manoscritto). Il pubblico scoppiò a ridere. Persino Heathcliff, che era appoggiato alla porta e toglieva quasi tutta la luce alla stanza, emise una sommessa risatina.

Quoth si chinò e mi strinse la mano. «Stasera è un vero successo.»

«Lo so. E se sa scrivere nel modo in cui cattura il pubblico, credo che anche domani lo sarà.»

Danny terminò la breve lettura di una macabra scena di garrota tratta dall'ultimo libro. Brian prese il microfono e chiese se qualcuno avesse domande da porre all'autore. Si alzarono cinquanta mani. Dietro di me, anche Morrie agitò un braccio in aria, con un sorriso maligno sul volto.

«Abbassa la mano,» lo avvertii. «Non credo che nessuno qui dentro voglia sentire la risposta a qualsiasi domanda tu voglia fare.»

Morrie mi guardò imbronciato, ma abbassò la mano. Dall'altra parte della stanza, incontrai lo sguardo fisso di Heathcliff, e ricordai ciò che aveva detto in precedenza, sul fatto che tutte le domande da parte del pubblico sarebbero state terribili. *Vedremo*, pensai compiaciuta.

Invece, le ipotesi di Heathcliff furono confermate nei primi sei minuti, quando Danny si destreggiò sorridendo tra un fanboy entusiasta che parlava dell'insuccesso del proprio manoscritto criminale e una donna con una stola di pelliccia che voleva sapere "da dove prendeva le sue idee".

«Dallo stesso posto in cui seppellisco i corpi,» le disse nel suo modo affascinante. «Ma se glielo dicessi, poi dovrei ucciderla.»

Una donna in prima fila alzò la mano. «Ciao, Danny. Anch'io sono un'autrice e riesco a fatica a estraniarmi dalla narrazione. Sono troppo legata ai personaggi, troppo investita nel mio ruolo di autrice. Mi chiedevo come fai a rendere i tuoi personaggi così reali, così viscerali, pur mantenendo la distanza narrativa.»

«Oh sì, beh, l'abilità di uno scrittore è quella di fare credere al lettore le cose più assurde.» Danny sorrise. «Nel mio caso, sono sempre stato affascinato dalla mente criminale: cosa spinge i cattivi a fare ciò che fanno? Mi piace affondare, come una zecca, e succhiare la deliziosa linfa dei personaggi. Inoltre, ho un lettore alfa esperto di polizia che risponde alle mie domande in qualsiasi momento, giorno e notte. Vero, Angus?»

Dalla sua sedia in prima fila, Angus sorrise.

«Lui è Angus Donahue, un bravo ragazzo. E, signore: è single.» Danny indicò una mano che si agitava di fianco a lui. «Sì? Prego.»

«Danny, mi chiedevo se fosse interessato a una straordinaria opportunità commerciale per trasformare la vita dei suoi lettori attraverso un prodotto rivoluzionario per il benessere...»

«Mamma,» urlai. «Siediti!»

Mia madre fece un cenno di disappunto, ma si sedette. Danny indicò un'altra donna.

«Danny, mi chiedevo se lei e forse il suo editore poteste commentare lo stato attuale dell'industria editoriale. Cosa ne pensate del self-publishing?»

Mi sporsi in avanti. In effetti, era una domanda interessante. Spesso venivano in negozio autori autopubblicati che ci imploravano di tenere i loro libri. Di solito, erano libri che trattavano di argomenti strani come la regressione a una vita passata o biografie di parenti morti che non avevano fatto nulla di avvincente, ed erano appena più intellegibili di una roccia ricoperta di muschio. Heathcliff li mandava spesso via. Avevo letto che gli autopubblicati potevano ottenere buoni risultati con gli e-book, ma non sapevo altro perché Heathcliff non tollerava alcuna discussione sui dispositivi elettronici nel negozio. Anche se segretamente speravo di cambiare le cose con alcuni dei prossimi autori che avevo scelto per i nostri eventi.

Brian serrò le labbra in una linea sottile e poi prese la parola. «L'autopubblicazione è pura vanità. È il regno degli scribacchini e dei profittatori: persone che vogliono diventare autori ma non vogliono impegnarsi seriamente. Persino scrittori di talento, come Danny, devono passare attraverso tutto il processo se vogliono essere scoperti. Non si può saltare la fila.»

Un tizio magro con i capelli tinti di viola, che ero sicura al novantanove per cento fosse già stato in negozio a cercare di convincerci a tenere il suo terribile romanzo erotico, chiese: «E che dire di tutti gli autori che stanno andando bene su A...»

«Non usare quella parola in questo negozio!» sbraitò Heathcliff dalla porta.

L'uomo si fece piccolo piccolo. «Voglio dire, vendere e-book... Ho sentito parlare di un'autrice di nome Steffanie qualcosa che scrive in un genere chiamato reverse harem.»

«I media hanno fatto un gran parlare di un paio di scrittori che hanno sfondato,» si schernì Brian. «Ma la maggior parte degli autori autopubblicati scrive fanfiction sopravvalutate che non dovrebbero nemmeno essere chiamate letteratura. È un insulto ai veri artisti come Danny...»

Quoth si chinò e mi sussurrò all'orecchio. «Riesci a vedere la faccia di Danny da qui?»

Scossi la testa.

«Sembra super compiaciuto e ha appena fatto un gestaccio alle spalle di Brian. La moglie di Brian sta ridacchiando. Sembra che stia succedendo qualcosa.»

Fissai Quoth sorpresa. «Non è da te andare a caccia di misteri da risolvere.»

Mi fece uno dei suoi sorrisi che scioglievano il cuore. «Hai un effetto negativo su di me.»

Sul davanti della sala, Danny strappò il microfono a Brian. «Ho solo alcune cose da aggiungere. A differenza del mio caro editore obsoleto, io non sono uno di quegli scrittori snob che pensano che l'autopubblicazione sia per gli scribacchini e aspiranti scrittori.» Danny sfoggiò un altro dei suoi sorrisi brillanti. «Vi do un piccolo consiglio di vita: non fidatevi della parola di chi è già coinvolto in questo gioco. Brian vuole mantenere il settore così com'è. Io credo che l'autopubblicazione sia solo un altro strumento per aiutare gli autori a raggiungere i lettori, e voi dovreste trattarlo come tale.

Non ci vorrà molto prima che anche i grandi nomi come me lo utilizzino. La prossima domanda.»

La signora Ellis si alzò in piedi. «Salve, bell'uomo. Vorrei sapere di cosa scriverà nel prossimo romanzo. Sarà il seguito de *Il Garrotatore del Somerset*? Non ne ho mai abbastanza di quel genio del crimine.»

Danny si chinò sul podio con gli occhi che gli brillavano. «Non dovrei dire nulla. Sarà una sorpresa per tutti, anche per il mio amico Angus. Finora l'unico che ha dato una sbirciatina è stato Brian, ma... diamine... siete voi i primi a saperlo. In questo momento mi sto prendendo una pausa dalla narrativa per lavorare a un libro di memorie. Un resoconto completamente vero e puntuale della mia ascesa dalla clandestinità criminale alla fama. Ci sono un sacco di guai e di intrallazzi e almeno tre bottiglie di whisky spaccate sulla testa di qualcuno. Vi assicuro che è più scatenato di qualsiasi cosa in cui si sia mai trovato invischiato Norman Mailer.»

Sussurri eccitati si diffusero nella sala mentre la folla digeriva quella notizia bomba, soprattutto quando Danny aggiunse: «E questo libro di memorie sarà autopubblicato. Vediamo se riesco a competere con hacker e impostori, d'accordo?»

La folla scoppiò in un chiacchiericcio entusiasta. «Brian ha un aspetto decisamente *assassino*,» mi sussurrò Quoth, stringendomi la mano.

Atro che.

Dopo un altro paio di domande, Danny si allontanò dal microfono e mi fece un cenno. Io mi alzai e mi rivolsi alla sala. «Grazie mille per essere intervenuti al primo di molti eventi di questo tipo qui alla Libreria Nevermore. Danny resterà qui un po', per autografare libri. Ne abbiamo una pila in vendita vicino alla parete. Potete acquistare anche tutte le opere d'arte presenti nella stanza e, naturalmente, tutti gli altri libri nel negozio. Se avete bisogno di assistenza, rivolgetevi a me o a uno dei miei aiutanti,» spiegai indicando Quoth e Morrie. «Abbiamo...»

«Aaahhhhh!»

Fui interrotta da un urlo straziante.

5

«Che cosa è successo?» Mi voltai di scatto, con il cuore in gola. *Non un altro cadavere, per favore... non un'altra vittima.*

Una donna anziana con i capelli color sale e pepe, che indossava uno spesso cappotto a quadretti, dei guanti rosso acceso e una sciarpa leopardata, era davanti a uno dei quadri di Quoth, con la bocca aperta in un urlo penetrante. Tutte le teste si voltarono verso di lei mentre il suo urlo attraversava la stanza, rimbalzando sull'alto soffitto e risuonandomi nelle orecchie.

Scavalcai lo schienale della sedia e mi precipitai verso di lei. «Tutto bene, signora? Che è successo?»

Lei smise subito di urlare e appoggiò le spalle al quadro così che i suoi capelli si impigliarono all'angolo della cornice, e mi fissò con un odio talmente accecante che barcollai all'indietro per la sorpresa. «Non mi riprenderò mai più, ed è tutta colpa *sua.*»

Un sussulto riempì la stanza quando lei sollevò un dito e lo puntò contro Danny.

Heathcliff fu di fianco a me in un lampo. «Non può mettersi a urlare nel bel mezzo di un evento,» la rimproverò.

«Soprattutto non in questa libreria,» intervenne la signora Ellis. «C'è già stato un cadavere...»

Un ringhio di Heathcliff la fece tacere. Ma la donna, baldanzosa, mi oltrepassò e si diresse verso il centro della stanza.

«Ho urlato perché ho ancora fiato per farlo, ho ancora aria nei polmoni per chiedere giustizia. Mia figlia Abigail non ha potuto urlare quando il suo assassino le ha avvolto una sciarpa intorno al collo e l'ha stretta.» Il volto della donna si contorse di odio mentre fissava Danny. «E quest'uomo potrebbe avere a che fare con il suo omicidio. Ma l'ha fatta franca e ora si arricchisce grazie alla sua morte. Tutti voi state qui a sorbirvi le sue stronzate, vergognatevi! Avete dimenticato cosa è successo in questa città quindici anni fa?»

Danny sospirò. «Ti prego, Beverly, non è il momento.»

«Non è mai il momento, vero, Danny?» urlò Beverly. «Non è mai il momento di fare giustizia quando si tratta di lucrare sulle vite di innocenti.»

«Va bene, basta così!» sbraitò Heathcliff.

L'intera stanza rimase in silenzio. Andai a mettermi accanto a Heathcliff, attingendo forza dal suo corpo e dalla sua imponente presenza. *Che sta succedendo?*

Heathcliff avanzò verso la donna. Indicò la porta. «Fuori. *Ora.*»

«Non può minacciarmi,» ribatté lei con un'occhiataccia.

«Non è una minaccia. Questa è la mia proprietà e lei sta disturbando un evento privato. Ora, se vuole dire la sua, l'ascolto, però fuori.»

«Ho un biglietto. Sono autorizzata a stare qui.» Incrociò le braccia. «E se mi rifiutassi di uscire?»

Morrie si avvicinò a Heathcliff con un luccichio terrificante negli occhi. «Non rifiuterà.»

La donna li guardò entrambi, ma qualcosa nel volto di Morrie doveva averla disturbata. Fu come se il corpo le si fosse svuotato, e con il suo discorso l'aria le fosse uscita come da un palloncino. Le spalle le si afflosciarono e il viso assunse un'espressione di tale disperazione che il mio cuore si spezzò per lei.

«Bene,» sibilò, uscendo di corsa. La porta del negozio sbatté così forte da far tremare le pareti.

«Perché stiamo tutti qui?» urlò Danny. «Il servizio bar è ancora aperto. Facciamo festa.»

La folla si spostò verso il bar e il tavolo dei libri, dove Danny strinse mani, baciò guance e scarabocchiò autografi. Tutti sembravano essersi dimenticati della donna urlante, persino io. Avevo il mio bel da fare per impedire a mia madre di fare ai presenti i suoi discorsetti da imbonitrice.

Tutti sembravano avere rimosso l'accaduto, tranne Brian Letterman. Buttò giù un bicchiere di sidro in un sol sorso e se ne andò infuriato. Danny gli fece un cenno con la mano mentre usciva e disse qualcosa di sgarbato che fece irrigidire le spalle a Brian. La porta d'ingresso sbatté di nuovo. *In mezzo a tutte queste scenate ci mancherebbe solo che si spaccasse il vetro.*

Guardai fuori dalla finestra e sul marciapiede vidi Brian e la donna che si urlavano contro. La donna tirò indietro il braccio e lanciò qualcosa a Brian, ma non riuscii a vedere se lo colpì o meno. Dopo qualche istante, si allontanarono, in direzioni diverse.

Brian non aveva nemmeno aspettato sua moglie. Immaginai che fosse arrabbiato per la decisione di Danny di autopubblicare le sue memorie e che si stesse sfogando con quella Beverly, anche se la sua reazione mi era sembrata un po' infantile ed esagerata. Comunque non aveva nulla contro di lei.

Lei aveva solo voluto attirare l'attenzione di tutti. E poi, di cosa stava parlando?

«Lei sa chi era quella donna?» chiesi ad Angus, in piedi nell'ampio bovindo a fissare il buio fuori.

«Non dimenticherò mai Beverly Ingram.» La sua voce aveva un suono strano, lontano. «Prima ti ho parlato di quel caso di garrota che ha fatto rigare dritto Danny? La vittima era Abigail, la figlia di Beverly. Non abbiamo mai preso l'assassino. Mi ha perseguitato negli ultimi quindici anni, e ha perseguitato anche Danny. Per questo ne ha scritto, per dare una conclusione al caso. Credo che Beverly sia convinta che Danny abbia qualcosa a che fare con la morte della figlia e non vuole che lui tragga profitto dalla storia, il che è comprensibile. Da mesi scrive lettere a Brian, minacciando di denunciarlo se non ritira il libro.» Angus rise, ma era una risata vuota. Prese dalla tasca un pacchetto di sigarette. «Gli editori non ritirano i libri solo perché qualcuno li contesta, soprattutto se andranno a ruba, come fanno sempre i libri di Danny. Se vuoi scusarmi, ho bisogno di fumare. Se Brian è ancora avvilito lì fuori, magari riesco a farlo ragionare. Danny ha lanciato una bella bomba stasera.»

«Vengo anch'io,» esclamò Heathcliff, seguendo Angus.

«E la cassa?» mi lamentai.

«Ci pensa Morrie. Qualcuno mi ha appena chiesto se abbiamo una copia di quel libro di ricette con l'uva *passera*. O mi fumo una sigaretta o butto fuori qualcuno dalla finestra. A te la scelta.»

«Bene.» Gli feci cenno di andarsene, proprio mentre mia madre arrivava tutta trafelata. Mi sbatté in faccia una manciata di cerotti argentati.

«Ciao, tesoro, metto questi vicino al bancone, così la gente potrà aggiungerne uno agli acquisti.»

«No, non lo farai.»

Mia madre fece il broncio. «Almeno mi lasci mettere uno dei miei opuscoli nei sacchetti con gli acquisti di ogni cliente? Ti prego, cara, sono quasi arrivata a guadagnarmi la Mercedes...»

«No. E per favore non comprare una Mercedes prima che ne abbiamo parlato. Mi dispiace, mamma.» Le diedi un bacio sulla guancia. «Devo proprio andare a parlare con delle persone. Ma ti prometto che questa settimana verrò a trovarti.»

Per il resto della serata non ebbi modo di pensare a Beverly Ingram o al nuovo progetto di mia madre. Morrie si intratteneva con i presenti, mentre io mi davo da fare dietro il bancone per gestire tutti gli acquisti alla cassa. Quoth rimase nella sala principale, ad aiutare i clienti a trovare i libri che cercavano, e le signore a indossare i cappotti. Lo osservai mentre conversava a suo agio con gli ospiti e lo vidi persino ridere a una battuta sconcia della signora Ellis. Una risata di Quoth era così rara e preziosa che solo a guardarlo mi si stringeva lo stomaco.

Se la sta cavando davvero bene. Gli è molto più facile rimanere nella forma umana. Forse una vita normale non è così distante come pensava.

Mentre preparavo due copie del libro di Danny per una signora in stola di pelliccia, notai Heathcliff salire furtivamente le scale. «Non rimani qui?» gli gridai dietro. «Sono sicura che ci sono almeno cinque persone che vogliono ancora chiederti perché non abbiamo un bar nel negozio.»

Heathcliff fece una smorfia e io risi.

«Cos'è successo ad Angus, il tuo nuovo amico?»

Heathcliff alzò le spalle. «Non lo so. Abbiamo finito di fumare. Lui ha raccolto qualche cartaccia da terra. Siamo entrati. È qui, da qualche parte.»

«Di cosa avete parlato? Ti ha detto qualcosa di più su quella donna, su Beverly? Sapeva che Danny era il fidanzato di sua figlia quando è stata uccisa?»

«Non ci siamo detti una parola,» mi rivelò Heathcliff dall'alto delle scale. «Un rapporto perfetto. Vorrei che più persone seguissero il suo eccellente esempio.»

Nella voce aveva un accenno di presa in giro e, anche se da quella distanza non riuscivo a vederlo in viso, sapevo che stava scherzando. Gli mandai un bacio e gli dissi che sarei salita a dargli la buonanotte dopo aver accompagnato fuori Danny e chiuso il negozio.

A proposito di Danny... mi resi conto che non lo vedevo da un po'. Sbirciai nella sala Eventi. Richard stava sistemando il bar, e Jo era immersa in una conversazione con lo scrittore erotico dai capelli viola sul tasso di mortalità di coloro che praticano l'asfissia autoerotica. *Dov'è Danny?*

Mi venne un pensiero terribile. Se Danny fosse andato in giro per il piano di sopra e avesse scoperto la stanza dell'occulto o quella che viaggiava nel tempo, avrebbe potuto trovarsi in un mare di guai.

Ti prego, non voglio perdere l'ospite d'onore durante il nostro primo evento...

Sbirciai nella sala Infanzia e in Narrativa Generale, dall'altra parte del corridoio, ma non lo vidi da nessuna parte. Il panico mi attanagliò il petto mentre salivo, due gradini alla volta. Quando mi voltai verso la sezione Sociologia, una figura sbucò dall'oscurità e venne a sbattermi addosso.

«Morrie!» esclamai. «Mi hai spaventato.»

«Era esattamente quello che volevo,» mormorò, tirandomi contro di sé. «Stai tremando di paura? Perché io posso farti tremare di...»

«Non ora.» Mi liberai dalla sua presa. «Sto cercando Danny. L'hai visto?»

«In realtà, sì. Vieni.» Morrie mi condusse oltre gli scaffali di sociologia e in un angolo nascosto della sala di Storia delle

Ferrovie. Anche se c'era buio, vedevo che la stanza era completamente vuota.

Cercai la lampada a forma di scimmia che avevo sistemato sulla libreria la settimana prima e la accesi. «Sono seria, Morrie. È da un po' che non vedo Danny e se è di sopra...»

«Vedi quella libreria? In realtà è un armadio segreto.» Morrie indicò un angolo vicino alla finestra. «Heathcliff lo usa per conservare le scorte di buste e i corpi dei clienti che gli dicono che *Cinquanta Sfumature di Grigio* avrebbe dovuto vincere il Man Booker Prize.»

Notai la forma a ventaglio sul tappeto dove evidentemente lo scaffale roteava sui cardini. Sobbalzai quando un rumore forte e ritmico arrivò da dietro gli scaffali. «Ratti?» sussurrai.

«Quasi.» Morrie si allungò tra due libri per azionare una leva e la porta si spalancò.

Mi chinai in avanti e sbirciai nello spazio buio. Morrie fece oscillare la lampada, illuminando due corpi rannicchiati all'interno.

Rimasi a bocca aperta quando i miei occhi si posarono su Danny e Amanda, stretti in un abbraccio appassionato. Lui le aveva tirato su il vestito di velluto fino alla vita e aveva i pantaloni e i boxer abbassati alle ginocchia. Lei ci guardò da sopra le spalle di lui, mentre lui la sbatteva contro la parete posteriore dell'armadio. Senza smettere di baciarla, Danny allungò la mano, afferrò la maniglia interna e richiuse la porta.

Io mi appoggiai allo scaffale, il petto ansimante mentre aspettavo che i battiti del mio cuore tornassero alla velocità normale. «Credo che abbiamo trovato Danny.»

Morrie sorrise, tenendo in mano una copia de *Il Garrotatore del Somerset*. «Proprio così. Ehi, Danny, quando hai finito lì dentro, mi puoi fare un autografo?»

6

L'ultimo ospite se e andò alle dieci e mezza di sera. Io e Quoth raccogliemmo tutta la spazzatura, infilammo le bottiglie di sidro nella raccolta differenziata e spazzammo la sala Eventi. Morrie, naturalmente, si rifiutò di aiutare, ma insistette nel seguirci ovunque, recitando i passaggi più macabri del libro di Danny.

Alla fine riuscimmo a riportare il negozio al suo stato normale. Mi accasciai sulla sedia di Heathcliff, con le gambe che mi facevano male e la testa che mi girava per tutto quello che era successo. Il nostro primo grande evento si era svolto quasi senza problemi.

E non dimentichiamo il fatto più importante di tutti... nessuno è stato ucciso. Forse la mia sorte sta finalmente virando.

«Ora te ne vai?» mi chiese Quoth con dolcezza.

«Non posso tornare a casa di Jo. Mi aspetto che l'acqua dei rubinetti si trasformi in sangue e che dai termosifoni esca la grandine.» Le labbra sensuali di Quoth si arricciarono agli angoli quando gli spiegai delle cavallette.

Lui alzò un sopracciglio. «Quindi ti fai una dormitina qui, allora? Ma sei davvero così stanca da andare a letto subito?»

Un anello di fuoco arancione ardeva ai bordi dei suoi occhi scuri. Immediatamente, il mio corpo reagì, le mie membra assonnate avevano voglia di stringerlo, il mio sangue era sempre più caldo. Scossi la testa e fui ricompensata da uno dei suoi splendidi sorrisi.

Lui mi prese per mano e mi condusse al piano di sopra, con i capelli corvini che gli fluivano sulle spalle. Non era da lui prendere il comando così, reclamando ciò che desiderava. *Credo che negli ultimi due mesi tutti noi abbiamo fatto un po' di strada verso la guarigione.*

Quando entrammo nell'appartamento, Heathcliff fece capolino dalla sua stanza. «Dove state andando voi due?»

«Da me,» disse Quoth.

«Il mio letto è più grande,» suggerì Heathcliff.

Le mani di Quoth si strinsero a pugno. Non avrebbe detto nulla, ma avevo la sensazione che quella sera avesse bisogno di me. «Il tuo letto è coperto dai detriti della tua vita,» dissi a Heathcliff. «Non voglio scopare e ritrovarmi con un angolo delle memorie di Sherman infilato nel culo.»

«Non farti sentire da Morrie,» mi ammonì Heathcliff. «Si ecciterebbe.»

«Troppo tardi!» Morrie fece capolino dal bagno. «Dove credi di andare, bellezza?»

Io mi chinai e baciai Morrie sulla guancia. «Nella stanza di Quoth. E tu non sei invitato.»

Morrie sporse il labbro in un finto broncio, poi mi attirò a sé per un bacio appassionato che mi lasciò con le gambe di gomma. «Sei sicura di non volerci ripensare?»

Io deglutii. «Sono sicura, ma magari domani...»

Mi fece un cenno con un dito. «Ci conto.» La porta del bagno si chiuse con un colpo secco.

Mi voltai verso Heathcliff, tenendogli una mano sulla guancia. La sua barba mi graffiava il palmo. Un dolore profondo mi si formò nel petto mentre lui mi fissava negli occhi. Ero così fortunata ad avere quei ragazzi con me. Ero riuscita a vedere l'anima oscura di Heathcliff, al di là del burbero stronzo socialmente incapace. E ciò che scorgevo in lui era il riflesso di tutte le parti nascoste di me stessa.

Sembrava che Heathcliff volesse dire qualcos'altro. Invece, si ritirò nella sua stanza sbattendo la porta. *Bene, me ne occuperò più tardi.*

In quel momento, tutte le attenzioni erano per il mio ragazzo corvo, il mio tormentato e silenzioso artista dai capelli di seta. Quoth mi tenne per mano mentre salivamo la stretta scala che portava alla soffitta. Non andavo lassù dall'anno scorso. Il posto era esattamente come lo ricordavo: soffitti bassi, uno stretto letto d'ottone, il cavalletto sistemato davanti all'alto abbaino che dava su Argleton, ogni angolo libero ammassato di quadri e schizzi. Inciampai su una pila di libri d'arte. Quoth si affrettò ad accendere le luci e varie lampade per permettermi di vedere.

Mi bloccai quando un fascio di luce illuminò il dipinto sul cavalletto di Quoth.

Era un dipinto di me. Beh, almeno immaginavo. La donna ritratta aveva i miei lineamenti, ma non sembrava tanto un disastro con i pantaloni tartan presi in prestito dalla sua coinquilina, quanto piuttosto l'eroina di un libro d'amore gotico, con i capelli fluenti e gli occhi da vieni-a-letto-con-me. I colori tenui intorno al viso ne facevano risaltare lineamenti delicati. Sulla spalla aveva un corvo, con la testa rivolta verso di lei. Tra le mani teneva una pila di libri. Quoth aveva iniziato a scrivere i titoli e gli autori con la vernice dorata: *Cime tempestose, Le opere complete di Sherlock Holmes, Poe - Poesie scelte.*

«Wow.» Toccai il bordo della cornice. I colori a olio erano ancora umidi. «Quoth, è...»

«Non serve che tu dica cose carine. So che non è molto bello.»

Mi sentii un nodo in gola. «Non dire così. È da togliere il fiato.»

«Davvero?» Gli mancò la voce.

«È solo che... non riesco a credere... sono io, vero?»

Quoth rise, con un suono simile a un rivolo d'acqua. «Certo. Anche se non riesco a farti bene. L'ho ridipinto una ventina di volte. Stavo pensando di regalartelo per il tuo compleanno. Ma poi ho pensato che magari non ti piaceva, così ho voluto mostratelo prima. Ti piace davvero?»

Accesi la luce da lettura e la puntai verso il quadro per poterlo vedere meglio. Luci e ombre danzavano sulla tela. Non era un semplice ritratto: Quoth aveva catturato qualcosa di speciale, un elemento indefinibile che mi faceva venire le lacrime agli occhi. C'era una forza nel mio volto dipinto, nel colore penetrante dei miei occhi e nel taglio della mascella, ma anche una certa vulnerabilità. Era esattamente come mi sentivo in quei giorni, mentre cercavo di accettare ciò che stava accadendo alla mia vista. Il modo in cui il corvo chinava la testa verso di me e il paesaggio che incorniciava i nostri volti... Quoth stava riversando sulla tela i suoi sentimenti e la pittura grondava della sua speranza, del suo dolore e del suo viaggio.

Veglierò sempre su di te.

Queste erano le parole che Quoth mi aveva detto, e continuava a ripetermi. Il mese prima, quando ero stata invitata alla Jane Austen Experience, Quoth non si era sentito pronto a trascorrere un intero fine settimana in mezzo a tanta gente. Mentre Heathcliff e Morrie partecipavano alle conferenze, alle cerimonie con il tè e ai balli Regency con me, Quoth era rimasto seduto fuori in mezzo alla neve, a guardare dalle finestre. Sempre fuori, a guardare dentro.

E alla fine era stato lui a salvarmi la vita. *Nessuno mi ha mai amata così incondizionatamente o ha preteso così poco da me.* Mi faceva venire voglia di dargli di più, di dargli tutto.

La mano di Quoth sul mio fianco si fece bollente. Mi voltai e lo avvicinai a me, prendendogli le labbra per un bacio appassionato. Riversai tutta me stessa in quel bacio, cercando di mostrargli quanto fosse bello vedere quel lato di lui, avere il permesso di entrare nel suo cuore. Il mio dito gli tracciò la cicatrice lungo la spalla che gli aveva lasciato Christina Hathaway quando lo aveva aggredito.

Mi abbracciò, attirandomi contro di sé. Mi infilò una mano sotto la maglia, premendo pelle contro pelle calda. Io mi persi in lui, desiderando di colmare il divario che ci separava, desiderando che gli atomi che ci dividevano si disintegrassero in modo da diventare un tutt'uno.

Cademmo sul letto, strappandoci i vestiti a vicenda. Quello era Quoth come non l'avevo mai visto, disperato e scosso da una tensione che faticava a contenere. Con le labbra mi sfiorò un capezzolo e io gridai, e il brivido che attraversò il suo corpo me lo fece amare di più.

Le labbra di Quoth trovarono le mie, affamate e calde. La sua mano mi si infilò tra le gambe, le sue dita affondarono dentro di me, alimentando il fuoco che aveva acceso. La brama dentro di me si trasformò in un inferno.

Mi fece rotolare su un fianco e si portò alle mie spalle, divaricandomi le gambe con un ginocchio. Quando mi penetrò, i colori del dipinto si riversarono nella stanza, invadendo il mio campo visivo come un'aurora. Mi strinse a sé, mentre mi affondava le unghie nel petto e poi mi passava veloce le dita sul clitoride.

Coccolata dal suo tepore, non mi ero mai sentita così protetta, così amata, così desiderata. Ci incastravamo alla perfezione, i nostri corpi erano come pezzi di un puzzle che avevano finalmente trovato il loro compagno. Dentro di me, il suo sesso toccava luoghi nascosti, generando una serie infinita di sensazioni, finché il mio corpo arrivò all'apice.

Venimmo insieme, in una pioggia di fuochi d'artificio. I nostri corpi tremavano sotto le stelle che avevamo creato noi. Luci brillanti mi attraversarono il campo visivo e mi persi al di fuori del mio corpo, non sapendo più dove finiva il mio piacere e iniziava il suo.

Affondai tra le sue braccia con le palpebre chiuse, e nella testa il silenzio post-orgasmico. I colori mi danzavano ancora negli occhi e il dipinto di Quoth prendeva vita nel mio cervello. Nella quiete della sua mansarda, nella sicurezza delle sue braccia, vedevo il mondo come lo vedeva lui, ed era bellissimo.

«Mina...» Quoth rabbrividì, appoggiato a me. Ero sopraffatta dall'emozione, e le lacrime traboccarono dai miei occhi e mi scesero sulle guance.

Gli feci un enorme sorriso. «È stato fantastico.»

«Davvero.» Quoth mi passò un dito sotto gli occhi. «Stai piangendo?»

«Non sono lacrime di tristezza.» Gli appoggiai la mano sul cuore. «Non credo di essermi mai sentita così vicina a te come in questo momento.»

«Bene.» Deglutì. «C'è una cosa che voglio chiederti.»

«Ah.» Questo spiegava il suo comportamento di quella sera. Si era preparato per quel momento. Mi girai in modo da trovarmi di fronte a lui. Riuscivo a scorgere solo i contorni del suo viso. Avevo ancora striature di colore che mi passavano davanti. Allungai una mano e gli accarezzai la guancia. *Anche quando sarò cieca, potrò ancora sentire la sua pelle morbida, le sue labbra calde sulle mie. Vedrò le luci e i colori e farò finta di essere dentro uno dei suoi quadri. Anche quando sarò cieca, questo momento sarà perfetto.*

«Credo di volere...» Quoth deglutì. «Ho dato un'occhiata alle scuole d'arte su Internet.»

«Davvero?»

La guancia di Quoth si mosse sotto la mia mano mentre lui annuiva. «Non so nemmeno perché. Non pensavo di volerci andare. Volevo solo scoprire... C'è un'università a Barchester che fa dei corsi di laurea part-time. Frequenterei le lezioni solo un paio di volte la settimana. Il resto è lavoro indipendente. Hanno uno studio d'arte grande e luminoso che si affaccia su un parco, un forno per la ceramica, degli spazi per la lavorazione dei metalli e uno studio di fotografia, e tutti gli insegnanti sono artisti professionisti e...»

«Mi sembra una cosa fantastica,» sussurrai. Avevo il cuore che scoppiava per lui. Due mesi prima, Quoth nemmeno usciva dal negozio. Era invisibile, senza passaporto né un nome vero. Diceva a malapena una parola e non appariva al piano di sotto se non nella sua forma di corvo. Ora non parlava solo di essere più presente nel mondo, ma di fare un passo in più, verso una carriera, una vita. «Sei pronto per questo?»

«Credo di sì.» Mi accarezzò la guancia con un dito. «Ho capito che se voglio avere un futuro con te, non posso aspettarmi che tu stia in una vecchia soffitta polverosa.»

Un futuro con te. Per Iside, le sue parole mi fecero sentire davvero bene.

«Mi piace la tua soffitta, ma questa idea mi piace ancora di più.»

Il dito di Quoth si fermò a mezz'aria. «E... credo che dovresti iscriverti anche tu.»

Mi si irrigidì il corpo. «Ehm... perché?»

«Perché ti piacerebbe.»

Il cuore mi batteva contro il petto. «Hai ragione. Mi piacerebbe molto. Ma questo non significa che dovrei farlo.»

«So che c'è la possibilità che ti faccia stare male per colpa dei tuoi occhi, però potrebbe anche essere fantastico. Ci penserai almeno? Sei l'unica altra artista che conosco. Mi fido della tua opinione. La prossima settimana ci sarà un open day. Verresti a conoscere i docenti con me? Per favore.»

Sospirai, sentendo puzza di bruciato. Le motivazioni di Quoth erano del tutto altruistiche. Probabilmente lui non aveva nemmeno intenzione di andare a lezione. Stava solo cercando di farmi trovare l'entusiasmo per qualcosa, visto che non potevo più occuparmi di moda. *Beh, aspettati pan per focaccia.* L'avrei reso così entusiasta della scuola d'arte che si sarebbe iscritto all'istante, e sarebbe stata tutta colpa sua. «Certo, vengo con te.»

«Sei fantastica.» Mi baciò di nuovo. «Grazie, Mina.»

«Sì, sì.» Mi avvicinai e spensi la lampada. «Non mi ringrazierai più, quando capirai come funzionano i prestiti studenteschi. Buonanotte, mio uccello esasperante.»

«Buonanotte, mia rara e radiosa fanciulla, mia musa.»

Appoggiai la testa nell'incavo del suo braccio e chiusi gli occhi. La stanchezza e la felicità mi inondarono in egual misura. «Accidenti a te, il tuo saluto è molto più bello.»

7

La sveglia del mio telefono riproduceva un assolo di chitarra arrabbiato. Mi avvicinai per schiacciare il tasto snooze, ma il mio braccio sbatté contro un corpo caldo. Mezza addormentata, socchiusi un occhio e fui accolta dal volto gentile di Quoth.

«Buongiorno,» dissi assonnata.

«Ora lo è.» Quoth si avvicinò e premette le labbra sulle mie. Le dischiusi e la sua lingua toccò la mia: dapprima esitante, poi più appassionata e possessiva, come se Quoth avesse bisogno di me per respirare.

Mi tirai indietro, senza fiato. «Hai ragione. Ora sì che è buono. Svegliamoci così ogni giorno.»

«Mi piacerebbe,» commentò lui con un sorriso. «Se tu vivessi qui potremmo svegliarci così ogni giorno. Beh, dovrei fare fuori Morrie e Heathcliff.»

Risi all'idea che Quoth potesse fare fuori quei due maniaci armati di spada che avevo nel mio harem. Da quando eravamo tornati da Baddesley Hall ci riferivamo scherzosamente ai ragazzi come al "mio harem". Mi piaceva: essere al centro dell'attenzione non di uno, ma di tre ragazzi mi dava forza, anche se a volte era un po' opprimente. E mi impediva di sentirmi male ogni volta che li guardavo e mi rendevo conto di non avere idea di cosa cazzo stessi facendo.

Ho tre amanti. Io li adoro e loro mi adorano.

Si volevano bene anche loro, nei loro modi disfunzionali. Al momento, tanto bastava. Se mi soffermavo troppo a lungo, se aprivo la mente abbastanza da lasciare che il dubbio si insinuasse, mi sentivo assillata dai pensieri sul mio futuro. Per quanto tempo avrebbero potuto continuare a essere l'harem di Mina prima che diventasse un problema? Cosa avrei fatto se avessero avuto bisogno che io facessi una scelta?

Cosa sarebbe successo se *non* avessi scelto?

Una donna con tre uomini non era esattamente convenzionale. A vent'anni ero una punk rocker: ci si aspettava che sperimentassi la mia sessualità. Ma a trent'anni? E quando ne avessi avuti cinquanta?

Un futuro senza Quoth, Heathcliff e Morrie non mi sembrava possibile. Ormai erano parte di me. Ma se il mondo ci avesse costretti a separarci? Avrei voluto tenerli stretti e non lasciarli mai andare, forse perché tutto ciò che riguardava il mio futuro era già così incerto. Ma non era giusto: non potevo chiedere loro di essere per sempre uno di tre. Alla fine, avrei dovuto lasciarne due. Quel pensiero mi impietrì il cuore.

Loro mi avevano insegnato che ero abbastanza forte da affrontare qualsiasi cosa, ma non ero sicura di essere abbastanza forte da perderli.

Guardai la sveglia. *6:15?* Fuori era ancora buio e la luna pallida splendeva direttamente sopra la finestra, illuminando il letto con un riquadro blu. Tutto ciò che si trovava al di là di quel riquadro per me era invisibile.

Perché ho puntato la sveglia alle 6:15? Devo solo scendere al piano di sotto e aprire il negozio alle nove. Potrei dormire tra le braccia di Quoth per un altro...

Oh, merda. Mi alzai di scatto, facendo cadere Quoth come un masso. *Danny arriva presto per preparare il workshop.*

«Ti sei appena ricordata del workshop, vero?» Quoth mi osservava dal letto e io mi affannavo a cercare i vestiti. C'era una punta di divertimento nella sua voce.

«Come ti è venuta questa idea?» Borbottai mentre saltellavo su una gamba sola e cercavo di infilare l'altra nei pantaloni scozzesi di Jo.

«Mi piace vederti così entusiasta,» osservò Quoth. «Penso che saresti una grande scrittrice.»

«Non ci vado perché voglio diventare una scrittrice,» replicai. Mi sentii arrossire, e fui contenta che grazie al buio lui non se fosse accorto. «Ci vado solo per assicurarmi che si svolga senza intoppi, in modo da imparare come gestire i prossimi laboratori.»

«Se lo volessi potresti fare la scrittrice,» aggiunse Quoth. «Nessuno può dirti che non puoi scrivere a causa dei tuoi occhi. Hai un modo unico di vedere le persone: le guardi dritte nell'anima. È per questo che sei così brava a risolvere misteri. Inoltre, tutti gli strani avvenimenti che accadono qui intorno potranno essere fonte di ispirazione.»

«Smettila di dire stupidaggini,» brontolai. Avevo le guance che mi pungevano per il calore. Mi tirai giù la camicia e scappai verso la porta prima che potesse dire qualcos'altro di imbarazzante.

«Posso essere un eroe nella tua storia?» mi gridò dietro Quoth. «In ogni buon romanzo dovrebbe esserci un mutaforma corvino scafato e ben dotato.»

«Stai diventando ogni giorno più simile a Morrie!» gli urlai di rimando mentre scendevo le scale. Doveva scegliere di fare lo spiritoso proprio alle 6:15 del mattino.

Il vecchio edificio scricchiolava e cigolava quando passai in punta di piedi davanti alla stanza di Heathcliff. Lo sentivo russare dalla porta. Al piano di sotto ci fu un colpo. *Probabilmente la caldaia. Fa sempre quel rumore.*

Nel soggiorno, Morrie era già sveglio. Era sotto il lampadario e si stava abbottonando una delle sue camicie inamidate, mentre fissava con espressione divertita gli schermi nella sua enorme postazione PC. Il respiro mi si bloccò in gola mentre lo osservavo, intelligenza vivace, pantaloni impeccabili e fronte aggrottata dai pensieri. Non mi sono mai piaciuti gli uomini puntigliosi, ma Morrie... a lui la sua puntigliosità si addiceva.

Alzò lo sguardo quando entrai. Tolse rapido le mani dai bottoni per cliccare qualcosa sullo schermo. «Hai l'aria stanca,» mi disse, con il suo solito sorriso che gli illuminava il volto.

«Non mi dire, Sherlock.»

Si bloccò a metà sorriso e io indietreggiai ricordando con chi stavo parlando. Proprio la settimana prima, Morrie aveva confessato un dettaglio della sua relazione con il famigerato detective e non volevo pensasse che glielo stessi rinfacciando. «Mi dispiace, non volevo dire questo. È presto. È solo che...»

«Hai solo bisogno di un caffè?»

Gli feci un cenno con il pollice in alto.

«È già su.» Morrie fece un passo verso di me. Con un dito mi sfiorò un capezzolo. «Sei sicura che ti serva *solo* un caffè?»

«Mmm. Vorrei che ci fosse tempo per altro, ma devo scendere e prepararmi per il workshop.»

«Stai prendendo troppo sul serio il tuo ruolo di manager,» commentò imbronciato. «Se ricordi, ieri sera mi hai fatto una promessa.»

«Non credo di averti *promesso* un bel niente,» gli diedi un rapido bacio. «Per fortuna, ti trovo maledettamente irresistibile. Stasera sarò tutta tua, te lo prometto.»

«Bene.» La macchina del caffè emise un segnale acustico e Morrie si ritirò in cucina. «Il tuo lo faccio extra forte.»

«Sei il mio eroe. Danny è già arrivato?» chiesi, abbottonandomi la camicetta. Al piano di sotto, la caldaia sbatacchiò di nuovo.

«No. Spero che non sia in ritardo. Ho preso la sua marca di caffè preferita, ma sono così nervoso che probabilmente lo berrò tutto io, prima che arrivi.» Morrie uscì dalla cucina, con due tazze in mano. Notai che le sue nocche erano più bianche del solito. Mi sfoggiò il suo solito sorriso smagliante mentre mi porgeva il caffè, ma notai qualche lieve increspatura nel liquido vicino al bordo della tazza.

James Moriarty era entusiasta di incontrare uno *scrittore*? O si trattava di qualcos'altro?

Sentii un altro tonfo dal piano di sotto, ora più forte, e un suono simile a quello di qualcuno che tossiva. *Merda, non è la caldaia, scommetto che è Danny!* Gli strappai la tazza dalle mani. «Niente caffè per te. Queste servono a me. Forza, andiamo di sotto. Ho dato a Danny una chiave perché potesse entrare da solo, e scommetto che è già qui.»

Mentre scendevo le scale, dal pianterreno arrivò una brezza fredda che mi fece rizzare i peli sulle braccia. La porta sbatté sui cardini. «Vedi, te l'avevo detto che Danny doveva essere entrato di nascosto. Tutti quegli anni da criminale incallito hanno dato i loro frutti, perché è stato davvero silenzioso.»

«Non me ne ero accorto,» rifletté Morrie. «Da criminale a criminale, è *bravo*. Ma è ovvio che lo sia. Si capisce dai suoi libri. Ne *I delitti del Middlesex*, l'assassino fa ascoltare la registrazione di una conversazione che ha registrato qualche giorno prima, chiuso in ufficio, per crearsi un alibi. Davvero ingegnoso. Me lo segno per uso futuro.»

«Ehi, Danny, sei...»

Le parole mi morirono in gola quando la luce della porta aperta illuminò una forma bitorzoluta distesa sul tappeto. Un corpo a terra era circondato da mucchi di libri caduti. Il volto di

Danny era rivolto verso di noi, le mani immobili sul collo. Aveva gli occhi spalancati e i lineamenti contorti in una strana specie di ghigno.

«Ehi, Danny, non è divertente, amico.» Morrie lo toccò con un piede. «Alzati.»

Ma Danny non si mosse. Morrie si chinò e gli girò la testa di lato, rivelando un brutto segno scuro intorno al collo, con la pelle rotta in alcuni punti e sangue che colava dalle ferite.

«Beh, è interessante,» disse, alzandosi lentamente in piedi. La sua mano cercò la mia e mi accorsi che aveva le dita che tremavano. «È morto stecchito.»

8

«La causa della morte è relativamente semplice,» annunciò Jo. Si chinò sul corpo di Danny e usò una piccola lente di ingrandimento per studiargli il collo. «Credo sia morto per asfissia, causata da una compressione della trachea. Questi segni e la violenta compressione del collo suggeriscono che sia stato usato un legaccio. Dalla mancanza di tagli sulla pelle e da questo schema di lividi direi che si tratta di un qualche tipo di tessuto, più che un filo. Forse una sciarpa o una corda. Però, sulla scena non c'è l'arma del delitto. L'assassino deve averla portata via, il che rende le cose più difficili. Dovrò cercare delle conferme in laboratorio: a volte questi segni possono essere simulati post-mortem.»

Mi veniva da vomitare. Gli occhi vitrei e stralunati di Danny mi fissavano accusatori dal pavimento.

Un altro cadavere. Un altro omicidio in libreria. La mia mente tornò alle altre volte che avevo visto la polizia e le squadre della scientifica lì dentro: quando la mia ex migliore amica Ashley era stata trovata morta a terra con un coltello nella schiena, e quando l'indomita Gladys Scarlett era stata la vittima di un avvelenamento da arsenico durante la riunione del suo club del libro.

Ora c'era poco sangue, nessun coltello, nessun veleno, però c'era il volto di Danny, bianco e gonfio, privo del suo sorriso malizioso e del suo sguardo brillante.

Chi gli ha fatto questo?

«C'è qualche livido anche qui.» Jo girò la testa di Danny e ci fece vedere. «E anche un'emorragia intorno ai muscoli anteriori del collo. Questo suggerisce che abbia lottato contro il suo aggressore. Potrebbe anche spiegare i libri sparsi ovunque. Credo che la vittima abbia preso a calci gli scaffali, facendo cadere i libri.»

«Ora del decesso?» chiese Hayes, prendendo nota sul suo blocco.

«Questo è abbastanza fresco. Probabilmente è morto da circa un'ora.»

Un'ora. Il cuore mi batté forte nel petto. Ciò significava che Danny era stato assassinato mentre io e Morrie eravamo di sopra a discutere di caffè, e tutti gli altri dormivano. L'assassino era entrato nel negozio. Ripensai ai tonfi che avevo sentito. *Sarei dovuta correre subito sotto. Avremmo dovuto chiamare la polizia. Avremmo potuto salvarlo se...*

La sergente Wilson chiuse la telefonata. «Capo, ho parlato con la reception dell'hotel di Danny. Hanno detto che è uscito verso le cinque del mattino. Sono disponibili a farci entrare nella sua stanza.»

«Bene. Vado subito.» Hayes chiuse di scatto il taccuino. «Dite agli agenti di setacciare il quartiere, per vedere se qualcuno ha sentito o visto Danny o qualcun altro nei pressi della libreria questa mattina all'ora dell'omicidio. Cominciate con la signora Ellis, dall'altra parte della strada: è sempre la prima a essere informata sulle chiacchiere del quartiere. Vorrei anche che interrogaste la signorina Wilde, il signor Moriarty e chiunque si trovasse in casa in quel momento.»

Wilson fece una smorfia spazientita. «Sei sicuro che non dovremmo chiedere loro di interrogarsi a vicenda, visto che sembrano decisi a giocare a detective?»

«Non è colpa nostra se la gente continua a essere uccisa,» gridai. Un brivido mi corse lungo la schiena, e non aveva nulla a che fare con il vento fortissimo che soffiava fuori.

«Quello che Mina intende dire è che saremmo ben felici di assumere le vostre funzioni,» aggiunse Morrie, stringendomi a sé mentre Heathcliff e Quoth scendevano le scale scortati da uno degli ufficiali in uniforme. «Visto che sembrate intellettualmente inferiori...»

«Non servirà, signor Moriarty.» Hayes si strofinò gli occhi. Sembrava stanco quanto me. «A breve la sergente Wilson raccoglierà le vostre dichiarazioni.»

«Quindi è stato garrotato.» Morrie si sporse in avanti, con gli occhi che brillavano di interesse. «È una cosa insolita?»

«Signor Moriarty, la prego di trasferirsi con la signorina Wilde in un'altra stanza,» disse Hayes accigliato mentre fissava la scena. «Lasciate che di questo caso si occupino i veri detective.»

Con piacere. Mi precipitai nella sala principale e crollai sulla sedia di Heathcliff. I ragazzi mi seguirono; Heathcliff rimase sulla porta a guardarmi male, Quoth si appoggiò all'angolo del tavolo e Morrie camminava su e giù davanti alla finestra, con la mente che già vorticava tra le possibilità. Il mio stomaco si agitava. In quel momento, l'ultima cosa che volevo fare era pensare a chi ci fosse dietro quell'omicidio. «Non posso credere che qualcuno abbia voluto fare del male a Danny. Sembrava un tipo così affabile.»

«Solo perché era gioviale non significa che non avesse

nemici. Probabilmente sua moglie non era contenta di quello che è successo nello sgabuzzino ieri sera,» commentò Morrie.

«Pensi che lo sapesse?» chiesi.

«Le donne di solito lo sanno,» replicò Heathcliff.

Mi ricordai della conversazione avuta la sera prima con Penny Sledge. *Sì, credo che lei lo sapesse.*

«Quel tipo aveva anche un passato criminale,» fece notare Morrie. Prese una copia de *Il Garrotatore del Somerset* dalla pila sulla scrivania e la sfogliò. «Forse il karma gli ha presentato il conto. Peccato che non sia riuscito a pubblicare le sue memorie. Scommetto che ci sarebbe stata una bella quantità di storie sordide.»

«E che mi dite dell'editore?» chiese Heathcliff. «Non sembrava molto contento quando Danny ha annunciato la sua intenzione di autopubblicare un'autobiografia.»

«Oooh, già, bella intuizione. C'è anche il suo amico Angus, che potrebbe aver pensato che si meritava più soldi da Danny per il suo aiuto,» rifletté Morrie. «O magari Amanda voleva che Danny lasciasse la moglie per lei e lui si è rifiutato.»

«Non dimentichiamoci di quella donna fuori di testa che gridava come se avesse visto un fantasma,» aggiunse Heathcliff.

Io feci una smorfia e Quoth lanciò un'occhiataccia a Heathcliff. «Pessima immagine. Povera Mina, è sconvolta.»

«Sto bene.» Mi appoggiai il mento sulle mani. Mi girava la testa. *Non perdere il controllo. Non pensare agli occhi stralunati di Danny. Non pensare a quegli orribili segni intorno al collo...*

Jo fece capolino. «Vi volevo solo dire che stiamo portando via il corpo, e anche il tappeto della sala. Potete andare in giro tranquillamente. I miei ragazzi staranno qui a fotografare gli scaffali e a cercare eventuali indizi, ma se ne andranno tra un'ora o poco più, e poi sarete liberi di aprire.»

«È fantastico. Grazie, Jo.»

«Ah, e ho un'altra buona notizia.» Il sorriso smagliante di Jo sembrava in contrasto con la serietà del momento, ma lei era fatta così: aveva a che fare con morti macabre ogni giorno, quindi ci voleva ben altro per scuoterla. «Il disinfestatore è passato stamattina. Niente più locuste.»

«Locuste?» Morrie sollevò un sopracciglio.

Accennai un sorriso. «È una buona notizia. Danni gravi?»

«A parte il fatto che il mio esperimento è rovinato? No, non proprio. Hanno rosicchiato tutte le fibre naturali esposte: le borse di stoffa della spesa, il cesto di vimini appeso, il mio giubbotto di merino sullo stendino che abbiamo in casa. Dovremo ripiantare tutte le erbe aromatiche. Quelle ingorde si sono mangiate anche la tovaglia di lino. Ci crederesti?»

Mi appoggiai allo schienale della sedia, all'improvviso vinta dalla stanchezza. *Se ci credo che c'è stato un altro omicidio e che un'invasione di locuste ha divorato il nostro giardino di erbe aromatiche? Vorrei poter dire che non ci credo, ma la verità è che... sembra solo un giorno come un altro alla Libreria Nevermore.*

Sprofondai tra Heathcliff e Quoth, con le loro mani nelle mie, mentre la sergente Wilson raccoglieva la mia dichiarazione. Continuava a passare lo sguardo tra me e i ragazzi, e io capii che si stava interrogando sulla natura del nostro rapporto. Quando le dissi che io e Quoth eravamo stati a letto insieme quella mattina, alzò *di molto* le sopracciglia.

Immagino di dovermi abituare a reazioni del genere se voglio stare con tutti e tre.

Ma non ebbi il tempo di pensare alla nostra storia, perché le domande della Wilson arrivavano in fitta successione. Era sempre stata un po' sospettosa nei miei confronti.

Probabilmente aveva a che fare con il fatto che ovunque andassi sembravano accumularsi cadaveri. E ora c'eravamo di nuovo, a fissarci una di fronte all'altra alla scrivania di Heathcliff, mentre la Scientifica si occupava della terza scena del crimine nel negozio in tre mesi.

Ognuno di noi descrisse quanto più possibile l'evento della sera prima, compreso il discorso di Danny e le domande del pubblico, la visita di Beverly e il ritrovamento di Danny e Amanda nello sgabuzzino. La Wilson fece molte domande su Beverly e Amanda, oltre a prendere appunti dettagliati sui nostri movimenti. Poi ci chiese di accompagnarla nella sala Eventi e di descriverle la disposizione, mentre disegnava una piantina sul suo blocco.

Quando la sergente finì di parlare con noi, il team della Scientifica se ne andò con le prove. Fuori dal negozio si era radunata una folla di scrittori: i partecipanti al workshop di Danny. Notai lo scrittore erotico dai capelli viola parlare con due signore del club della maglia della signora Ellis, che si allontanarono non appena lui si mise a descrivere una scena di sesso a cui stava lavorando.

«... lei aveva i capezzoli duri e tondi, come i rivetti di una macchina a vapore...»

«Mi scusi.» Mi schiarii la voce. Nessuno alzò lo sguardo.

«... e lui la bocca bagnata dalla sua deliziosa linfa vaginale...»

Heathcliff si infilò due dita in bocca ed emise un potente fischio. Il nostro amico dai capelli viola per poco non saltò fuori dalla pelle per lo spavento. Le amiche della signora Ellis mi lanciarono sorrisi di sollievo.

Mi schiarii di nuovo la voce. «Salve a tutti. Sono Mina, l'organizzatrice del workshop di oggi. Purtroppo Danny non potrà tenere la lezione. È...»

Le parole mi morirono sulla lingua. Cercai di concentrarmi

sulle persone di fronte a me, ma riuscivo solo a scorgere il volto gonfio e la bocca spalancata di Danny. Ci riprovai. «Danny è… è…»

«È morto stecchito,» concluse Heathcliff.

Un sussulto collettivo si levò dalla folla. Io lo fulminai con lo sguardo.

«Che c'è?» Scrollò le ampie spalle. «È così. Ha tirato le cuoia, è schiattato, ci ha lasciato le penne, si è liberato delle sue spoglie ed è andato verso ponente a incontrare il suo creatore. È passato a miglior vita, ha incassato le sue fiches, ha abbandonato la sua dipendenza dall'ossigeno e ha fatto il check-in all'Horizontal Hilton per il suo sonno amletico. È diventato diversamente immortale e non sarà più un numero nel censimento…»

Le due amiche della signora Ellis si guardarono sbigottite. Lo scrittore erotico assunse un'espressione solenne, ma un angolo della sua bocca si arricciò a quella descrizione di Heathcliff. *Diversamente immortale? Non ci posso credere.* Diedi un colpetto sul fianco a Heathcliff e lo ammonii con un'occhiataccia, che lui ignorò.

«Veramente?» chiese uno degli altri scrittori, un uomo in giacca di tweed con una matita infilata dietro l'orecchio. «È davvero morto?»

«Sì, mi dispiace. Quindi oggi non potremo tenere l'evento. Organizzerò i rimborsi nell'arco della settimana. Nel frattempo, so che avete fatto parecchia strada, quindi perché non entrate? Tra poco arriverà un rinfresco e potremo sederci nella sala Eventi per discutere di scrittura, magari leggere passaggi dai vostri lavori…»

«A che scopo?» brontolò Uomo-Tweed. «Sono venuto fin qui da Crookshollow per prendere lezioni da Danny Sledge. Non ho nessuna intenzione di discutere il mio capolavoro con questi scribacchini.»

«A chi stai dando dello scribacchino?» lo attaccò una donna con gli occhiali di tartaruga. «Io sarò la prossima Nora Roberts. Sono io che non voglio sprecare il mio pomeriggio con un gruppo di intellettuali parvenu: ho un bestseller da finire.»

Uno dopo l'altro, gli scrittori si allontanarono, borbottando il loro disappunto. Le amiche della signora Ellis scossero la testa tristi e si diressero verso il parco, chiacchierando a voce alta su dove trovare una buona tazza di tè in paese. Io mi sedetti mesta sul gradino, con la testa tra le mani.

Un braccio mi circondò le spalle e fui avvolta da un soffio di erba fresca. Gli occhi scuri di Heathcliff fissarono i miei con selvaggia gentilezza. «Mi dispiace, Mina. Sapevo che non vedevi l'ora di partecipare a quel seminario.»

«Va tutto bene.» Chi stavo prendendo in giro? Non mi sentivo affatto bene. Mi sentivo come se le cose nella mia vita avessero appena iniziato a girare per il verso giusto solo per crollare di nuovo. Era come se, qualunque cosa facessi, non avrei mai avuto fortuna. Forse non sarei mai riuscita a scoprire se ero in grado di scrivere...

Peccato che, ovviamente, non mi interessasse. Non avevo nessun talento per la scrittura. Non potevo in alcun modo avvicinarmi agli scrittori che ammiravo. Non ero Emily Brontë né Arthur Conan Doyle. Non pensavo nemmeno di poter arrivare a una E. L. James.

Dei passi risuonarono sui gradini dietro di me. Quoth mi raggiunse dall'altra parte e mi fece appoggiare la testa sulla sua spalla. Io sentii un pizzicore su tutta la pelle. Lui colse l'emozione che mi stava salendo dentro, l'ondata di malinconia che avevo fatto tanto per stemperare e che minacciava di travolgermi.

Gli occhi di Heathcliff, di una profondità insondabile, scavarono nei miei. «C'è un modo infallibile per curare questo malessere.»

Tirai su con il naso. «Quale?»

«Lo faremo noi il nostro workshop,» mi disse Heathcliff tirandomi in piedi. «Sotto il lavandino Morrie nasconde una bottiglia di costoso assenzio francese. La finiamo e poi metteremo alla prova il concetto di Hemingway secondo cui si dovrebbe scrivere da ubriachi e rivedere da sobri. Io personalmente credo che dovrebbe essere "scrivere da ubriachi, rivedere da ancora più ubriachi", ma è per questo che lui è l'autore e io l'anticroc tormentato.»

9

Dato il mio umore cupo, Heathcliff non ci mise molto a convincermi ad accettare il suo piano. Rifiutai l'assenzio (avevo letto Poppy Z. Brite), ma accettai di chiudere il negozio e di raggiungere i ragazzi al Rose & Wimple per pranzo, anche se era presto. Heathcliff e Morrie mi affiancavano mentre attraversavamo il parco. Quoth mi conficcava gli artigli nella spalla. Aveva deciso che non avrebbe potuto affrontare i pettegolezzi degli abitanti del villaggio dopo l'omicidio di Danny, ma che se ci fossimo seduti nel giardino del pub sarebbe venuto ad appollaiarsi sul muro accanto a noi.

Sembrava che l'intero villaggio si fosse riunito al pub. Erano tutti sul prato, e parlavano sottovoce. Dopo che fummo entrati, scendemmo i gradini e passammo davanti allo spiritoso maiale di ferro che annunciava la specialità del giorno e tutte le teste si voltarono verso di noi. *La macchina del fango locale deve essere in piena attività con la notizia dell'omicidio di Danny. Spero che abbiano almeno la decenza di lasciarci in pace...*

Non appena varcammo la porta, l'intero locale si ammutolì. Anche se riuscivo a malapena a distinguere i volti nella penombra, sentivo i loro occhi che mi passavano sul corpo, le loro domande senza risposta sospese nell'aria.

«Andiamo da qualche altra parte,» mormorò Heathcliff. «*Tir Na Nog* a Crookshollow fa delle passabili merende con formaggi e sottaceti.»

«No.» Una feroce determinazione si fece strada nelle mie viscere. Vivevamo lì anche noi e non avevamo fatto nulla di male. Se volevamo mangiare un cestino di patatine fritte e affogare i nostri dispiaceri in una pinta di birra, avevamo il diritto di farlo. Mi avvicinai al bancone e ci sbattei sopra il portafoglio. «Ciao, Richard. Una pinta di lager, una di sidro, un bicchiere di bianco della casa e un paio di menu, per favore.»

L'oste tirò fuori le pinte per Heathcliff e me, mentre Morrie saltellava da un piede all'altro. Dall'espressione del suo volto, capii che moriva dalla voglia di strappare il vino scadente dalle mani di Richard e rovesciarglielo in testa, ma nemmeno lui era pronto a fare una scenata con l'intero villaggio che ci fissava. Tutto ciò che riuscì a fare fu emettere una debole protesta. «Non avete qualcosa con un bouquet più profumato? Magari qualcosa della Napa Valley, o della Nuova Zelanda...»

«Non per sei sterline al bicchiere, mi dispiace, amico.» Richard posò il vino davanti a sé. Morrie aveva l'aria di chi avrebbe preferito bere acqua di gabinetto. Prese il bicchiere e lo sollevò verso la luce prima di berne un piccolo sorso. Un suono strozzato gli sfuggì dalle labbra.

«Tutto bene?» Richard si sporse sul bancone, con un'espressione gentile e preoccupata.

«Bene,» gracchiò Morrie.

Se non fossi stata così presa dall'omicidio di Danny e dall'inquietante silenzio nel pub, sarei scoppiata a ridere. Pagai in fretta i nostri drink e mi allontanai dal banco. «Andiamo in cerca di un tavolo,» mormorai.

Le chiacchiere ripresero, ma in tono sommesso, e le sentivo

richiudersi al nostro passaggio, come la scia di una barca. Mentre ci muovevamo tra i tavoli, mi giungevano all'orecchio frammenti di conversazione.

«Quel posto è sempre stato strano. Ricordate quando il proprietario era quel vecchio cieco? Perché un cieco passava così tanto tempo con libri che non sapeva leggere? Era strano.»

«Io ho sempre detto che quel gitano non stava certo combinando niente di buono nel villaggio. Probabilmente uccide gli scrittori per derubarli.»

«Credo che sia quella giovane donna a comandare. Viene da un quartiere popolare, sai? Lì non li educano bene i bambini. Scommetto che va a letto con tutti loro. Li comanda a bacchetta. C'è qualcosa che non va, ve lo dico io.»

«Una cosa è certa. Io non metterò più piede in quel negozio. È troppo pericoloso.»

Forse, in realtà, non era stata un'idea brillante restare lì.

Mentre uscivamo dal retro verso il giardino, vidi una mano che si agitava sopra un tavolo. «Yuhuu, Mina.» Era la signora Ellis. «Da questa parte!»

Non avevo molta voglia di passare l'ora dell'aperitivo a raccontare alla signora Ellis ogni minimo dettaglio cruento dell'omicidio, ma la sua compagnia non poteva che migliorare il mio umore. Con gratitudine, ci sedemmo all'estremità del suo tavolo. Diedi un'occhiata alle sue compagne, e riconobbi le due scrittrici del suo circolo della maglia e Florence Lawton, la storica locale, che avevo convinto a tenere una conferenza di storia alla libreria la settimana seguente.

«Un altro guaio in libreria, Mina?» chiese Dotty.

«Sì.» Rabbrividii. «Non ho molta voglia di parlarne, quindi...»

La signora Ellis schioccò la lingua. «Un famoso e affascinante scrittore di gialli, ucciso nello stesso modo delle vittime dei suoi libri! Sembra la trama di un romanzo di Agatha

Christie. L'hai trovato tu il corpo, vero Mina? Dicci, era terribile? Aveva il volto gonfio e...»

«Bene, io prendo pasticcio di carne e rognone. Tu cosa prendi, Mina?» si inserì a voce alta Heathcliff, mentre mi apriva con determinazione il menu davanti alla faccia.

«Scommetto che è stato l'editore, Brian Letterman.» Dotty si sporse in avanti, con fare cospiratorio. Evidentemente le amiche della signora Ellis adoravano quanto lei gli omicidi intriganti. «Ma l'avete vista la sua faccia quando Danny ha annunciato che avrebbe autopubblicato il suo libro di memorie? Sembrava pronto a uccidere.»

«Oppure potrebbe essere stata Beverly Ingram. Che cosa pensava di fare, irrompendo in quel modo!» esclamò la signora Ellis. «So che è stata una tragedia, ma non è proprio colpa di Danny se nel suo libro ha usato la stessa arma del delitto dell'assassino di Abigail.»

«Beverly è stata un po' schiva nelle ultime settimane,» aggiunse Wenda. «È quello che succede quando non si ha un marito e ci si tiene alla larga da tutte le persone gentili del villaggio. Proprio l'altra settimana l'ho incrociata al supermercato. Aveva parcheggiato il carrello di traverso, in modo da occupare tutta la corsia, e se ne stava lì a fissare uno scaffale di cereali. Le ho detto: "Beverly, devi smetterla". Ma poi ha iniziato a sbattere le braccia contro gli scaffali. Cereali a terra, dappertutto! È stata bandita dal supermercato per un mese.»

«Perché se l'era presa con i cereali?» chiese Morrie. Nel tempo che la signora Ellis impiegò per rispondere, lui scambiò il suo bicchiere di vino con quello di lei. Assaggiò il bouquet e decise che era superiore, e ne bevve un generoso sorso, con gratitudine.

«In passato, sua figlia Abigail faceva la modella. Il suo volto era apparso su una scatola di cereali. Aveva fatto anche una pubblicità per un dentifricio e Beverly pensava che un giorno sarebbe apparsa nelle foto di quel prodotto. Abigail era un vero schianto, e lei lo sapeva. Aveva un codazzo di ragazzi che la seguivano per il paese quasi fosse il pifferaio magico. Ma sapeva anche essere una terribile sgualdrina: lei e Beverly non facevano che litigare perché beveva e si divertiva con le persone sbagliate. Si sentivano urlare l'una contro l'altra per tutta la città.»

«Ero giovane quando è avvenuto l'omicidio,» commentai. «Non me lo ricordo, ma deve aver scosso l'intera città.»

«È stata una tragedia terribile. Beverly era un'infermiera del Barchester General. Verso le due del mattino è tornata a casa da un turno di notte e ha trovato Abigail morta nella sua stanza, praticamente "garrotata", con la sua sciarpa di seta.»

Graffiai con le dita il tavolo di legno. «È terribile,» esclamai.

«È stato uno scandalo. Nella stanza c'era dell'armamentario per la droga e anche segni di lotta: uno specchio rotto, dei soprammobili sparsi sul pavimento. Ma non c'erano segni di effrazione, quindi evidentemente conosceva e si era fidata del suo assassino, almeno nei primi momenti. La polizia ha ipotizzato che fosse stato uno dei suoi amanti, forse in preda a un raptus di gelosia.»

«Amanti?» La figlia di Beverly aveva un harem, come me? Era agghiacciante.

«Oh sì, di almeno due si sapeva, e uno di loro era Danny Sledge. Ma non potevano accusare nessuno di loro, dato che erano stati tutti arrestati per spaccio di droga, proprio quella notte. All'epoca l'ispettore era l'adorabile Angus Donahue, giusto?»

Dotty annuì. «Povero Angus. Ha cercato in tutti i modi di risolvere quel caso, anche con i media che gli soffiavano sul collo, ma non sono riusciti a trovare il colpevole. Credo che la cosa lo tormentasse perché poco dopo lasciò la polizia, nonostante avesse appena ottenuto una promozione. Forse è per questo che il libro di Danny presenta alcuni degli stessi elementi del crimine. Era un peso, sia per Danny che per Angus. Non c'è da stupirsi che Beverly fosse sconvolta.»

«Ma non era stato Danny!» gridò la signora Ellis. «Beverly non avrebbe dovuto ucciderlo solo perché aveva scritto un libro!»

«Chi dice che è stata Beverly a ucciderlo?» Wenda si sporse in avanti. «Io ho sentito dire che Danny non era esattamente un marito fedele. Era un tipo un po' libertino, no? Forse quella sua moglie acida l'ha fatto fuori per porre fine alle sue scappatelle. Immagino che l'eredità in gioco sia consistente.»

«O magari è stato un ammiratore fuori di testa,» strillò Dotty con entusiasmo. «Succede, sai. Prima sono lì che collezionano edizioni rare e un istante dopo stanno incidendo il loro nome nei tuoi organi interni.»

«Questo succede solo nei libri di Stephen King,» mormorò Heathcliff, allungando la mano sul tavolo per rubare alcune delle loro patatine.

«Oppure potrebbe essere un serial killer che perseguita gli autori che ospitano incontri letterari nella libreria,» aggiunse Florence. Poi rabbrividì.

Il panico mi agitava lo stomaco. «Non si preoccupi, Florence. Sono sicura che non è così. La polizia prenderà l'assassino e tutto si sistemerà in tempo per il suo evento.»

Lei allungò una mano sul tavolo e mi strinse la mano. «Mi dispiace, Mina. Non potrò partecipare all'evento. Con l'assassino ancora in libertà, non mi sentirei a mio agio in libreria, soprattutto dopo tutte le altre morti. Tu mi capisci, vero?»

«Oh, sì. Certo. Certo, capisco,» dissi con una vivacità che non sentivo, quando invece avrei voluto rifugiarmi nell'enorme cappotto di Heathcliff e piangere.

Le signore ci intrattennero con altri pettegolezzi locali

durante il pranzo. Io toccai appena il mio roast beef. Come avrei potuto gustarmi uno Yorkshire pudding dopo che qualcuno era stato ucciso nel negozio?

Mentre tornavamo alla Nevermore, incrociammo Mike Whitaker, il proprietario di una distilleria locale, che avrebbe ospitato un club del whisky e del libro due settimane dopo. Passeggiava sul prato in direzione opposta alla nostra, sfogliando la *Gazzetta di Argleton* del giorno.

«Ciao, Mike!» Lo salutai con la mano. Lui alzò lo sguardo e accelerò il passo. *Non mi ha visto? Forse sta diventando cieco anche lui...* «Mike!»

Si girò, con gli occhi sgranati. «Mina, ehm... è un piacere vederti.»

«Piacere mio. Sono felice di averti trovato. Volevo parlarti di alcuni dettagli del tuo evento. Ho il libro perfetto per discuterne: è la storia della produzione di whisky in Inghilterra, con un sacco di vecchie foto...»

Mike si agitò, a disagio. «In realtà, devo cancellare l'evento. Mi dispiace, dolcezza. Mia moglie ha una mostra di *quilting* a Barchester quella sera e non posso farla arrabbiare.»

Cosa? E perché me lo dici solo ora? «Non c'è problema.» Mi costrinsi a sorridergli. «Chiederò a Richard di sostituirti. Il suo sidro è stato un vero successo ieri sera, e sono sicura che gli piacerebbe avere questa opportunità.»

«Sì, sì.» Mike stava già correndo verso il pub. «Ne sono convinto. Beh, ci vediamo.»

«Sì.» Lo guardai mentre si allontanava di corsa. *Tua moglie non ha nessun incontro di quilting. È solo che non vuoi venire alla Libreria Nevermore.*

Heathcliff mi strinse la mano. Guardai al di là del parco, dove i nostri camini sporgevano sopra la panetteria all'angolo e la piccola insegna oscillante con la scritta NEVERMORE BOOKSHOP si alzava oltre gli edifici di Butcher Street. Strizzai gli occhi, cercando di non immaginare che quell'insegna non ci fosse più, che quel bellissimo edificio antico venisse tagliato fuori... o peggio, raso al suolo da Grey Lachlan.

«Speriamo che la polizia risolva presto questo omicidio,» mormorai, sfiorando con le dita la lettera di mio padre. «Altrimenti la Libreria Nevermore fallirà.»

IO

Tornata nel mio appartamento bonificato dalle locuste, mi rigirai nel letto per tutta la notte. Il volto gonfio e sofferente di Danny continuava a tormentarmi. *Solo ieri era vivo e parlava del prossimo libro che voleva scrivere. E ora, grazie a me, è morto.*

Feci il punto su tutti gli eventi che avevo già programmato. Florence e Mike avevano disdetto, e anche un'altra autrice (una straordinaria scrittrice di romanzi rosa di nome Bethany Jadin) aveva chiamato nel pomeriggio per disdire. A differenza di quando era stata assassinata Ashley e gli abitanti del villaggio si erano affollati al negozio per curiosare sulla scena del crimine, la Nevermore era rimasta deserta per il resto della giornata. *Immagino che sia il caso di parlare di "qualche omicidio di troppo" per una piccola cittadina inglese.*

Morrie aveva fatto il broncio quando avevo lasciato il negozio: il giorno dopo lui sarebbe andato a Londra per lavoro e voleva stare un po' da solo prima di partire. E anche io avevo davvero bisogno di stare da sola per pensare. Sopra il mio letto avevo appuntato la foto di alcuni cuccioli di cane guida. I loro occhi scuri mi scrutavano, implorandomi di prenderli con me, di coccolarli e di lasciarmi aiutare da loro.

Nevermore sarà davvero un serraglio quando aggiungeremo un cucciolo a tutto il resto... ma succederà, dopo gli ultimi avvenimenti?

Tutti i miei progetti e le mie idee per il negozio sembravano più lontani che mai.

Quella notte dormii male, perseguitata dal sogno in cui vivevo in una scatola di cartone nel parco locale, mentre Grey Lachlan trasformava la libreria in un casinò. «Bene!» gridava la signora Ellis, agitando manciate di denaro. «Preferisco di gran lunga il gioco d'azzardo ai vecchi libri polverosi!»

La mattina rimandai tre volte l'orario della sveglia prima di trascinarmi fuori dal letto. Non era certo divertente svegliarsi senza uno dei ragazzi accanto. Anzi, senza nessuno di loro. Indossai la mia morbida vestaglia e mi diressi in cucina.

«Caffè,» mormorai tra me e me mentre accendevo le luci. Barcollai all'indietro terrorizzata quando i miei occhi videro una scena agghiacciante.

No.

Un arco di schizzi di sangue partiva dalla macchina del caffè e si incurvava sul soffitto prima di gocciolare lungo gli armadietti e depositarsi a terra. Un grumo spuntava dalla parte superiore del macinino. Sembrava un pezzo di carne, con tanto di osso insanguinato.

Qualcuno era stato fatto a pezzi nella mia cucina.

II

No. *No no no no no.*

«Jo!» urlai, con il cuore in gola. «JO!»

Dov'è Jo? Ti prego, fa' che stia bene...

Mi girava la testa. Mi voltai di scatto e svuotai lo stomaco a terra. Mentre mi inginocchiavo nella sporcizia, ansimante, notai un grosso biglietto appeso al frigorifero con una calamita a forma di teschio. Era scritto a mano da Jo.

Afferrai il biglietto e me lo avvicinai al viso per leggere le parole scritte male.

Mina. Non eri sveglia e dovevo andare in ufficio. Mi dispiace di aver lasciato la cucina in disordine e la macchina del caffè fuori uso. Sto facendo un esperimento per uno dei miei altri casi per capire come si potrebbero smaltire parti umane nel macinino. Non preoccuparti, non è sangue umano. È una zampa di maiale. Non sto ad annoiarti con i dettagli, ma ti prometto che pulirò tutto e farò riparare la macchina al più presto! C'è una banconota da cinque sterline sulla porta del frigo per il caffè del mattino. Baci. Jo.

Sollevai un altro teschio magnetico dalla porta del frigorifero e afferrai i soldi. *Maledizione, Jo. Per l'infarto che mi hai appena fatto venire, dovresti almeno avermi lasciato abbastanza per un croissant. E anche per una decina di anni di sedute di terapia per togliermi dalla testa l'immagine della morte cruenta con un macinino da caffè.*

LA MIA GIORNATA NON MIGLIORÒ. Non una sola anima varcò le porte della Libreria Nevermore e un'altra autrice, la fantastica Marie Robinson, chiamò per annullare la sua presenza. «Non credo che mi sentirei al sicuro nella vostra libreria,» si era giustificata. «Scusa.»

Scusa un paio di palle. Nemmeno i ragazzi erano riusciti a sollevarmi da quella batosta. Anche se ci avevano provato. Quoth mi aveva portato una torta ai frutti di bosco dalla pasticceria accanto, che sarebbe anche stata deliziosa se il cibo avesse avuto un qualche sapore per me in quel momento. Heathcliff aveva aggiunto "Non uccidere gli autori" alla sua sempre più lunga lista di regole del negozio. Prima di partire per Londra, Morrie aveva trovato online un'azienda che stampava foto su oggetti domestici. Mi aveva ordinato una lampada con il volto torvo di Heathcliff. «Gliela puoi mettere sulla scrivania,» aveva commentato sorridendo.

Per quanto avessero cercato di tirarmi su di morale, la mia mente continuava a tornare a quegli adorabili cuccioli e al sistema di etichettatura elettronica dei libri di cui avevo disperatamente bisogno. Ogni volta che dovevo tenere un libro alla luce per leggere il titolo con gli occhi semichiusi, o chiedere l'aiuto di Morrie perché non riuscivo a vedere in un angolo buio, mi si stringeva lo stomaco.

«Scommetto che questo ti piacerà da morire,» dissi con un'occhiataccia a Heathcliff, che sedeva alla finestra: la raffinatezza fatta persona, con un libro aperto in grembo e una tazza di tè sul tavolo accanto a lui. La sua solita espressione burrascosa era stata sostituita da qualcosa che quasi assomigliava a calma e tranquillità.

Lui voltò una pagina del libro. Senza alzare lo sguardo, disse: «Devi ammettere che è tranquillo.»

«Non è tranquillo, è *noioso*. Per non parlare del fatto che non ci aiuta a pagare il mutuo.» Diedi un colpetto al libro mastro su cui stavo lavorando da un'ora. «I conti sono messi peggio di quanto pensassi. Siamo indietro con tutte le fatture e riusciamo a malapena a pareggiare i conti. Se non vendiamo qualcosa nel giro di poco, la situazione diventerà disperata: scordiamoci di ordinare quel sistema di etichettatura elettronica. E forse dovremo richiamare Grey Lachlan in merito alla sua offerta...»

«Mai,» ringhiò Heathcliff, gettando a terra il libro. I suoi occhi scuri mi fissarono con quell'intensità che mi faceva formicolare la spina dorsale. «Lachlan non metterà le mani su questo negozio, e tu ti prenderai quel coso per i cartellini.»

«Come? Hai per caso un piano grandioso per far sì che il villaggio non sia più terrorizzato da questa libreria?»

«Certo. Risolveremo questo omicidio.»

«Aspetta un attimo. Che fine ha fatto il signor Lascia-che-la-polizia-faccia-il-suo-lavoro Heathcliff, che era assolutamente contrario al fatto che io e Morrie ci fossimo immischiati nella morte del professor Hathaway?»

«È successo che la sua ragazza è arrabbiata e lui vuole migliorare la situazione.» Heathcliff si alzò e attraversò la stanza a grandi passi. Si chinò sulla mia sedia, appoggiando le braccia robuste e muscolose ai lati del mio busto. Aveva "pericolo" scritto negli occhi. «Ammettilo, ti diverte risolvere gli omicidi. Tu e Morrie siete esattamente uguali, che Dio ci aiuti. E io non ho fiducia che la polizia locale riesca a risolvere questo caso prima che la banca ci pignori. Inoltre, l'ultima volta che c'è stato un omicidio qui, questo posto è diventato il centro del gossip e abbiamo avuto il mese migliore di tutti i tempi. Qualche omicidio fa bene agli affari, a patto che la gente non si senta personalmente in pericolo. Se risolverete questo omicidio, sarete di nuovo in buoni rapporti con il villaggio.»

«Immagino...» Alzai le mani. «Ma Morrie è partito per Londra. Non tornerà prima di domani.»

«Posso aiutarti io. So delle cose,» ringhiò Heathcliff. «Come ci muoviamo?»

«Miaooo.» Grimalkin saltò sulla scrivania e mi batté una zampa sul braccio.

«Non ora, gattina.» La afferrai per la vita e la depositai a terra. Heathcliff mi passò uno dei quaderni vuoti a fiori che avevamo esposto sul bancone. Lo aprii e in cima alla pagina scrissi "Omicidio di Danny Sledge".

«Ehm... beh, di solito io e Morrie iniziamo a esaminare tutto quello che sappiamo sul crimine e sulla vittima. Sappiamo che Danny è stato garrotato, o strangolato, che è un modo piuttosto brutale di uccidere. È anche la modalità principale che usa il serial killer nel suo ultimo libro e il modo in cui una sua ex fidanzata è stata uccisa quindici anni fa. Quindi possiamo ipotizzare che l'assassino abbia scelto questo sistema per dimostrare qualcosa. La prima cosa da fare è stilare una lista dei suoi nemici con ciò che sappiamo su di loro: se avevano un movente, un'opportunità, un alibi, cose di questo tipo.»

«Comincia con quella vecchia befana di Beverly,» suggerì Heathcliff.

Aggiunsi il suo nome. «È la più ovvia tra i sospettati, ed è per questo che non credo sia stata lei. Danny era un uomo giovane e in forma. Non vedo come lei avrebbe potuto avere la forza di strangolarlo, per quanto possa essere stata sostenuta dall'adrenalina.»

«Vale comunque la pena prenderla in considerazione.» Heathcliff mi diede un colpetto con il gomito. «Chi altro?»

«Sua moglie, Penny. Da quello che mi ha detto durante la lettura, sapeva che Danny la tradiva. Inoltre, era ossessionata dai soldi e dallo status. Forse ha deciso che per lei Danny valeva più da morto che da vivo. Immagino che sia la principale beneficiaria nel suo testamento. Ma, anche nel suo caso: aveva la forza, o la cattiveria, per strangolarlo?»

«Aggiungi anche l'amante,» disse Heathcliff. «Forse ha chiesto a Danny di lasciare la moglie per lei. Lui si è rifiutato e lei lo ha ucciso per ripicca.»

«Oh, ora sì che ci capiamo.» Scrissi il nome di Amanda. «E suo marito, Brian Letterman. Non sarà di certo stato contento se ha scoperto che sua moglie andava a letto con il suo autore di punta, soprattutto se Danny stava per autopubblicare le sue memorie. E va detto che Brian ha una discreta forza. Così come Angus, l'ex poliziotto. E lui è collegato al passato di Danny. Forse ha scoperto che Danny ha effettivamente ucciso Abigail...»

«Miaoo!» Grimalkin balzò di nuovo sulla scrivania, poggiando mollemente il sedere sul quaderno e arricciando la coda sulla mia lista di sospetti. Heathcliff brontolò qualcosa e la prese tra le braccia, tirandosela contro una spalla. Di solito, lei gli si infilava tra i capelli e ci stava felice anche per delle ore. Ma quel giorno saltò subito giù e si mise a zampettare sulla scrivania, miagolando a più non posso.

Heathcliff la posò di nuovo a terra. «Nessun altro?»

«Questi sono quelli che conosciamo. Immagino che dovremo capire se aveva qualche rancore con altri autori o se ultimamente aveva fatto arrabbiare qualche fan sfegatato.» Guardai con diffidenza la scrivania di Heathcliff. «Ma per questo avrò bisogno di usare il computer...»

«Manco per sogno.» Heathcliff sollevò le mani. «Non ho

intenzione di passare un attimo del mio tempo libero su quel maledetto apparecchio...»

«MIAAAAAOOOOOOOO!»

Il grido stridulo di Grimalkin mi trafisse le orecchie. Era al centro del tappeto, con la schiena inarcata e il pelo gonfio fino a diventare il doppio delle sue dimensioni normali. Ci lanciò un'occhiata malefica, poi si girò e corse via verso il corridoio.

«Credo che voglia che la seguiamo.» Mi alzai in piedi.

«Per poter ammirare un roditore sventrato? Passo.» Heathcliff prese il suo libro.

Grimalkin aspettava sulla porta, con uno sguardo accusatorio. Non appena mi vide dirigermi verso di lei, si allontanò di corsa, lungo il corridoio d'ingresso verso una pila di libri. Toccò con la zampa qualcosa che sporgeva dall'angolo dello scaffale, incastrato tra due volumi della *Storia del declino e della caduta dell'Impero romano.*

«Che cos'hai trovato, Grimalkin?» Mi chinai e tirai fuori un pezzo di stoffa, sollevandolo contro la luce che filtrava dai pannelli di vetro colorato ai lati della porta d'ingresso. Era una sciarpa di seta, decorata con un vivace motivo a macchie di leopardo. Aveva un aspetto familiare.

La sciarpa era stata avvolta su se stessa e quando la scossi si srotolò. Me la rigirai tra le mani e sussultai.

Sull'orlo della sciarpa erano disseminate diverse macchioline rotonde.

Gocce di sangue.

Il cuore mi batteva forte nel petto. Sapevo dove l'avevo già vista. La sera della lettura del libro di Danny quella sciarpa era al collo di Beverly Ingram.

12

Pochi minuti dopo che le ebbi parlato al telefono, Jo arrivò alla Nevermore, zuppa di sudore e con il respiro affannoso.

«Ho abbandonato l'autopsia in corso, ma non volevo lasciare una prova così importante a uno dei ragazzi,» sbuffò mentre si infilava i guanti. «Dato che non l'hanno trovata quando hanno perquisito il negozio. Fammi vedere.»

Quindi lasci un'autopsia in corso per venire a prendere una sciarpa, ma non per ripulire la scena del crimine nella nostra cucina? pensai. Mostrai a Jo il tavolo dove avevo posato la sciarpa. Grimalkin graffiò la porta della stanza Eventi, miagolando per l'ingiustizia di essere stata rinchiusa lì, mentre io mi prendevo tutta la gloria. «Mi dispiace, micia,» dissi. «Contamineresti le prove.»

«Miaooooo!» gemette Grimalkin.

Jo sorrise. «Spero che tu le abbia dato un piattino di panna per il disturbo. È stata lei a trovarla.»

«Miaooooo!» concordò Grimalkin, lanciandosi verso la porta.

«Penso che siamo d'accordo sul fatto che non dobbiamo

incoraggiare altri investigatori dilettanti a frequentare questo posto. Inoltre, i gatti non dovrebbero mangiare panna. Anche se si è procurata un sacco di graffi alle orecchie. Grimalkin stava strattonando questo angolo qui,» mostrai a Jo alcuni piccoli segni di denti nel tessuto. «Quando ho preso in mano la sciarpa, ho toccato gli angoli superiori. Sul resto, dove c'è il sangue, non dovrebbero esserci le nostre impronte.»

«Grazie.» Jo mise la sciarpa in un sacchetto di carta. Avevo imparato che i sacchetti di plastica con la cerniera erano belli in televisione, ma venivano usati solo per oggetti asciutti. Tutto ciò che conteneva macchie di sangue, sperma o potenziali prove di DNA andava raccolto in sacchetti di carta o in contenitori di cartone, perché il chiuso della plastica poteva degradare le prove. E sì, ho passato troppo tempo davanti a un bicchiere di vino a chiedere a Jo informazioni su come comportarsi in una scena del crimine. «Ora fammi vedere dove l'hai trovata.»

Mostrai a Jo lo spazio sullo scaffale vicino alla porta, tra i due libri. Lei fotografò l'area, poi usò una lente d'ingrandimento e dei tamponi per cercare altre tracce. «Certo. Qui abbiamo trovato anche un paio di macchie di sangue sul tappeto.» Jo indicò un punto sul pavimento di legno di fronte allo scaffale. «Sembra che il nostro assassino abbia strangolato Danny e poi abbia infilato qui la sciarpa. Hai detto che era la sciarpa di Beverly Ingram?»

«La indossava durante la sessione di lettura. Se chiedi agli altri, potrebbero ricordarselo anche loro. È piuttosto particolare, soprattutto perché stonava con il suo cappotto a quadretti.»

«Se per "particolare" intendi "un pugno nell'occhio".» Jo sorrise mentre metteva il sacchetto nel kit della scena del crimine. «Che tu ricordi, Beverly ha toccato qualcosa nel negozio? Vorrei poter prelevare dei campioni per confrontare il DNA.»

«Non credo... aspetta, sì.» Feci cenno a Jo di seguirmi nella sala Eventi. Sebbene avessimo pulito tutto e disposto le sedie in cerchio per il workshop di scrittura che non ci sarebbe mai stato, c'erano ancora alcuni degli espositori allestiti per la sessione di lettura. Indicai il quadro di Quoth sulla parete accanto alla finestra. «Quando ha urlato era appoggiata a questo. Alcuni capelli potrebbero essersi impigliati nell'angolo della cornice.»

«È un quadro di Allan, vero?» Jo lo scrutò. «Riconoscerei le sue opere ovunque. Spero che non gli dispiaccia se lo prendiamo come prova. Farò in modo di non danneggiare l'immagine.»

Guardai in su, verso le travi. Solo un debolissimo barlume di luce rivelava la presenza di Quoth nell'oscurità. «Cra,» concordò.

Sorrisi. «Al momento non è qui, ma se è per catturare un assassino, sono sicura che sarebbe ben felice di aiutare.»

«Grazie.» Con cautela, Jo tolse un paio di capelli con una pinzetta, poi tirò giù il quadro e lo infilò in un altro sacchetto di carta più grande.

«Figurati. Senti, Jo, per quanto riguarda la cucina...»

«Sì, scusa, scusa.» Jo prese il kit della scena del crimine. «Prometto che pulirò tutto appena arrivo a casa. Credo che stasera farò tardi, con tutte le prove da analizzare.»

«Ma...»

Jo si affrettò verso la porta. «Mi dispiace davvero, Mina, ma devo scappare. Ho una vittima di garrota con il mio nome scritto sopra!»

Feci uscire Grimalkin dalla stanza. Mi lanciò un'occhiataccia e poi se ne andò al piano di sopra, senza dubbio a sventrare un topo, per ripicca. Heathcliff tornò al suo libro mentre io leggevo le biografie online di Danny Sledge. C'erano parecchie storie dei tempi in cui, scatenato, andava in giro con la sua banda. Aveva iniziato a scrivere il suo primo romanzo quando era in carcere, dopo aver letto alcuni romanzi polizieschi nella biblioteca della prigione ed essersi reso conto di quanto fossero imprecisi. Il suo primo libro era diventato un bestseller del New York Times. Danny aveva negoziato una riduzione della pena in cambio della rivelazione del nome del suo partner in un giro di droga e, appena uscito, si era lasciato definitivamente il crimine alle spalle. Sembrava che da allora avesse fatto la bella vita: l'account Instagram di Penny era pieno di immagini di loro due in abiti firmati, in partenza per località esotiche. La sua vita era stata di certo interessante, ma non vedevo tracce di fan impazziti o di criminali che riemergessero dal suo passato in cerca di vendetta.

Aspetta un attimo.

Trovai un'immagine di Danny alla sbarra in un processo contro il suo complice, Jim Mathis, quello di cui Danny aveva fatto il nome. Il giovane Danny era elegante nel suo abito a tre pezzi, i capelli lisciati all'indietro con il gel, il viso bello e cordiale come lo ricordavo dall'altra sera. Dietro di lui, si scorgeva il volto dell'accusato, che fissava il suo ex partner con sguardo vacuo e smorto.

Avevo già visto quegli occhi.

Jim Mathis era lo scrittore di libri erotici, dai capelli viola. L'ex partner di Danny era uscito di prigione ed era pronto a vendicarsi.

13

Mandai l'articolo e l'immagine via e-mail a Jo e le spiegai che avevo visto Jim sia alla lettura che al workshop di scrittura. Un conto era imbattersi nella soluzione di un omicidio, un'altra era avere a che fare con delinquenti dall'aspetto meschino. Se Jim Mathis era effettivamente responsabile dell'omicidio di Danny, volevo che fosse la polizia a dargli la caccia.

Purtroppo, in quel modo io rimanevo senza nulla da fare. Avevo già impacchettato tutti gli ordini arrivati online, sistemato alcuni libri nuovi sugli scaffali, preparato tre volte il tè e usato le graffette nel cassetto della scrivania di Heathcliff per farne una fantasiosa collana. Persino Quoth si annoiava nel negozio silenzioso, così andò di sopra a dipingere. Heathcliff non si mosse dal suo posto sotto la finestra, e finì il suo libro per poi iniziarne un altro. Nessun cliente entrò nella libreria.

Ero un fascio di nervi. Un altro giorno senza nemmeno una vendita. Se quella situazione si fosse protratta ancora, non avremmo avuto modo di pagare il mutuo. Tamburellai con le dita sulla scrivania. Non riuscivo più a sopportare quel silenzio. Spinsi indietro la sedia. «Vado di sopra.»

«Per fare cosa?» chiese Heathcliff senza alzare lo sguardo.

«Per inventariare gli acari della polvere!» risposi mentre salivo gli scalini due alla volta. Arrivata al primo piano mi misi a camminare lungo gli scaffali di Sociologia, ma ciò mi fece pensare all'omicidio di Ashley.

Sono perseguitata dagli omicidi.

Risolvo più crimini della polizia, eppure non riesco a mantenere la Libreria Nevermore in attivo, e nemmeno a risolvere il mistero di mio padre.

Un momento... quand'era stata l'ultima volta che avevo cercato di trovare altri indizi su mio padre? Ora che sapevo che Herman e il signor Simson erano la stessa persona, avrei dovuto dare un'altra occhiata ai libri che entrambi avevano collezionato con così tanto entusiasmo.

Quando avevo iniziato a lavorare per Heathcliff, mi ero imbattuta nella collezione Occulto del negozio. Conservata in una stanza pentagonale su quel piano, ospitava libri che il signor Simson aveva acquisito mentre cercava di capire i misteri della libreria. Almeno uno di quei volumi era stato scritto da Herman Strepel. Heathcliff teneva sempre la stanza chiusa a chiave per la sicurezza di tutti coloro che frequentavano il negozio, ma ora avevo io il suo mazzo di chiavi. Infilai la mano nella tasca, alla ricerca della piccola chiave che si sarebbe inserita perfettamente nella serratura del deposito. Il metallo sembrò vibrare tra le mie dita.

Sì, qualcosa che mi distragga dall'omicidio di Danny e da tutti i nostri problemi economici.

Ora che avevamo scoperto che il signor Simson era mio padre, alcuni articoli dei libri sull'occulto potevano avere più senso. Valeva sicuramente la pena provarci.

Prima di cambiare idea, inserii la chiave nella porta del deposito e la spalancai. Grimalkin uscì da sotto uno scaffale e vi schizzò dentro. Nessun gatto poteva stare alla larga da una porta aperta. Era una legge della natura.

Seguii Grimalkin nella stanza polverosa e azionai l'interruttore della luce. Davanti alla porta della stanza dell'Occulto, Heathcliff aveva accatastato diverse scatole di libri. Le spinsi da parte. Mentre frugavo nel portachiavi, alla ricerca della chiave giusta per la serratura, la porta si aprì cigolando.

Il cuore mi batté forte nel petto. *Vero. Lo ha fatto anche l'altra volta.* Rimasi in sospeso sulla soglia, incerta se procedere o meno.

Grimalkin prese la decisione al posto mio. Con un miagolio di gioia, entrò nella stanza e saltò sul piedistallo al centro. Io cercai un interruttore lungo la parete e lo accesi. La stanza cieca era esattamente come la ricordavo: ogni parete era foderata di scaffali pieni di vecchi volumi rilegati in pelle. Grimalkin faceva le fusa mentre si rotolava sopra il libro aperto sul piedistallo, quello in cui ogni pagina era misteriosamente bianca.

La spinsi delicatamente da parte e chiusi il libro. Passai le dita sul simbolo che era disegnato sulla copertina del volume, lo stesso che avevo visto in altri libri di Herman Strepel. Ora sapevo che era il simbolo di mio padre.

Ma se questo libro vuoto appartiene a mio padre, perché l'ha lasciato qui?

Sfogliai distrattamente le pagine. Accanto a me, Grimalkin faceva le fusa. Gridai di sorpresa quando intravidi alcune parole scarabocchiate su una pagina.

Le ho immaginate?

Devo averle immaginate.

O no?

L'ultima volta che l'avevo guardato, quel libro era completamente vuoto, ne ero certa. Sfogliai all'indietro diverse pagine, fino a quando non trovai dell'inchiostro sbiadito e macchiato in alcuni punti, come se fosse lì da sempre. La scrittura era fatta di simboli, forse cirillici. O era greco?

Grimalkin si arrotolò intorno al mio braccio, e iniziò a fare così tante fusa da sembrare una sega elettrica. Le diedi qualche pacca sulla testa mentre fissavo la pagina. *Che cosa significa questo? Perché ci sono queste parole?*

Morrie sarà in grado di tradurle quando tornerà a casa. Tirai fuori il telefono dalla tasca e scattai un paio di foto, poi gliele inviai per messaggio. Aspettai qualche istante, ma lui non rispose. Doveva essere davvero impegnato in una riunione di lavoro.

«Mina!» gridò Heathcliff dal piano di sotto.

Mi sollevai di scatto dal libro. Poteva esserci un solo motivo per cui Heathcliff stava chiamandomi urlando. Clienti. Finalmente, saremmo riusciti a vendere qualcosa, sempre che Heathcliff non li avesse già spaventati.

Sbattei il libro e portai fuori Grimalkin, richiudendomi la porta alle spalle. Feci i gradini due alla volta e nella foga di raggiungere la sala principale praticamente scavalcai la balaustra. Quando entrai, ansimando per riprendere fiato, la trovai vuota, a parte Heathcliff, un armadillo imbottito e uno spesso strato di polvere.

«Dove sono i clienti?» mi guardai in giro.

«Non ci sono clienti.» Heathcliff scostò con un ampio gesto il cappotto dallo schienale della sedia. «Pensavo che potrei portarti a pranzo.»

«Davvero?» Heathcliff odiava uscire, e quella settimana eravamo già usciti una volta.

«Potrebbe farti bene cambiare aria.» Heathcliff mi tese un braccio. «Ma non farti venire strane idee. Non sono Morrie. Andiamo al pub. Hanno del roast beef in offerta speciale al cinquanta per cento.»

«Sembra perfetto.» Accettai il suo braccio come se fosse un

gran signore. Heathcliff gridò a Quoth che si occupasse lui del negozio, ma nemmeno aspettò la sua risposta. Ci incamminammo e attraversammo il parco verso il pub. Con mia grande gioia, quando entrammo la signora Ellis era al bancone, vestita con un ridicolo prendisole mentre cercava di convincere Richard, l'oste, a prepararle qualche cocktail esotico.

«Ma non doveva partire per il suo viaggio oggi?» le chiesi.

«Ho ancora un'ora prima che il taxi venga a prendermi per portarmi all'aeroporto.» La signora Ellis accarezzò l'enorme valigia accanto a lei. «Ho pensato di prepararmi all'atmosfera delle vacanze. Un mojito alla fragola?»

«Sì, grazie.» Richard mi lanciò un'espressione di sofferenza mentre soffiava via la polvere da un menu plastificato che mostrava varie ricette di cocktail. Il Rose & Wimple non era certo un posto da cocktail.

Heathcliff guardò il drink rosa come se l'ombrellino decorativo fosse un'arma di distruzione di massa. «Per me whisky,» borbottò.

Quando ognuno di noi ebbe qualcosa di alcolico in mano, la signora Ellis ci portò a un tavolo in un angolo. Addio pranzetto tranquillo con Heathcliff. Intorno a lei si radunarono diverse signore del suo circolo della maglia, tutte intente a gustarsi un mojito. Al tavolo accanto a loro, Cynthia e Grey Lachlan stavano mangiando un piatto freddo. Mi irrigidii per la loro presenza, sperando che non si accorgessero di me o di Heathcliff.

Non appena le amiche della signora Ellis ci riconobbero, Ethel si fece avanti, desiderosa di sentire altri pettegolezzi. «Mina, Heathcliff, come ve la cavate? Poveri cari. La polizia ha già qualche sospetto per l'omicidio di Danny?»

«Non lo so,» risposi. «Non mi tengono aggiornata.»

«Perché mai? Hai risolto tu l'omicidio della cara signora Scarlett! E di quella povera ragazza, la Greer.»

«E ha anche scoperto chi ha pugnalato il professor

Hathaway al mio evento su Jane Austen,» si intromise Cynthia, gesticolando con tale fervore da far schizzare il vino sul tavolo. «Se avessero bisogno di un consiglio dovrebbero rivolgersi a te!»

«Attenta, cara.» Grey le prese il bicchiere di vino e lo posò sul tavolo. «Sì, Mina, tutti abbiamo sentito parlare delle tue abilità investigative. È un peccato che tu sembri condannata a trovarti in mezzo a omicidi a ogni passo che fai. Oggi il vostro negozio sembra vuoto. L'omicidio di un famoso scrittore locale è un problema per gli affari?»

«La situazione è tranquilla, ma non siamo preoccupati.» Fulminai con lo sguardo Grey. Non aveva nessun diritto di fare commenti del genere, non dopo che aveva cercato, con le buone e con le cattive, di convincere Heathcliff a vendergli il negozio. «Sono sicura che la polizia risolverà presto il caso e noi ci rimetteremo in piedi.»

«Oh, è un peccato,» commentò la signora Ellis. «Se solo me l'avessi detto prima, avresti potuto chiudere per un paio di settimane e venire in vacanza con me!»

«Non credo che riuscirei a tenere il suo passo, signora Ellis.» Sorrisi, notando la lunga fila di bicchieri di mojito vuoti davanti a lei sul tavolo. Alle spalle di Heathcliff, scorsi Beverly Ingram che entrava nel bar a passo strascicato, con la testa bassa e le mani in tasca. Indossava un'orrenda giacca color senape su pantaloni verde fluo e una sciarpa marrone a motivi cachemire. *Ma si veste da bendata, o qualcosa del genere?*

La signora Ellis seguì il mio sguardo. Il suo volto si addolcì quando vide Beverly. «Poverina. Non sta affrontando bene la situazione. La settimana scorsa era l'anniversario della morte della figlia, il che spiega perché Dotty l'ha vista crollare al supermercato. Che tempismo infelice per l'evento che avevate organizzato con Danny! E ora è stato ucciso nello stesso modo raccapricciante. Se c'è qualcuno che ha bisogno di tirarsi su di morale, è lei. Beverly, siamo qui!»

Prima che io o altri potessimo protestare, la signora Ellis era già in piedi e stava facendo cenno a Beverly di raggiungerci. La donna si ingobbì ancora di più e si nascose il viso con il cappotto. Ma la signora Ellis era una forza da non sottovalutare. Afferrò la donna e praticamente la costrinse a sedersi di fronte a me. «Richard, un altro giro di mojito alla fragola per tutti!»

«Salve, Beverly,» le dissi con un sorriso. «Non siamo riuscite a presentarci l'altra sera. Io sono Mina. Lavoro alla libreria. Mi dispiace molto per sua figlia. Se avessi saputo che era l'anniversario della sua morte, avrei rimandato l'evento...»

«Non preoccuparti.» Beverly arrossì. «Ho fatto un gran casino e anche una figuraccia. Non è stata colpa *tua*. Non volevo rovinare il vostro evento. È solo che...»

«Capisco. Non deve scusarsi...»

«Non mi dispiace che sia morto,» ringhiò, con un tono velenoso che sostituì la sua voce delicata. «Le cose che ha scritto in quel libro, erano *esattamente* i dettagli dell'omicidio di Abigail. Chi fa una cosa del genere? È disgustoso. E mi fa riflettere. La polizia ha detto che Danny non poteva essere lì quella notte, ma forse ha ingannato tutti.»

La signora Ellis si chinò verso di lei e mi diede un colpetto sulla spalla. «Sai, Mina ha risolto ogni tipo di omicidio. È molto più intelligente della polizia. Scommetto che potrebbe scoprire chi ha ucciso la povera Abigail.»

Beverly arrossì di nuovo. «No, non credo sia necessario...»

Ma la signora Ellis non stava ascoltando. Si era lanciata in una lunga dissertazione su come avevo risolto la misteriosa morte della sua amica Gladys Scarlett. Cynthia la interruppe per raccontare di come avevo beccato Christina Hathaway durante il suo fine settimana dedicato a Jane Austen, e nel giro di poco tutti a tavola si misero a parlare dei recenti omicidi di Argleton. Heathcliff ridacchiò nel bicchiere di birra e io sprofondai nella mia poltrona. *Come posso farli smettere? Ho bisogno di un diversivo.*

SBAM.

Ecco.

La porta del pub si spalancò, andando a sbattere contro il muro retrostante e facendo entrare una folata di vento e una ventata di impazienza quando l'ispettore Hayes e la sergente Wilson attraversarono a lunghi passi la stanza. Si avvicinarono decisi al mio tavolo e si misero accanto a Beverly.

«Beverly Ingram, le chiedo di uscire con noi, per favore.»

«Perché?» chiese Beverly con quel suo tono altezzoso.

«Abbiamo bisogno di parlarle.»

«Qualsiasi cosa abbiate da dire, potete dirla qui.» Beverly sorseggiò il suo mojito alla fragola e fissò Hayes con aria di sfida. «Non ho segreti.»

«Per favore, esca.» Il volto di Hayes sembrava sofferente. «Non voglio doverlo fare davanti a tutti.»

Beverly incrociò le braccia al petto. «Io non vado da nessuna parte.»

Hayes sospirò, poi fece un cenno alla Wilson. Lei tirò fuori un paio di manette. «Faccia come vuole. Beverly Ingram, lei è in arresto per l'omicidio di Danny Sledge.»

14

«**V**oglio solo vedere come sta,» insistetti. «Non ha famiglia.»

Il poliziotto non sembrava convinto. Da come mi guardava con gli occhi socchiusi, capii che si ricordava di me da quella volta che ero scappata dalla stazione. Dato che avevo risolto l'omicidio di Ashley, Hayes non mi aveva messa nei guai, tuttavia ero praticamente evasa dalla prigione proprio durante il turno di quel tizio e probabilmente quello era il genere di cose che un ufficiale della legge avrebbe ricordato.

«Ehi, amico.» Heathcliff indicò il calendario sulla parete dietro di lui. «Quella è l'ultima Bentley Mulsanne?»

«Certo!» Il volto dell'agente si illuminò. Improvvisamente preso da quella conversazione con Heathcliff, mi fece cenno di passare. Io corsi giù per le scale verso le celle prima che potesse cambiare idea.

Superata una cella che ospitava un ubriaco che russava, trovai Beverly. Era seduta sul bordo dello stretto tavolaccio, con gli occhi fissi su un punto del soffitto. Mi schiarii la voce. Lei non si voltò.

«Cosa vuoi?» mi chiese, sempre concentrata sul soffitto.

«Mi chiamo Mina. Ci siamo conosciute al pub l'altro giorno.»

«Mi ricordo. Non sono stupida. Che vuoi?»

«Non credo che lei abbia ucciso Danny Sledge,» le dissi.

«Perché no? Lo credono tutti.»

«Perché per me non ha senso. Era arrabbiata con lui, quindi è venuta alla sessione di lettura e ha urlato. Perché farlo se aveva intenzione di ucciderlo? E perché ucciderlo con la sua sciarpa? Avrebbe solo attirato i sospetti su di lei, e non credo che sia così stupida.»

«E allora?» sbottò Beverly.

«Credo che qualcuno stia cercando di richiamare l'attenzione su di lei. Il che significa che il vero assassino è ancora là fuori. Voglio fermarlo prima che uccida qualcun altro. E voglio che lei mi aiuti.»

«Anche se credessi a Mabel e alle altre signore quando dicono che hai un certo talento nel risolvere gli omicidi, da qui dentro non posso fare nulla.»

«No, però può parlarmi dei suoi movimenti dopo l'evento e nella mattinata in cui Danny è stato ucciso, e anche della morte di sua figlia, e io cercherò di ricostruire quello che è successo.» La vidi irrigidire le spalle. «Mi dispiace. So che deve essere doloroso pensare ad Abigail, ma... credo che forse l'assassino di sua figlia sia la stessa persona che ha ucciso Danny. Se potessimo impedire che un'altra persona innocente venga uccisa...»

«Danny non era innocente.» Beverly si voltò verso di me. Nel buio non riuscivo a distinguere il volto, ma nella sua voce c'era una forza che prima non c'era. «Però so che non l'ho ucciso io e non c'è possibilità di provare a spiegarlo a quegli sbirri. Perché ti interessa? Perché stai cercando di aiutarmi?»

«Perché non mi piace vedere le persone andare in prigione per qualcosa che non hanno fatto.» Feci un respiro. Beverly mi sembrava il tipo di donna che aveva bisogno di tutta la verità. Scommetto che avrebbe percepito l'insincerità a un miglio di distanza. «E... perché ho lavorato davvero tanto per migliorare la situazione della libreria. Dopo questo omicidio, nessuno ci metterà più piede. Stiamo andando in bancarotta. Se io riuscissi a scoprire chi è stato veramente, i clienti comincerebbero a tornare.»

«Quindi il tuo interesse per me è di puro comodo?» mi chiese, accigliata.

«No, non solo. Mi interessa davvero ottenere giustizia per Abigail. Ma non ho intenzione di mentirle. Se vogliamo lavorare insieme, dobbiamo essere completamente oneste.»

«E che tipo di tariffa chiedi per i tuoi servizi?»

«Non c'è niente da pagare. Magari se dimostrerò alla polizia che non ha ucciso Danny, potrà venire in negozio a comprare un libro?»

Beverly sospirò. «Bene. Cosa devo fare?»

Accostai una sedia di metallo e mi sedetti di fronte alla cella. «Prima di tutto, mi dica tutto quello che sa sull'omicidio di sua figlia.»

15

Beverly prese un respiro tremante. «Quel pomeriggio io e Abigail avevamo litigato. Avevo fatto il turno di notte per tutta la settimana e quindi dormivo di giorno. Avevo sentito la porta di casa aprirsi verso l'una e così sono andata a vedere chi fosse, perché ovviamente Abigail doveva essere a scuola, no? E invece era nella sua stanza, aveva saltato la scuola, si era messa un vestito da sgualdrina e si era infilata un pacchetto di mie sigarette nel reggiseno. Abbiamo avuto una discussione, le ho detto che doveva andare a scuola, che non doveva starsene in giro con quei ragazzi tutto il tempo, che non erano una bella compagnia. Mi disse che io non avrei potuto farci niente. Così ho minacciato di buttarla fuori di casa. Lei se ne è andata infuriata, sbattendo la porta. Tipico comportamento da adolescente, ma mi sono preoccupata. Sapevo che andava in giro a ubriacarsi, a sballarsi, a farsi toccare da quei ragazzi...»

Dopo un altro respiro affannoso, Beverly continuò. «Io sono andata al lavoro, sono tornata a casa verso le due di notte e la luce in camera sua era accesa. Così sono entrata, pensando di scusarmi per aver urlato, e magari offrirle un gelato. Invece l'ho trovata...» La mascella di Beverly si serrò. «Era sul letto, mezza nuda, con la camicia aperta sul petto. Aveva un bel foulard di seta, che le avevo regalato per il suo sedicesimo compleanno, avvolto intorno al collo.»

Ebbe tutta la mia comprensione. Anche dopo quindici anni, potevo sentire il dolore nella sua voce. «Cosa ha fatto dopo averla vista?»

«Ho chiamato la polizia. In quei momenti mi sembrò che ci mettessero un sacco di tempo ad arrivare, ma forse era perché tenevo tra le braccia il corpo di mia figlia morta. Hanno detto che non c'era stata aggressione sessuale, ma che aveva fatto sesso da poco, meno di un'ora prima di morire. Questo, insieme al fatto che non c'era stata effrazione, li portò a sospettare si trattasse di un fidanzato, di qualcuno di cui si fidava. Hanno prelevato il DNA dallo sperma, però in laboratorio è stato danneggiato e quindi non hanno potuto usarlo.

«Ho detto alla polizia di Danny e Jim e li hanno rintracciati subito. Solo che, a quanto pare, erano già dentro. Quindi non potevano essere a casa nostra quando Abigail è stata uccisa, come dice la polizia. Così hanno iniziato a seguire un'altra pista: un'altra ragazza era stata strangolata un paio di anni prima in un villaggio vicino. L'ispettore Donahue aveva avanzato l'ipotesi che i due crimini fossero collegati. Però non sono arrivati a nulla, e il caso è stato archiviato.»

«Lei sapeva di tutti gli uomini di Abigail? Ne aveva altri?»

«Se ne aveva, non li ha mai portati a casa.» Le spalle di Beverly sussultarono. «Non erano quel tipo di ragazzi. Ho visto Danny darle un passaggio un paio di volte, e anche un altro ragazzo, Jim. È l'unico motivo per cui sapevo di loro. Abigail teneva un diario, ma non c'era scritto molto, solo degli scarabocchi su quanto stronza fossi, e una lista di soprannomi, forse amanti. Danny era 'Stallone' e Jim era 'Crow', ma la polizia non ha mai individuato le persone identificate con gli altri nomi.»

«E poi, cosa è successo?»

«Non hanno mai trovato altri sospetti. L'assassino era stato prudente: niente impronte digitali sulla scena del crimine, niente impronte nel fango all'esterno. Ogni pista che seguivano era un vicolo cieco, e avevano i media addosso ogni giorno, che li perseguitavano per sapere qualcosa. Si sono accampati davanti a casa mia, facendomi passare per una madre incapace e noncurante perché non ero riuscita a controllarla! Alla fine, l'ispettore Donahue ha deciso che la faccenda era chiusa. Mi ha detto che non avrebbe mai smesso di cercare l'assassino di Abigail, ma io sapevo che in realtà si erano arresi.»

«Perché è venuta alla serata di Danny?»

«Perché ero stufa di vedere quel furbacchione sui giornali, che si arricchiva grazie a tutto il male che aveva fatto.» Si strinse le braccia attorno al corpo. «Ho sentito che stava per uscire un suo nuovo libro in cui le vittime vengono strangolate, proprio come era successo ad Abigail. E nello stesso mese dell'anniversario della sua morte! È una cosa crudele, per l'amor del cielo. Mi sono lamentata con il suo editore, ho cercato di raccogliere consensi online, ho scritto lettere ai giornali, ho fatto in modo che qualcuno prestasse attenzione alla mia storia. Alla storia di Abigail. Ma a nessuno interessa perché Danny è uno scrittore bestseller di successo. Così ho deciso di fare da sola e di dirgliene quattro.»

«Mi sembra giusto. Ha idea di come la sua sciarpa sia finita nelle mani dell'assassino?»

«Io l'ho lanciata a quell'editore idiota, Brian,» borbottò. «Mi urlava contro e continuava a dire che gli affari sono affari e che c'erano cose più importanti della morte di un personaggio inventato. Diceva che Danny avrebbe sempre fatto quello che voleva e che io non potevo fargli cambiare idea, e nemmeno lui avrebbe potuto.»

Mi ricordai che l'avevo vista lanciare qualcosa a Brian. *Aveva raccolto lui la sciarpa?* Non avevo visto. Se non l'aveva fatto lui, chiunque avrebbe potuto raccoglierla da terra, fuori dal negozio.

«Grazie mille. Non deve essere stato facile parlare di questo...»

«Trovate quel bastardo.» Gli occhi di Beverly dardeggiarono. «Se a uccidere Danny è stata la stessa persona che ha ucciso la mia ragazza, trovatelo e fategliela pagare.»

16

Passai la serata nel mio appartamento a riflettere su tutto ciò che Beverly mi aveva detto. Il suo dolore era evidente in ogni parola che aveva pronunciato. Ero assolutamente certa che non avesse ucciso lei Danny. Se così fosse stato, avrebbe voluto prendersi il merito della giustizia che sua figlia non aveva mai avuto.

La mattina dopo mi recai alla libreria. La mia schiena si irrigidì quando sentii una voce familiare che risuonava nelle stanze vuote.

«Sono stato messo al corrente della sua situazione finanziaria, signor Earnshaw. Non potete permettervi di tenere aperto questo posto nemmeno un altro mese. Il suo amico avrà pure le tasche piene, ma gran parte dei suoi fondi sono congelati in un conto bancario alle Cayman.»

Cosa? Come fa Grey Lachlan a sapere dello stato delle nostre finanze? E che sta dicendo dei soldi di Morrie?

Sbirciai il corridoio fino alla sala principale. Heathcliff era in piedi dietro la scrivania, i pugni stretti lungo i fianchi. Grey se ne stava tranquillo sulla mia poltrona di velluto preferita, con le sue scarpe lucide dalla punta a coda di rondine incrociate sulla scrivania, come se fosse già diventato il padrone di quel posto.

«Se è così informato sulle nostre finanze, forse vorrà illuminarmi sul motivo per cui un promotore immobiliare sia interessato a una casa sgangherata piena di libri polverosi.» Heathcliff stava trattenendo a stento la sua rabbia.

«Mio caro signor Heathcliff, non sono qui per dirle come gestire i suoi affari. Sono qui per *salvarla*. Le staccherò subito un assegno per questa discarica e lei potrà essere libero. Voglio dire, guardi qui: non si vede un solo cliente!»

«È il nostro periodo di magra,» ringhiò Heathcliff.

«Davvero? Sembra che ultimamente ogni giorno sia il vostro periodo di magra.» Grey appoggiò i piedi a terra e si chinò in avanti. «Senta, detto tra noi, da imprenditore a imprenditore, credo che la base del suo problema sia la sua nuova manager. Ovunque vada, sembra che sia perseguitata da omicidi. Per non parlare del fatto che di affari non sa nulla. Le donne pensano di poter gestire le cose come gli uomini, ma non hanno quella vena spietata...»

Basta così. Entrai nella stanza con la schiena dritta e le mani sui fianchi. «Esca.»

Dietro la scrivania, Heathcliff sorrise. Grey si girò di scatto, sollevando le sopracciglia. «Signorina Wilde, che piacere rivederla. Mia moglie vorrebbe averla a cena a Baddesley Hall...»

«La fermo qui, prima che trascini Cynthia in questa storia.» Incrociai le braccia. «Non siamo interessati. Per favore, se ne vada. Prima che il mio debole cervello femminile esploda e io faccia qualcosa di stupido, tipo chiamare la polizia o ficcarle nel culo una copia de *Il Racconto dell'Ancella*.»

Grey mantenne il suo sorriso ben stampato sul volto, ma negli occhi gli balenò un guizzo di rabbia. Si aspettava che levassimo bandiera bianca e lo ringraziassimo per la sua generosità. *Non succederà.*

«Sì, certo.» Grey lasciò il suo biglietto da visita sulla scrivania di Heathcliff. «Vi lascio a pensarci su. Sapete dove trovarmi.»

«Le auguro di morire in un incendio!» gli urlò Heathcliff alle spalle. Poi si accasciò sulla sua sedia e raccolse il biglietto da visita di Grey, lo stropicciò tra le dita e lo gettò nella spazzatura.

«Perché l'hai fatto entrare?» gli chiesi. Le mie dita toccarono il bordo della lettera di mio padre.

«Non è tipo da accettare un no come risposta.» Heathcliff sfregò i segni che le scarpe di Grey avevano lasciato sulla scrivania. «Quando sei arrivata stavo proprio per sventrarlo e infilargli l'intestino nel violino più piccolo del mondo. Il tuo metodo è stato molto meno sporco.»

«Il violino più piccolo del mondo? Come ti è venuto in mente?»

Heathcliff mi mostrò la copertina del libro che stava leggendo. *Il Garrotatore del Somerset,* ovviamente. «Morrie aveva ragione. È molto bello. I delinquenti sono proprio bravi con le parole.»

Mi strofinai la fronte, dove stava iniziando a sorgermi un forte mal di testa. Ormai mi capitava spesso, dato che la vista peggiorava di continuo e sforzavo gli occhi per mettere a fuoco. Quello però, ero certa fosse più che altro indotto dallo stress. «Allora, come faceva Grey Lachlan a sapere della nostra situazione finanziaria?»

Heathcliff lanciò un'occhiata in giro per la stanza. Lo seguii, osservando gli scaffali polverosi e la mancanza di clienti. «Ha provato a indovinare?»

«O così, o ci sta hackerando i conti. E cosa voleva dire con il fatto che i soldi di Morrie sono congelati?»

Heathcliff alzò le spalle. «Non lo so. Però su una cosa ha

ragione: Morrie non ha fatto nessuna offerta per salvarci. Sai che ama spargere i suoi soldi sporchi a destra e a manca. Beh, non ci ha proposto nemmeno un prestito ad alto tasso di interesse. Io pensavo che fosse solo un avido cazzone, ma forse il nostro amico immobiliarista ne sa più di noi.»

Mmm. È per questo che Morrie è andato a Londra? Qualcosa è andato storto in una delle sue imprese criminali? Sapevo molto poco della rete criminale che Morrie sosteneva di gestire ancora. Era una scelta voluta: non mi sentivo a mio agio a frequentare un delinquente e speravo che un giorno sarei riuscita a convincerlo a rigare dritto. Apprezzavo il fatto che continuasse a rispettare la mia richiesta di rimanerne fuori, ma avrei voluto che mi dicesse se era nei guai.

Presi un flacone di deodorante che avevo lasciato sull'angolo della scrivania e spruzzai la sedia prima di accasciarmici sopra. «È meglio che quell'uomo orribile non si sieda mai più sulla mia sedia, o imparerà quanto sa essere spietata una donna.»

«È una cosa che mi piacerebbe vedere.» Heathcliff tirò fuori una bottiglia di vino dal fondo della scrivania e preparò due bicchieri.

«Me l'hai tenuto nascosto,» sorrisi, accettando un bicchiere.

«Ormai dovresti sapere che questa scrivania è un tesoro di delizie culinarie.» Heathcliff sbatté un cassetto e sollevò un pacchetto sgualcito. «Biscottini all'arancio e cioccolato? Sono scaduti solo da un paio di settimane.»

«No, grazie.» Almeno il vino migliorava con l'età. Mentre sorseggiavo il mio drink, raccontai a Heathcliff della mia visita alla stazione di polizia e dell'orribile storia dell'omicidio della figlia di Beverly. «Ora che so tutta la storia, non riesco proprio a immaginarla che viene alla riunione, urla a Danny, poi torna di prima mattina e lo strangola con la sciarpa. Sarebbe utile sapere con certezza se è stato Brian a raccogliere la sciarpa.»

«Magari è solo stupida?» Heathcliff si chinò sulla scrivania. «Molte persone lo sono. O forse non le importava di essere scoperta?»

«Non credo che sia così.» Sfogliai le immagini nel mio telefono, scorrendo le istantanee dell'evento. Magari qualcuno aveva scattato una foto di Beverly che andava via... Socchiusi gli occhi su una delle immagini di Jim che faceva la sua domanda. Notai che aveva il colletto della camicia tirato su, a coprirsi parzialmente il viso. Con i capelli viola e i riflettori di Morrie che illuminavano il leggio, era decisamente possibile che Danny non avesse riconosciuto Jim tra la folla. Non poteva essere una coincidenza che l'ex compagno di banda di Danny fosse venuto all'evento. Ma se era stato Jim a uccidere Danny, perché si era presentato al seminario il giorno dopo? Voleva forse godersi l'omicidio?

«Che cos'è?» Heathcliff puntò il dito sullo schermo del mio telefono mentre scorrevo le immagini.

«Oh.» Arrossii. «Ehm... beh, volevo dirtelo a pranzo, ma credo che ci siamo distratti. Ricordi stamattina, quando stavo inseguendo Grimalkin? Siamo finiti per caso nella stanza dell'Occulto...»

Heathcliff alzò di scatto un sopracciglio. «La stanza dell'Occulto con la porta chiusa a chiave.»

«Sì, quella stanza. Beh, la porta si è aperta di nuovo. E Grimalkin è saltata sul piedistallo e si è messa a camminare su quel libro. Mi è capitato di sfogliare le pagine...»

«Certo, ovvio.» L'angolo della bocca di Heathcliff si contrasse. Non riuscii a capire se per la rabbia o per il divertimento.

«E su una delle pagine c'era quella scritta. Ho pensato di farla tradurre a Morrie. Gli ho mandato un messaggio, ma non mi ha risposto. Deve essere impegnato a Londra, perché non mi ha mai scritto da quando è partito.»

«Non hai un'app per le traduzioni?» Heathcliff guardò il mio telefono.

«Certo che no... no aspetta, sì che ce l'ho!» Scorsi il telefono fino a trovare l'applicazione che avevo scaricato. Doveva essere in grado di tradurre qualsiasi lingua, antica o nuova, a partire da un'immagine.

«Miao?» Grimalkin saltò giù dallo scaffale e si posò sullo schienale della mia sedia, con il collo proteso sulla mia spalla come se si sforzasse di vedere lo schermo.

L'app emise un segnale acustico. Aveva individuato una traduzione. La scrittura era greca, greco antico. La cosa non mi sorprese affatto. La traduzione diceva: «Il mio nome è Nessuno.» Mi dava anche una pronuncia fonetica. Sospirai.

«Se è un altro indizio sul negozio, è criptico come tutti gli altri. Il mio nome è Nessuno: cosa significa? Anche se il greco suona bene. *To ónomá mou eínai Kanénas.* Mi chiedo se...»

«Miaoooo!»

Grimalkin saltò giù dalle mie ginocchia e andò a rotolarsi sul tappeto, scalciando in aria con le zampe. Credevo che volesse farsi massaggiare la pancia, ma quando mi avvicinai, miagolò forte e mi diede una zampata alla mano prima di nascondersi sotto la mia sedia, gridando a squarciagola.

«Che le sta succedendo?» brontolò Heathcliff.

«Qui, micia, micia.» Abbassai la testa tra le gambe, cercando di vedere sotto la sedia.

«Sminuiscimi ancora una volta, tesoro, e ti caverò quei tuoi begli occhi con le unghie,» mi sussurrò una voce sensuale da dietro la sedia.

Mi voltai di scatto. Al posto di un gatto bianco e nero, ora una donna alta e bella, con lucidi capelli scuri era appoggiata al velluto. Unghie rosse perfettamente curate scorrevano sul tessuto, mentre l'altra mano si appoggiava su un suo fianco flessuoso e *molto nudo.*

Infatti era nuda, dalla testa alle dita dei piedi, con le unghie dipinte di rosso. I capelli ricadevano in onde eleganti, lunghe quasi fino alla vita. Si passò la lingua sulle labbra rosso sangue, che si atteggiarono in un sorriso di autocompiacimento, come quello di un gatto che si era goduto la panna *e anche* un morbido giocattolino.

«Era ora che mi toglieste quella pelliccia infernale,» disse la donna. «Fa un caldo terribile e voi due non dedicate abbastanza tempo a venerarmi. Chiudete quelle bocche e fatemi sedere: ho *tante* cose da dirvi.»

17

«Chi... chi sei?» sussurrai. Come aveva fatto quella donna ad apparire così all'improvviso, così in silenzio, e così *nuda?* Si era intrufolata nella stanza con tutta la furtività di una... di una...

... di una *gatta.*

«Non mi crederesti nemmeno se te lo dicessi,» disse lei con voce suadente e vibrata mentre andava in giro per la stanza come se fosse stata sul palco di un club di burlesque. Si sistemò sul bordo del tavolo, ricordando una donna rinascimentale in posa per un'opera d'arte provocatoria.

«Credo che tu debba metterti qualcosa addosso.» Heathcliff si tolse la giacca e la gettò dall'altra parte della stanza. Poi fissò un punto degli scaffali di Fantascienza. «Qui dentro fa un freddo da morire.»

La donna afferrò il cappotto al volo e se lo appoggiò sulle spalle eleganti. «Sì, vero. Sembra che questa forma umana sia più sensibile alle correnti d'aria. Tutta questa pelle bianchiccia. Il mio nome è Creteide, ma mi conoscete con un altro nome.»

«Sono abbastanza sicura di non conoscerla, signora.» Le fissai le lunghe gambe e i polpacci dalla forma perfetta.

«Certo che mi conosci, cara. Ero acciambellata intorno alle tue caviglie solo pochi minuti fa.»

«Penso che me lo ricorderei. L'unica acciambellata intorno alle mie caviglie era...» *No. Non può essere. Vero?* «*Tu sei Grimalkin?*»

Per tutta risposta, la donna si scostò i capelli dalle spalle, prese il mio bicchiere di vino dalla scrivania e se lo portò alle labbra.

«Quoth!» esplose Heathcliff. «Porta qui *ora* le tue chiappe da uccello.»

Pochi istanti dopo, uno sbattere di ali arrivò dalle scale, mentre Quoth si librava nella stanza.

Scusate. Stavo provando una nuova tecnica a impasto. Crea una texture profonda che è quasi tattile...

Quando vide la donna, non credette ai suoi occhi. Lei sollevò gli artigli smaltati e con la mano gli fece un saluto che sembrava più che altro un'estensione naturale degli artigli. «Ciao, uccellino.»

Quoth crollò a terra. Piume svolazzarono ovunque mentre il suo corpo si torceva e si fletteva. Un attimo dopo, Quoth era carponi nella sua forma umana, una cortina di capelli scuri che gli scendeva sul viso, i muscoli sinuosi della schiena tesi, come se avesse bisogno di spiccare il volo da un momento all'altro.

«Che... che cos'è?» rantolò, fissando la donna con un misto di stupore e terrore.

«Mmh,» disse la donna con un fremito nella voce, gli occhi che esaminavano il corpo di Quoth. «Così flessuoso, fragile e delizioso. Ti vorrei qui, su questo tavolo, se non altro per il fatto che sei tutto da mangiare.»

«No, non oseresti mai,» ringhiai.

«Cosa sta succedendo?» chiese di nuovo Quoth.

«Questa strega sostiene di essere Grimalkin,» sbottò

Heathcliff. «Tu ne sai qualcosa, uccello? Voi mutaforma non dovreste riconoscervi?»

Quoth annusò l'aria, accigliandosi. «È proprio Grimalkin. Riconoscerei quell'odore e quegli artigli ovunque. Ma come fa a essere umana?» Si voltò verso Grimalkin. «Se sei un mutaforma, allora come mai non ho mai percepito i tuoi pensieri o non ti ho mai visto mutare prima?»

«Non sono come te, capace di passare da un corpo all'altro per capriccio,» replicò Grimalkin accigliata, stiracchiando le braccia sopra la testa. «Sono rimasta intrappolata nella mia forma felina per secoli. I miei pensieri non sono più riconoscibili come umani. Quando mia nipote ha pronunciato ad alta voce le parole di mio figlio, ha sciolto l'incantesimo e ora sono libera.»

Un intenso bagliore mi attraversò gli occhi, seguito da una fitta di dolore che mi perforò il cranio. Il mal di testa stava peggiorando. Mi sfregai la tempia mentre digerivo le sue parole. «Scusa, tua nipote?»

«Ma sì. Pensavo fosse ovvio.» Grimalkin si mise in posa. «Fanciulla, sono tua nonna.»

18

«Mia nonna è una gatta,» dissi lentamente, sperando che una certa solennità rendesse quelle parole in qualche modo più credibili. Non fu così.

«Lo scetticismo non ti si addice, mia cara.» Grimalkin si sedette sul pavimento, ripiegando i piedi sotto di sé. Aveva certamente delle movenze feline, e il modo in cui arricciava le dita fino a formare degli artigli e pronunciava ogni parola in un sensuale sussurro... «Non sono esattamente un gatto, così come il tuo delizioso amico non è esattamente un uccello.»

Mi sfregai la tempia. Il mal di testa mi tormentava. Ora non aveva nulla a che fare con i miei problemi agli occhi. «Okay. Niente di tutto questo ha senso, ma... bene. Se tu sei mia nonna, allora chi è mio padre?»

«Perché chiederlo a me, quando l'avete già capito?»

Ripensai alla conversazione fatta con Heathcliff proprio quella settimana, quando mi aveva mostrato il libro mastro e avevamo capito che mio padre era sia Herman Strepel che il signor Simson. Grimalkin era presente, quindi immaginai ci avesse sentiti. «Ma non è vero. Ho detto solo che...»

Per un attimo avevo pensato che mi avresti detto che mio padre era un poeta epico morto, e che quindi avremmo dovuto farti vedere da uno bravo.

Tutto qui. Non avevo detto altro.

Porca puttana. Che Iside sia dannata.

«Mio padre è Omero,» dissi lentamente, credendole ma anche incredula.

Grimalkin annuì.

«*Omero*, l'antico poeta greco. Omero.»

Annuì di nuovo.

Heathcliff fischiettò.

«Io...» Sentivo la testa che mi martellava. «Io devo sedermi.»

«Sei già seduta,» mi fece notare mia nonna, l'ex gatta.

«Giusto.» Conficcai le unghie nel velluto. «Naturalmente. Mio padre è Omero. Com'è possibile?»

«Non fare l'ingenua, Mina. Non ti si addice. Tu sai già tutto questo. Tuo padre ha viaggiato nel tempo, dal mondo antico ai giorni nostri, passando proprio per questa libreria, raccogliendo ispirazioni per le sue poesie. Durante uno dei suoi viaggi, ha copulato con una giovane donna che, nove mesi dopo, ha dato alla luce te. Immagino che non ti servano i dettagli precisi di come il suo seme sia entrato in lei...»

«No, grazie.» Mi coprii le orecchie. «A quello ci posso arrivare. Alle altre cose, non tanto. Perché mio padre sta spassandosela in giro per il tempo? Se sta ancora scrivendo le sue poesie, com'è possibile che noi le leggiamo ora? Non è una specie di paradosso?»

«Tzè, *paradosso*.» Con un gesto della mano, Grimalkin liquidò duecento anni di fisica teorica. «Mia cara, stiamo parlando di *letteratura*. Funziona perché tuo padre ha bisogno che funzioni. Per la *storia*. Quanti uomini pensi ci stessero nel Cavallo di Troia? Credi che i Troiani non abbiano avuto alcun sospetto su una gigantesca costruzione di legno chiaramente vuota? Come hanno fatto quegli uomini a resistere tutto quel tempo così stretti nel ventre di legno della bestia senza che nessuno di loro abbia scoreggiato o abbia tossito o gli sia scappata una stupida risatina? Non importa come le cose funzionano *in realtà*, basta che siano una buona storia.»

Ora la testa mi batteva davvero forte. Un violento lampo di luce verde mi attraversò il campo visivo. «Ma... ma... perché sei un gatto? Hai detto che sei rimasta bloccata nel corpo di un gatto per secoli, ma non sembri avere più di quarant'anni.»

«Quaranta?» mi fulminò con un'occhiata. «Abbi un po' di rispetto. Ho solo venticinque anni.»

«Come puoi avere venticinque anni, ed essere mia nonna, e avere secoli?»

Lei inarcò un sopracciglio perfetto. «Anni da gatto?»

Fui travolta rapidamente dal panico. Avevo il cuore che martellava così forte che pensavo stesse per schizzarmi fuori dal petto. Mi portai rapida le dita alla tasca per toccare l'angolo della lettera di mio padre. Quoth dovette percepire la mia angoscia perché balzò rapido e venne a inginocchiarsi accanto alla mia sedia per prendere le mie mani tra le sue.

«Non posso sopportare tutto questo,» dissi a denti stretti mentre iniziavo a vedere delle stelline. «Io ho bisogno di risposte e lei si prende gioco di me.»

«Credo che abbia preso lezioni da Morrie.» Heathcliff si chinò sulla scrivania, unendo tra di loro le punte delle dita.

Quoth volse lo sguardo verso Grimalkin e le parlò con voce gentile, ma ferma. «Per favore, spiegaci come si è arrivati a tutto questo. Comincia dall'inizio, mentre noi riflettiamo.»

«Molto bene.» Grimalkin accavallò le gambe, inarcandosi sulla scrivania e portando il mento in su, verso il soffitto. Si indicò il corpo flessuoso. «Come ho già detto, mi chiamo Creteide. Sono una ninfa delle acque e il mio territorio era il fiume Meles, che scorreva presso la grande città di Smirne, in

Asia Minore. Un affidabile libro di storia che Morrie ha sfogliato un giorno mi ha informata che si tratta di una terra che non esiste più e che il mio fiume è stato da tempo deviato, spezzato e prosciugato, il che ha spazzato via la sua enorme potenza. Anche se potessi riunirmi a Meles, non riacquisterei mai i miei pieni poteri.»

«Come ti sei separata dal fiume?» chiese Quoth.

«Meles era più che la mia terra. Era il mio amante. Dalla nostra unione è nato mio figlio, Omero. Dal giorno in cui lo bagnai per la prima volta nelle fresche acque del mio amante, sapevo che Omero sarebbe stato speciale. Lo portai all'oracolo di Delfi che gli profetizzò che un giorno avrebbe scritto una storia che avrebbe riecheggiato nei millenni. Gli dèi, naturalmente, vennero a conoscenza di tale profezia e corteggiarono il favore di Omero, perché ciascuno di loro desiderava essere presentato nella migliore luce possibile nel suo racconto.»

«Che stronzata,» la interruppe Heathcliff, ma un'occhiata di Grimalkin lo bloccò. Da brava gatta, era diventata maestra di occhiatacce.

«Anche se all'epoca in cui iniziò a scrivere era solo un ragazzo, il mio Omero cercò di accontentare tutte le richieste degli dèi, ma le loro esigenze erano volubili e la loro lealtà mutevole. Il dio Poseidone, in particolare, pensava di essere lui l'eroe della storia, perché il seme del padre di Omero alla fine era arrivato alle sue acque. Le lotte tra gli dèi divennero violente, come sempre accadeva. Essi fecero piovere sulla Terra ogni sorta di pestilenza e disgrazia per forzare la mano di Omero. Sapevo che se non avessi agito, il mio amato figlio sarebbe stato fatto a pezzi dagli dèi. La sua storia non sarebbe stata fatta di parole, ma del suo stesso sangue.

«Omero si nascose in una grotta, ma gli dèi lo trovarono. Sono sempre vigili e non c'era nessun posto al mondo dove lui potesse essere al sicuro. Così, per proteggerlo dall'ira degli dei, lo portai sulle rive di Meles e lo feci nuotare nelle acque che gli avevano dato i natali. Mentre mio figlio attraversava il fiume, io feci un incantesimo, chiedendo a Meles di portarlo via, al sicuro, in un luogo dove gli dèi non potessero raggiungerlo, così che potesse scrivere in pace. Meles lo fece viaggiare nel tempo, a un'epoca in cui gli dèi non esistevano più se non nelle pagine dei libri di storia. Ovunque e *in qualsiasi momento* scorressero le acque di Meles, mio figlio sarebbe stato in grado di usarle per sfuggire ai suoi nemici.

«Omero ha girato qua e là nel tempo, scrivendo i suoi poemi e mescolandosi con i grandi scrittori di ogni epoca. Prima di tutto arrivò nell'Inghilterra medievale, guidato da una sorgente attraverso la quale scorrevano le acque del Meles. Solo gli dèi ne conoscono il motivo, ma evidentemente lui trovò il freddo oppressivo del vostro scialbo Paese stimolante per la sua musa, e così ci rimase, costruendo una piccola bottega in cima alla sorgente del Meles dove poteva creare storie e rimanere vicino alla parola scritta anche quando stava perdendo la vista. Quando terminava un capitolo, me lo rispediva in bottiglie che faceva galleggiare lungo il fiume. Io lo davo agli scribi perché lo copiassero e lo diffondessero in tutto il mondo antico.»

«Ma questo è un parado...» intervenni. Quoth scosse la testa e io mi tappai la bocca.

Grimalkin indicò il negozio. «Qui rimase in relativa beatitudine, compiendo spesso viaggi nel tempo per trovare ispirazione dal passato e dal futuro, finché il suo nemico non lo raggiunse.»

«Quale nemico?» chiesi.

Grimalkin agitò una mano come se quel dettaglio specifico non avesse alcuna importanza. «Ci arriveremo. Tu e tua madre avete causato non pochi problemi.»

«Cosa c'entra mia madre in tutto questo?»

Grimalkin arricciò il naso perfetto per il disprezzo. «Helen. *Elena*. Era la sua musa. E la sua rovina.»

Ebbi la sensazione che la sua musa sarebbe dovuta essere Grimalkin, anzi Creteide.

«Mia madre non ha nulla a che fare con tutto questo. È stato lui a lasciarci. Lui, quello che le ha spezzato il cuore.»

Mi fermai quando Quoth girò la testa verso di me, con gli occhi spalancati. «Elena,» sussurrò.

«Sì, Helen è la traduzione di Elena, ma non vedo...»

«"Era quello il volto che causò l'invio di migliaia di navi/e fe' bruciar le torri eccelse di Ilio?"» Quoth citò Marlowe con la sua voce profonda e melodica. «Mina, tua madre era Elena di Troia.»

«No, non è così. Ha solo ispirato il personaggio.» Grimalkin inclinò il mento in avanti. «*Io* ho fornito all'immaginazione di tuo padre la parte relativa alla bellezza.»

Elena di Troia, la donna la cui bellezza diede inizio alla guerra di Troia, la figura raffigurata innumerevoli volte nell'arte medievale e rinascimentale, la musa che Salvador Dalì credeva che sua moglie Gala incarnasse fisicamente... era stata modellata su *mia madre?*

«Heathcliff,» sussurrai. «Ho bisogno di bere qualcosa di forte. Subito.»

«Ci penso io.» Heathcliff aprì un cassetto con uno strattone, tirò fuori una bottiglia di Scotch e me ne versò un bel bicchiere. Lo presi e ne bevvi un sorso abbondante, praticamente senza nemmeno sentire il bruciore dell'alcol che mi scendeva in gola. Nel frattempo, Grimalkin continuava a parlare di mia madre.

«Omero è arrivato per la prima volta all'epoca moderna quando era giovane, pieno di ideali e di fremiti erotici. Si è fermato più a lungo del dovuto, scribacchiando copie illegali di documenti del nostro tempo mentre tua madre lo seduceva con promesse di una vita insieme.»

La contraffazione. Il mese prima mia madre mi aveva detto che mio padre produceva testi antichi contraffatti da vendere ai collezionisti. Gli acquirenti non sapevano che in realtà stavano acquistando direttamente da Omero, il Poeta.

«Pazzo d'amore, mio figlio è diventato approssimativo, nel tentativo di produrre opere più elaborate per dare a Helen le ricchezze che desiderava. Insieme, parlarono di diventare genitori oltre che proprietari di un vasto impero criminale e di una grande fortuna, nonostante le autorità l'avessero ormai nel mirino. E con il suo seme tu hai avuto la vita, hai avuto le acque di Meles dentro di te. Tu hai i poteri di tuo padre, Mina, ma anche la sua maledizione.»

«Sono confusa.» Il mio campo visivo fu attraversato da striature di luce verde. «Quali poteri? Quale maledizione?»

«Ci sto arrivando!» Grimalkin allontanò le mie domande con un movimento del suo esile polso. Non si può mettere fretta a un gatto. «Come dicevo, sei venuta al mondo ma Omero si è reso conto troppo tardi che se non fosse scappato, sarebbe stato messo dentro per l'eternità per il reato di contraffazione, e non avrebbe mai più completato il suo poema. Il mondo avrebbe perso Elena di Troia e lui sarebbe stato dietro le sbarre, mai più in grado di trovare il fiume Meles. E fu così che ti lasciò per la prima volta.»

Buttai giù il resto dello Scotch e misi il bicchiere in mano a Heathcliff. Mentre lui lo riempiva di nuovo, estrassi la lettera dalla tasca, stringendola tra dita tremanti. «Non è quello che ha detto mio padre. Lui ha detto di averci lasciato perché era in pericolo.»

«Quella lettera non è stata scritta quando sei nata, Mina, ma un anno fa, quando tuo padre, ormai vecchio e cieco, ha lasciato la Libreria Nevermore nelle mani di Heathcliff Earnshaw ed è andato a combattere il suo nemico.» Schioccò le dita verso Heathcliff, impegnato a riempire il mio bicchiere mentre al contempo beveva sorsate direttamente dalla bottiglia. «Ne avrò bisogno anch'io.»

«Con calma,» si accigliò Heathcliff. «Pare che tu sia stata una gatta per diversi secoli. Come fai a sapere che riesci a digerire questa robaccia?»

«Mi sono nutrita di topi vivi e di grilli, e di quel letame che hai la faccia tosta di chiamare cibo per gatti. Ho una forma fisica ineccepibile.» Grimalkin gli agitò il bicchiere sotto il naso. Sospirando, Heathcliff lo riempì, poi si appoggiò alla sedia e bevve il resto della bottiglia tutto d'un fiato.

Mi portai il bicchiere alle labbra e Grimalkin proseguì. «Ora che la mia sete è stata saziata, posso continuare. La notizia dei poemi epici di Omero arrivò agli dèi, e quando Poseidone lesse ciò che era stato scritto su di lui, diventò furioso. Nell'*Odissea*, Poseidone è il nemico: è lui che ritarda il ritorno a casa di Odisseo da Troia, perché Odisseo acceca il ciclope Polifemo, che era figlio di Poseidone. Infuriato per il fatto che nel poema Omero lo avesse presentato in una luce così poco lusinghiera e che avesse accecato suo figlio, Poseidone avvelenò le acque del Meles, e in questo modo uccise il mio amato marito. Ora chiunque nasca dalle acque è maledetto. Qui nel futuro, Omero cominciò vederci sempre meno. Questa maledizione, a quanto pare, l'ha trasmessa a te.»

Oh, per l'amor di Iside. Sta dicendo che la mia retinite pigmentosa è la maledizione di un meschino dio greco. Ero troppo frastornata per dimostrare tutta la rabbia che provavo in quel momento, perché quella parte essenziale della mia persona, quella parte di me che avevo fatto così tanta fatica ad accettare, era stata ridotta a un verso di un poema epico, a una nota a piè di pagina di una favola. Volevo urlare. Le dita di Quoth strinsero le mie. Noncurante, Grimalkin proseguì.

«Lui continuò i suoi viaggi nel tempo, invecchiando man mano che apriva una nuova attività in questo stabile a ogni decennio della storia. Desiderava Helen e la figlia che non poteva conoscere. Non poteva tornare in questo tempo da giovane, perché sarebbe stato arrestato e Helen non lo avrebbe mai perdonato per averla abbandonata. Così si spostò nel tempo e aspettò la fine dei suoi anni nel passato, andando avanti e indietro finché i suoi anni non si allungarono e i suoi capelli non divennero grigi. È tornato da te solo da vecchio, in modo che né le autorità né tua madre lo riconoscessero. È tornato alla sua sorgente e ti sorvegliava da dietro questo stesso bancone. Man mano che sempre più personaggi dei libri apparivano in negozio, lui spiegava loro le cose e li rimandava per la loro strada come meglio poteva. E ti ha accolto a braccia aperte, senza mai dirti chi fosse, ma assicurandosi sempre che tu fossi immersa nel potere della storia. Sperava che un giorno saresti stata in grado di prendere il suo posto, ma prima che ne avesse la possibilità, è arrivato il suo nemico. Il resto della storia lo conosci. Lui è partito per inseguire il suo avversario, per tenere questa creatura del demonio lontana da te. Al suo posto, ha lasciato Heathcliff Earnshaw con l'incarico di vegliare su di te quando saresti tornata alla Nevermore.»

«E *tu* come ti inserisci in tutta questa storia assurda?» volle sapere Heathcliff.

«Il mio purgatorio è uno scherzo di Poseidone.» Grimalkin arrotò la 'r' di purgatorio, il che sarebbe stato esilarante se non avessi avuto così tanta paura. «Quando seppe dell'incantesimo che io feci sulle acque del Meles per proteggere mio figlio, mi maledisse affinché vivessi i miei giorni come l'unica creatura terrorizzata dall'acqua, così da assicurarsi che non avrei mai più trovato un amante come Meles e recuperato i miei poteri. L'unica persona in grado di liberarmi sarebbe stata la persona che avesse letto ad alta voce le parole di mio figlio in mia presenza, nella sua lingua originale.»

Indicò con un gesto il suo corpo sensuale. «Come ninfa,

possiedo già il dono della bellezza eterna e della lunga vita. Poseidone mi ha concesso nove vite, la quantità assegnata ai felini. Le ho custodite con cura, consumandone solo sette nei secoli in cui ho vissuto in questa forma. Tutti quegli anni di attesa, tutti quei topi morti, solo per aspettare di poter stringere di nuovo mio figlio tra le braccia.» Grimalkin fece una pausa. «Ma lui se n'è andato, e tutto ciò che ho al posto suo è una nipote ingrata, un bandito ingombrante, un intellettuale svagato, un corvo che non posso mangiare, montagne di libri polverosi e un pericolo incombente che potrebbe mettere fine a tutti noi.»

«Va bene,» urlai. «Ho capito. Ora che abbiamo ascoltato tutta questa sordida storia, puoi *finalmente* dirmi qual è questo pericolo da cui mio padre mi protegge?»

«Il nemico che dovresti ritenerti fortunata a non incrociare mai,» disse mia nonna incrociando le braccia sul petto. «Il conte Dracula.»

19

Scoppiai a ridere. «Vabbè, adesso so che è uno scherzo del cazzo. Dracula è solo un personaggio di un libro, ispirato a Vlad l'Impalatore ma non è nemmeno storicamente accurato. Non è reale.»

La risata mi morì in gola. Perché per breve tempo, per un attimo, avevo dimenticato dove mi trovavo. La Libreria Nevermore aveva dato vita ai miei tre amanti: l'Heathcliff di Emily Brontë, il James Moriarty di Sir Arthur Conan Doyle e il corvo di Edgar Allan Poe. Tutti in carne e ossa, e tutti nati non da un grembo materno ma dalle acque del Meles e dalla mente di un brillante scrittore.

Se loro potevano essere reali, allora anche qualsiasi altro personaggio poteva esserlo. E se Heathcliff, Morrie, Quoth e Lydia Bennett erano usciti dalle pagine del suo libro ed erano entrati nel mondo reale attraverso la Libreria Nevermore, allora...

... allora anche le bestie del mito e dell'orrore, come Dracula.

In un lampo mi tornarono alla mente le parole di Stoker, come se le avessi lette solo il giorno prima. "... intende avere successo, e un uomo che ha secoli davanti a sé può permettersi di aspettare e di procedere piano... l'acqua dorme, ma il nemico veglia." Se Dracula era arrivato nel nostro mondo dal libro di Bram Stoker, allora era arrivato con secoli di conoscenza e di potere. Non c'era da stupirsi che mio padre, Omero, fosse preoccupato per la mia sicurezza. Ma se era così preoccupato, perché se n'era andato? Perché aveva regalato il negozio a Heathcliff?

«Dov'è Dracula adesso?» ringhiò Heathcliff, chiedendosi ovviamente la stessa cosa.

«Chi lo sa?» Grimalkin rotolò su un fianco, accarezzandosi il bordo del seno. «Appeso a testa in giù in una cantina da qualche parte? Se mio figlio fa quello che ha intenzione di fare, quello si troverà a bruciare nell'Ade con un paletto nel cuore.»

«E mio padre?» chiesi. «Hai avuto sue notizie?»

Lei sollevò le spalle come farebbe un gatto. «Lui non ha idea di chi io sia. Per lui ero solo un gatto randagio che si rifiutava di lasciare il negozio. Non appena ha saputo che c'era quella bestia in libertà nel mondo, è uscito dalla Nevermore e non è più tornato. Non ha nemmeno avuto la decenza di mettermi fuori un piattino di latte.»

Il campanello del negozio tintinnò. Heathcliff balzò in piedi. «Siamo chiusi!» sbraitò. «Non riuscite a leggere quel maledetto...»

«È questo il modo di trattare una persona che viene a portare curiose prelibatezze da terre lontane?» Morrie entrò nella stanza, con la borsa del portatile in una mano e una grande scatola da forno in equilibrio sull'altra. «Ho fatto la fila per ore per avere questi *cronut*. Si dice siano i migliori di tutta l'Inghilterra e... oh, abbiamo una visita.»

«Signor Moriarty.» Grimalkin girò la testa. Morrie spalancò gli occhi mentre osservava la sua... ostentazione. Un ghigno malvagio gli illuminò il viso.

«E a chi devo l'onore?»

«Quella è Grimalkin,» dissi. «Ed è mia *nonna*, quindi magari smettila di guardarla come un gatto che ha rubato la panna.»

«C'è della panna?» Grimalkin allungò il collo sinuoso. «Dove?»

Per la prima volta da quando lo conoscevo, Morrie era rimasto completamente senza parole. Passava lo sguardo da Grimalkin a me e viceversa. Vedevo gli ingranaggi della sua testa che giravano su ciò che avevo detto, mentre valutava se lo stavo prendendo in giro, prima di accettare che, ancora una volta, fosse successa un'altra cosa strana alla Libreria Nevermore.

Heathcliff, Quoth e Grimalkin gli spiegarono il più rapidamente possibile ciò che era appena accaduto. Morrie attraversò leggiadro la stanza, mi posò un bacio sulle labbra che mi riportò indietro dalle profondità della mia testa, poi offrì a tutti la scatola con i cronut, un incrocio tra croissant e donut. Erano davvero deliziosi. Non c'era niente di meglio di una scatola di prodotti da forno zuccherosi per mitigare l'ansia di un padre omerico che affronta il conte Dracula e di una nonna gatta che si spoglia nel bel mezzo del negozio.

«È una novità affascinante,» commentò Morrie, addentando il dolcetto e facendo cadere delle briciole sul tappeto. Sia Quoth che Grimalkin abbassarono lo sguardo sulle briciole con un'espressione di sconforto, forse con l'intenzione di tornare a raccoglierle più tardi. «Ero qui, pronto a dirti che ti avevo tradotto quelle parole dal greco antico, a mettere in scena l'accecamento di Polifemo con Heathcliff che interpretava il ciclope, e pronto ad accettare le tue lodi e la tua adorazione eterne, e tu sei andata a risolvere tutto senza di me, accidenti.» Mi sorrise, cercando di farmi capire che stava scherzando, ma intuii un cenno di tentennamento nella sua voce che mi disse che c'era qualcosa che non andava.

Ancora una volta mi chiesi cosa potesse innervosire la più importante mente criminale del mondo. Forse sapere che il *Conte Dracula* era da qualche parte nel mondo reale? Di sicuro mi faceva venire voglia di raggomitolarmi in un angolino.

«Non abbiamo risolto nulla,» dissi. «Dobbiamo ancora trovare mio padre. E Dracula. Chissà quante persone potrebbe uccidere o... o quante persone potrebbe trasformare in vampiri. Lasciamo perdere Danny, lasciamo perdere il negozio, questo è il caso più importante che avremo mai da risolvere.»

Morrie prese un altro cronut. «Infatti. Per fortuna ci sono io, con il mio contributo. Ho una domanda importante per la nostra ex gatta.»

«Sì?» Grimalkin sollevò un sopracciglio perfettamente arcuato, in un modo che non si potrebbe definire se non felino.

«Ma tu sai darci la risposta alla questione omerica? Perché conosco moltissimi studiosi che pagherebbero fior di quattrini per quella questione...»

Il campanello tintinnò di nuovo. Heathcliff si alzò, nero in volto. Allungai di scatto un braccio, ma una voce familiare mi bloccò.

«Yu-uuhhh, Mina!» La voce di mia madre. «Ho portato dello champagne per festeggiare. Non ci crederai: domani avrò le chiavi della mia Mercedes nuova di zecca!»

20

«Cazzo, è mia madre!» sussurrai. Da un momento all'altro sarebbe entrata lì e avrebbe visto una Grimalkin giovanissima e per lo più nuda che si stava crogiolando sopra il tavolo degli espositori. Balzai in piedi e la scacciai via con un movimento convulso. «Scendi. Devi nasconderti.»

«Perché?» Grimalkin mi fulminò con lo sguardo e si indicò il corpo rilassato. «Non sono il gatto di Schrodinger. Non è che mi puoi fare sparire e anche tenere in vita.»

«Mettiti sotto il tavolo, o io...»

«Domani vado a ritirarla al concessionario e faccio una festa per celebrare...» Mia madre si fermò di colpo quando entrò nella stanza e vide Grimalkin nuda distesa sul tavolo. «Mina, cosa sta succedendo? Chi è questa donna?»

«Ehm, giusto... sì, beh...»

Come faccio a spiegarle?

Quoth prese un diario e una matita dalla scrivania di Heathcliff. Notai che era riuscito a mettersi un tappeto sopra le spalle come se fosse una camicia e si era accovacciato dietro la scrivania per evitare che mia madre potesse vedere... tutto di lui.

«Mi dispiace, signora Wilde. Questa è una sessione di ritrattistica dal vero. Sto cercando di entrare alla scuola d'arte e ho bisogno di fare esperienza con le figure umane per il mio portfolio. La signorina, ehm...»

«Grimalkin. Signorina Gat Grimalkin,» disse lei con tono deciso.

«Giusto... La signorina Grimalkin si è offerta di posare per me. È il suo lavoro.» Riuscì a sembrare allo stesso tempo affascinante e peccaminoso. «Non è niente di losco, lo giuro.»

Idea brillante, Quoth!

La mamma storse il naso. «Perché sta facendo questa sessione di disegno in mezzo al negozio, con addosso quella che sembrerebbe una coperta, e perché mia figlia, il suo ragazzo e quello *zingaro* stanno guardando?»

Avevo cercato di spiegare più volte a mia madre che non avrebbe dovuto usare la parola zingaro, ma quel tipo di cose di solito le entravano in un orecchio e le uscivano dall'altro, soprattutto quando era presa da uno dei suoi piani. In quel momento avevo solo bisogno che credesse alla storia di Quoth.

«È... ehm, è una prova. Per il negozio!» esclamai. «Sì, esatto. Pensiamo che gli artisti locali potrebbero tenere qui un corso regolare di disegno dal vero. Stavamo solo vedendo se la... ehm... se l'illuminazione è sufficiente.»

«Che ne pensate?» Grimalkin tese una lunga gamba fino a sopra la testa, dando a tutti noi una visione completa di... beh, di tutto. «La mia pelle è luminescente? La mia posa è gradevole? Mi sono guadagnata un piattino di panna?»

«Un cosa?» Mia madre la guardò sorpresa.

«Sì, certo! Penso che te la caverai egregiamente. Grazie, Gat. Ora puoi andare a vestirti.» Le lanciai un'occhiata tagliente. Dopo parecchi momenti di tensione, lei scivolò giù dal tavolo e passò davanti a mia madre, per poi dirigersi verso le scale.

Quando fu sotto la porta, fece un cenno con il mento verso mia madre.

«Il volto che ha gonfiato mille vele ora sembra piuttosto lo scafo tutto incrostato di una trireme.»

«Eh?» Mia madre sembrava confusa. «Che cosa ha detto?»

«Niente.» Lanciai un'occhiata a Grimalkin, che mi fece un sorriso malvagio e salì di corsa al piano di sopra. «Non preoccuparti. È un'artista. Sono fatti così: estrosi. Allora, racconta la storia di questa Mercedes.»

«Ho raggiunto il livello Prosperity nella mia nuova attività. L'azienda mi ricompensa per tutto il mio duro lavoro con un'auto nuova di zecca! Una Mercedes! Ma ti pare?» Mia madre intrecciò strette le mani, tutta eccitata. «Finalmente le cose si stanno mettendo bene per me, tesoro. Ho trovato la mia vocazione. Sto creandomi la vita che mi merito.»

Sentii un fruscio sul suo braccio. Le afferrai il polsino della manica e lo arrotolai, esponendo una fila di lucidi cerotti Flourish, che le andavano dal polso alla spalla.

«Pensavo che bastasse indossarne uno per ricevere i benefici della sua straordinaria tecnologia transdermica,» dissi ironica.

Mia madre si tirò giù la manica, lanciandomi un'occhiataccia. «Sì, beh, così è *scritto*, ma io voglio accelerare i risultati. Voglio incarnare i valori di Flourish. Cresci. Nutriti. Vivi. La tecnologia è davvero miracolosa. Mi sento così rinvigorita, così viva. Sento che il mio metabolismo lavora più veloce, bruciando i grassi.»

Guardai la pancia di mia madre, che ballonzolava un po' mentre si allontanava. Sembrava proprio che fosse ingrassata. Il che poteva anche andare bene, però non se al contempo si mentiva alle persone per convincerle a comprare cerotti argentati da attaccare alle braccia. «Quanto peso hai perso con questi cerotti?»

«Oh, non sto controllando!» La mamma scosse il polso con aria di sufficienza. Un cerotto le si staccò dal dorso della mano e finì a terra. «Il punto è che sto andando alla grande. Sto vivendo la mia verità e sto cambiando in meglio la vita delle persone. E lavoro con un'azienda che mi sostiene e premia il successo. Quindi: ci vieni alla mia festa per la Mercedes nuova?»

«Ma come hai fatto a vendere abbastanza cerotti per permetterti una macchina del genere? Sei in questa attività da meno di un mese!»

«Sono proprio brava, eh?» Mi guardò sorridendo. «E non ho nemmeno dovuto *comprare* l'auto. L'ho presa in leasing e l'azienda mi dà un bonus mensile in contanti per pagare il leasing. Finché continuerò a mantenere il mio livello di vendite, non dovrò pagare nemmeno una rata dell'auto. Non è incredibile? Ho l'auto gratis!»

«Cosa?» Di tutte le cose che avevo sentito fino a quel momento, quella era *di gran lunga* la più ridicola. «Mamma, quella *non è* un'auto gratis. Non è un regalo. È una maledetta trappola per farti comprare migliaia di quegli stupidi cerotti ogni mese. È di nuovo la stessa storia dei frullati, e gli apparecchi vibranti, e che dire di quegli accessori di alta gamma per bambini...»

Mia madre sbuffò. «Ti sarei grata se potessi dimostrare un po' più di supporto.»

«Già, Mina.» Morrie si avvicinò e mise un braccio intorno alle spalle di mia madre, sorridendo. Poi mi lanciò uno dei suoi ghigni diabolici. «Tua madre ha raggiunto risultati notevoli. Dovremmo sostenerla, invece di tarparle le ali.»

«Vedi? Morrie rispetta i miei sogni. Sa riconoscere un collega imprenditore, un simile che non ha paura di rischiare con un prodotto rivoluzionario...»

«Certo, signora Wilde.» Morrie le allungò la scatola. «Un cronut?»

«No, grazie. Con tutti questi nutrienti sani che mi entrano in circolo nel sangue, non ho bisogno di zuccheri lavorati e di glutine...» La mamma esitò un attimo. «... e sia, ma solo uno. Questi cerotti funzionano benissimo. Sono tre giorni che non mangio quasi niente. Quindi una piccola ciambella non farà alcuna differenza. Quasi quasi non sento neanche che sapore ha! Anzi... è meglio che ne prenda un'altra, non si sa mai. Non voglio dimagrire troppo. Tutto con moderazione, dicono.»

«Ma prego, ne prenda quanti ne vuole.» Morrie sorrise.

«Sei un tesoro, Morrie. Potresti convincere mia figlia a venire domani sera? Sarà favoloso. Ho affittato la sala comunale, c'è un DJ, e Richard mi ha procurato dell'ottimo champagne. Naturalmente, la mia nuova auto sarà parcheggiata proprio lì davanti. La Flourish mi ha regalato cinquecento sterline di prodotti da regalare, e anche tutti i frullati sani che possiamo bere!»

Oh no, non di nuovo frullati. Feci un sospiro. «Certo che ci sarò. Verremo tutti.»

Mia madre si avvicinò e prese le mani di Morrie, poi le mie. «Oh, grazie. Penso che ti divertirai moltissimo. E forse, una volta vista la mia macchina, ripenserai a questa storia della libreria e prenderai in considerazione l'idea di entrare a far parte della mia linea. Le commissioni sono davvero generose e ci sono così tante opportunità di...»

«È già così tardi?» Morrie guardò il telefono. Si lasciò sfuggire un enorme sbadiglio. «Helen, mi dispiace di essere così sbrigativo, ma ho passato la notte a Londra e mi sono dovuto alzare alle prime luci dell'alba per comprare i cronut prima di prendere il treno. Sono decisamente a pezzi. Ho bisogno di andare a letto. Però ci vediamo domani sera.»

Morrie si chinò a baciarmi la guancia. «Non scappare ora,» sussurrò. Il suo respiro contro la mia guancia mi provocò una scossa di calore in tutto il corpo. Morrie si staccò con un sorriso languido e sparì su per le scale. Mia madre lo fissò come se la forza del suo sguardo potesse costringerlo a tornare indietro per chiederle la mia mano.

Poi sospirò. «È davvero fantastico. Sei così fortunata, Mina.»

Dietro di lei, Heathcliff emise un grugnito.

«È vero. In realtà, anche io ho molto sonno.» Feci del mio meglio per fingere uno sbadiglio.

«Ma sono appena le nove!» Mia madre si imbronciò. «Pensavo che potremmo andare a fare colazione tutti insieme per festeggiare.»

«Mi dispiace. Stamattina ho delle cose importanti da fare. Ci vediamo domani, comunque.»

«Io sarò quella nella Mercedes nuova di zecca.» Mia madre era raggiante mentre la spingevo fuori dalla porta. Non appena fu fuori, sbattei la porta, tirai il catenaccio e guardai Morrie, che si era nascosto sul pianerottolo al piano di sopra, soffocando una risata.

«Perché l'hai fatto?» gli urlai. «La stai solo incoraggiando. Non è per niente divertente. È un *disastro* completo. Mia madre non può permettersi le rate di quella macchina...»

«Rilassati, bellezza.» Morrie scese le scale in un lampo. Mi fece girare e mi appoggiò con la schiena contro gli scaffali. Con una mano mi prese un polso, bloccandomelo sopra la testa. Il suo volto si tese per il desiderio mentre mi passava gli occhi di ghiaccio su tutto il corpo. «L'ho fatto perché se ti metti contro di lei, poi stai giorno e notte a cercare di convincerla a rinunciare alla sua ultima opportunità di lavoro. Io per te ho altri piani.»

«Oh, davvero?» Volevo sembrare incredula, ma le parole mi uscirono affannose. Fui presa dal profumo di pompelmo e vaniglia di Morrie, che mi mandò in tilt i sensi.

«Certo.» Morrie si sfiorò il labbro inferiore con la lingua, con gli occhi spalancati per la fame. «Sono giorni che ho dei piani su questo tuo corpo, ma tu sei stata troppo impegnata con eventi organizzati, a inseguire assassini e a preoccuparti di tuo padre, e io avevo questo stupido viaggio da fare. Quando è il momento che tu venga profanata da Morrie? Quando riuscirai a mettere una bella scopata nella tua fitta agenda?»

«Profanata?» Sorrisi, anche se la parola mi provocò un delizioso brivido lungo la schiena. «Non sono una vergine sacrificale.»

«Oh, lo so bene.» Morrie mi accarezzò la guancia con le labbra, posando una scia di baci leggeri come piume sulla mia pelle.

«Non è colpa *mia* se sei andato a Londra,» aggiunsi, ansimando mentre mi strofinava il capezzolo da sopra la camicia. Era già turgido. Il suo tocco mi fece correre un brivido caldo nel petto che mi arrivò direttamente tra le gambe.

«Vero.» Le labbra di Morrie mi sfiorarono il lobo dell'orecchio. «Ma il lungo e solitario viaggio in treno mi ha dato l'opportunità di immaginare tutte le cose sconce che voglio farti. Che *noi* vogliamo farti.»

«Noi?»

Guardai oltre la spalla di Morrie. Heathcliff e Quoth erano in piedi sulla porta. Quoth teneva in mano il telefono, mostrando i messaggi che si erano scambiati. Alcune parole attirarono la mia attenzione... "Leccarla tutta finché non urla..."

"... tu potresti fare sesso con lei mentre io..."

"... due di noi dentro di lei allo stesso tempo..."

Il cuore mi batteva così forte che pensavo sarei andata in arresto. Ma no, era solo il pensiero di loro tre che pianificavano cosa volevano fare con me, come volevano farmi urlare...

«Sarà anche uno stronzo, ma è molto fantasioso,» aggiunse Heathcliff.

«*Tu* hai mandato dei messaggi?» Lo guardai sconvolta.

«Oppure lo sai perché te li ha letti Quoth? Devo solo sapere come...»

Per tutta risposta, Heathcliff entrò nel corridoio, mi prese una guancia e costrinse la mia bocca contro la sua. Il bacio mi impedì di scoprire altro sui loro piani.

Ingrid Bergman una volta disse che un bacio è un trucco adorabile ideato dalla natura per bloccare il discorso quando le parole sono superflue. Era così che Heathcliff baciava, come se avesse cose da dire, una pulsione disperata dal suo profondo che non poteva essere espressa in altro modo. Le sue labbra non mancavano mai di attirarmi in quella pulsione, finché lo scambio tra i nostri corpi non diventava un linguaggio a sé stante, ricco, lirico e intriso di un calore selvaggio e indomabile.

«Di sopra,» ordinò Morrie con voce tesa. «Tutti quanti. *Ora.*»

Heathcliff mi prese in braccio, senza mai smettere di baciarmi. Mi portò su per le scale, aggirando con facilità i soffitti bassi e gli scaffali traballanti. Quoth si affrettò a girare il cartello su CHIUSO. Morrie seguì Heathcliff, e la tensione sul suo volto mentre ci guardava era quasi insostenibile. Non avevo mai visto Morrie così disperato. Era inebriante. Terribilmente sexy.

Io gli faccio questo effetto. Gli faccio perdere il controllo.

Varcammo la porta ed entrammo nell'appartamento al piano superiore. Heathcliff mi posò sul pavimento del soggiorno. Morrie fu subito su di me, le sue labbra che reclamavano le mie e le mani che vagavano su tutto il mio corpo. «Heathcliff, tu accendi il fuoco,» ordinò Morrie con la voce più severa che poteva.

Oooh, questo non gli piacerà.

«Fallo tu,» ringhiò Heathcliff, mentre seminava una scia di baci da una spalla all'altra che mi fece rizzare i peli sulla nuca. «Io sono impegnato.»

La tensione tra di loro crepitava, bruciando la pelle a me che mi trovavo nel mezzo. *Che posto delizioso in cui trovarsi.* Loro due potevano usare il mio corpo come un campo di battaglia a loro piacimento, se era una cosa che gradivano.

«Lo accendo io,» disse Quoth, il pacificatore, attraversando la stanza. Io mi persi mentre Heathcliff e Morrie mi baciavano, mi leccavano e si contendevano la mia persona, con i corpi e le lingue calde su di me. Heathcliff mi sfilò la camicia dalla testa. Morrie mi afferrò un seno, strizzandomi il capezzolo da sopra la stoffa del reggiseno. Heathcliff mi puntò il suo sesso turgido contro la coscia e mi slacciò il fermaglio della cintura. Poi agganciò le dita alla cintura dei jeans e me li abbassò lungo le cosce.

«Beh, alla faccia di una serata tranquilla davanti al fuoco.»

Grimalkin. Merda. Mi ero completamente dimenticata del gatto trasformato in nonna. Le nostre teste si alzarono di scatto, ma i ragazzi non mi lasciarono. Grimalkin ci scrutò dalla sedia di Heathcliff, con un'espressione divertita sui lineamenti delicati.

«Non preoccupatevi per me. Vengo dal tempo dei riti baccanali. Non c'è nulla che mi turbi nel vostro intreccio amoroso, se non la sua vicinanza alle mie attività di svago.» Appoggiò una bottiglia di vino e si alzò in piedi, districando le lunghe gambe a mostrare un mio maxi abito nero che doveva aver trovato da qualche parte sul pavimento di Morrie. *Accidenti, mi piaceva quel vestito e ora non posso più indossarlo.* «Sono una creatura della notte e ci sono così tante fantasie che ho covato mentre ero bloccata in quel corpo felino e che ora desidero soddisfare. Uscirò a realizzarle. Non aspettatemi prima di tre giorni.» Con ciò, si gettò i capelli dietro le spalle, prese un cappotto dalla rastrelliera alla parete e uscì.

«Ha rubato la mia giacca preferita,» disse Morrie.

«Non mi interessa,» ringhiò Heathcliff, schiacciando le labbra contro le mie. Così, Grimalkin fu dimenticata.

Il calore del fuoco ci attirò a sé. Heathcliff mi spinse in avanti, verso una parete. Per quanto mi piacesse quando era aggressivo e si lasciava prendere dalle sue emozioni, quella volta volevo essere io a comandare. Desideravo metterlo in difficoltà.

Gli appoggiai le mani sulle spalle e lo respinsi. Fu come spingere un muro di mattoni, ma ci riuscii. Lui andò a sbattere sul bordo del tavolino e crollò sulla sedia.

«Esattamente dove ti voglio.» Mi misi a cavalcioni su di lui e mi strusciai contro il suo inguine. Un ringhio gli sfuggì dalla gola, basso e roco come quello di un animale. Mi risuonò nel petto, facendo riaffiorare una parte profonda e primordiale di me. Le mie labbra cercarono le sue mentre gli aprivo i bottoni e gli abbassavo la cerniera. Infilai una mano nei boxer e glielo tirai fuori, avvolgendogli attorno le dita.

Con la mascella serrata, Heathcliff mi fissò negli occhi. Sembrava che stesse lottando per mantenere il controllo. Mi chinai e gli presi la punta in bocca.

Per un attimo si irrigidì, e poi si lasciò andare. Espirò un respiro affannoso. Mi sollevai sulle ginocchia e lo presi più a fondo, avvolgendogli la lingua intorno. Era buonissimo: inebriante e virile, con un pizzico del suo profumo di torba. Il mio uomo selvaggio. Il mio Heathcliff.

Tutto il suo corpo si tese di nuovo mentre lasciavo che mi scivolasse fuori dalla bocca, poi tornai ad avvolgerlo con le labbra. Ne presi più che potei, anche se ce n'era ancora. Gli avvolsi una mano intorno e lo pompai mentre gli passavo la lingua sulla punta.

Con una mano Heathcliff mi prese i capelli e nello stesso momento sentii un'altra mano sulla coscia. Morrie. Certo, quello era Morrie. «Stai rovinando i miei piani preparati con così tanta cura, bellezza,» mi sussurrò all'orecchio. «*Adoro* tutto ciò, cazzo.»

I denti di Morrie mi mordicchiarono il lobo mentre la sua punta mi si strusciava sull'apertura, stuzzicandomi. Al ritorno da Baddesley Hall tutti avevamo fatto il test per verificare se avessimo qualche infezione a trasmissione sessuale, quindi non servivano preservativi. La brama che avevo dentro implorava di averne ancora e inarcai la schiena, strofinando il culo contro le cosce di Morrie. Lui mi passò le dita lungo la schiena e spinse la punta dentro di me, concedendosi un po' alla volta finché io non mi dimenai per la voglia. Con un sospiro, mi affondò dentro, andando a toccare le mie parti più segrete. Gemetti, il sesso di Heathcliff in bocca e completamente piena dell'uno e dell'altro.

La mia bocca intorno a uno, l'altro che mi penetrava. *È il Paradiso. Ma non mi basta.*

Mi guardai intorno in cerca del mio terzo amante, ma era così buio che l'unica luce era il bagliore del fuoco. Feci un gesto con la mano libera. In un attimo, Quoth emerse dalla penombra. Mi affondò le dita tra i capelli, e mi tracciò una linea di baci lungo il collo e sulla spalla, facendomi rizzare la peluria su tutta la pelle.

Con una mano gli strinsi un braccio e lo avvicinai a me. Gli afferrai il sesso e iniziai a lavorarlo allo stesso ritmo di Heathcliff. Passavo lo sguardo dall'uno all'altro mentre la luce tremolante del fuoco danzava sui loro volti. Il mio tenero artista, il mio antieroe tormentato. Così diversi, eppure così perfetti. *Così miei.*

A ogni spinta di Morrie, il sesso di Heathcliff mi affondava di più nella gola. Era quasi come se Morrie stesse scopando Heathcliff attraverso di me. Potevo sentire la tensione che li univa, mentre si palleggiavano il mio corpo tra di loro. Due forze della natura, una selvaggia e incontrollata, l'altra misurata e attenta, che lottavano per la supremazia.

Heathcliff cedette per primo. Con un grido, affondò le unghie nella mia spalla. Il suo cazzo si irrigidì e io assaporai il suo orgasmo salato sulla lingua. Si ritrasse, ansimando, con i muscoli che si contraevano. La sedia scricchiolava per il peso del suo corpo.

Mi voltai verso Quoth e lo presi in bocca. Lui chiuse gli occhi, mentre mi accarezzava i capelli in cerchi morbidi e delicati. Fece in modo che le mie attenzioni sembrassero un atto sacro e riverente.

«Cazzo,» gemette quando lo pompai con forza.

«Ti piace, uccellino,» grugnì Morrie. Portò una mano sotto di me, andando a sfiorarmi il clitoride con la punta di un dito. Mi sentivo bruciare dentro per il desiderio, che mandava scintille a ogni centimetro del mio corpo. A ogni spinta forte e profonda, Morrie mi faceva scivolare le labbra lungo il cazzo di Quoth e mi strofinava il clitoride con il dito.

Intenso. Fantastico... ooooooh.

Serrai le labbra su Quoth e gemetti sempre tenendolo in bocca, mentre venivo percorsa dall'orgasmo. Le dita di Quoth tra i miei capelli erano fasci di luce celestiale. Morrie sbatté con foga dentro di me, accovacciandosi su di me e grattando con i denti sul mio orecchio. Gemeva, godendosi il modo in cui il mio corpo dondolava contro di lui e la stretta dei miei muscoli intorno al suo sesso.

Quoth si sfilò e indietreggiò, con gli occhi spalancati. «Mina, sei bellissima,» sussurrò.

«Siediti su Morrie,» ordinò Heathcliff dalla sua sedia.

Non appena le mie gambe collaborarono, feci come mi aveva ordinato. Morrie allargò le gambe e io mi sedetti sulle sue cosce, abbassandomi su di lui e sentendo che andava a toccare nuovi ed eccitanti punti dentro di me. Morrie mi afferrò le cosce, aiutandomi a sollevarmi e ad abbassarmi.

Heathcliff si tolse con foga la camicia e si inginocchiò, per poi strisciare verso di me e venire ad appoggiare la testa tra le mie cosce. Con la barba mi solleticava la pelle sensibile mentre con la lingua mi girava intorno al clitoride. Heathcliff mi leccava con colpi affannosi e io cavalcavo Morrie con un ritmo languido.

Ero percorsa da sensazioni ricche e inebrianti. La tensione mi si accumulò nel ventre. Resistetti all'impulso di chiudere gli occhi per abbandonarmi alle percezioni, determinata a fissare nella mia memoria visiva ogni momento di quella notte. Le dita di Morrie che mi accarezzavano i capezzoli, i muscoli della schiena di Heathcliff che si irrigidivano mentre la sua testa andava su e giù tra le mie gambe.

La sua lingua, così vicina al sesso di Morrie...

Venni percorsa da un secondo orgasmo, più potente del primo: un uragano che mi attraversò il corpo scuotendomi le membra e devastandomi le vene con un lampo liquido. Mi sentii come spaccata in due dalla sua potenza. L'intensità di avere i due ragazzi così vicini, così in sintonia tra loro, quasi come se non si trattasse più solo di me. Le mie gambe divennero di gelatina e mi staccai dal sesso di Morrie, finendo a terra sul tappeto morbido.

Mani ruvide e forti mi sollevarono le spalle. Heathcliff abbassò la testa e premette le labbra sulle mie. Potevo sentire il mio sapore sulle sue labbra. Abbassò una mano, ad accarezzarmi il clitoride. Avevo le vene che ancora mi vibravano per gli ultimi due orgasmi: facevo fatica a sopportare il suo tocco. Mi sistemai di nuovo sul sesso di Morrie e tolsi la mano di Heathcliff dal mio clitoride, mettendola casualmente (o forse no) sulla coscia di Morrie.

Gli occhi di Heathcliff si oscurarono. Il respiro di Morrie si fece affannoso. Mi sollevai e poi affondai di nuovo sul cazzo di Morrie, e un gemito mi sfuggì dalle labbra. Un lampo attraversò l'aria tra di noi mentre mi abbandonavo all'idea di loro due, con i visi a pochi centimetri di distanza, lo spazio che si chiudeva, ancora di più... gli occhi di Heathcliff che passavano rapidi tra me e Morrie...

«Se hai intenzione di baciarlo, sbrigati,» lo incitai scherzando.

Le mie parole infransero la tensione, facendomi scoppiettare la pelle. Heathcliff ringhiò e si chinò verso di me, schiacciando le labbra contro le mie, riversando tutta la forza della sua tensione in quel bacio. Dietro di me, i denti di Morrie mi afferrarono la spalla mentre mi veniva dentro, il corpo scosso da ondate di piacere.

Morrie indietreggiò, ansimando. Per una volta, era rimasto senza parole. Anche Heathcliff si allontanò. Io mi voltai verso Quoth, il mio bellissimo ragazzo corvino, sempre paziente, sempre comprensivo. Gli presi il viso tra le mani e avvicinai le labbra alle sue.

«Non so cosa hai fatto a quei due,» mormorò. «È affascinante.»

«Ora non si tratta di loro,» sussurrai. «Questo momento, proprio ora, è per noi.»

Baciai Quoth con tutta me stessa perché lui era tutto, per me. Non aveva mai preteso nulla, mettendo sempre gli altri davanti a se stesso. E volevo che per una volta si sentisse lui al centro dell'attenzione.

Strisciai su di lui, premendomi sul suo corpo mentre abbassavo la mano per andare a stringergli il sesso. Quoth gemette contro le mie labbra con un suono più caldo e inebriante di un urlo del mio cantante punk preferito.

Un colpetto sulla spalla mi fece uscire dalle mie

fantasticherie. «Ehi, bellezza?» Morrie sollevò il lubrificante che aveva tenuto da parte dopo l'evento di Jane Austen.

Io scossi la testa.

«Pensaci: due di noi dentro di te, che ti riempiono, che ti adorano come meriti...» diede un'occhiata a Heathcliff, e sapevo che stava già immaginandoselo, i loro cazzi così vicini dentro di me, che si sarebbero praticamente toccati...

E anch'io lo volevo, il mio corpo lo bramava. Ma sapevo di non essere pronta. Tutto ciò, averli tutti insieme, era qualcosa di così nuovo che avevo bisogno di tempo per capire cosa significasse, prima di poter scatenare sul mio corpo tutta quella devianza.

«Non sto dicendo di no,» dissi. «Sto solo dicendo non stasera. Non sono ancora pronta.»

Morrie aveva l'aria di voler discutere, come se fosse pronto a snocciolare una serie di convincenti argomentazioni che aveva già preparato. Scambiò di nuovo una rapida occhiata con Heathcliff ma, quando tornò a guardarmi, l'attimo era passato.

«Posso almeno farti venire di nuovo mentre hai Quoth dentro?» mi chiese.

«Sì...» Sorrisi. «Quello te lo concedo.»

Morrie si sdraiò a terra e mi fece cenno di inginocchiarmi sopra di lui. Carponi, di fronte al fuoco acceso, gli appoggiai le mani da una parte e dall'altra dei fianchi. Mettendomi una mano sulla schiena, Morrie mi fece abbassare, finché non fui sopra la sua bocca.

«Mettiti in posizione, uccellino,» disse, e il suo respiro contro il clitoride gonfio per poco non mi fece esplodere in un altro orgasmo. «Stasera faremo volare Mina.»

Quoth mi penetrò, riempiendomi completamente. Mentre si sfilava e poi affondava di più, la lingua di Morrie vorticava intorno al mio clitoride. Ogni tocco era perfetto e faceva risuonare le mie vene al ritmo di quella musica. Morrie sapeva suonarmi come se fossi uno strumento, e quando lo faceva insieme a Quoth era come un'intera sinfonia che risuonava nel mio corpo.

Mentre Quoth mi sbatteva, inclinando il bacino per spingere ancora più a fondo, Morrie infilò un dentro anche un dito.

«Oh!» esclamai.

Ci volle tutto il mio impegno per evitare che le gambe mi cedessero. L'idea di due di loro dentro di me in quel modo, era... era... per Isideeee...

Mentre venivo ero come divorata dalle fiamme. Il mio corpo era diventato liquido, mi scostai da Morrie e mi accasciai sul tappeto. Avevo la pelle calda, ogni sensazione si ripercuoteva sul mio corpo e dentro di me, sulla mia anima.

«È stato... fantastico,» sussurrai. I ragazzi si strinsero intorno a me, formando una specie di nido. Heathcliff mi premette il petto sulla schiena. Morrie mi sollevò la testa e se la appoggiò sul ventre, mentre Quoth mi avvolse le gambe e il busto, stringendomi in un abbraccio protettivo. Eravamo tutti e quattro perfettamente incastrati l'uno nell'altro, pezzi di un puzzle perfetto.

«Vi amo così tanto,» sussurrai. La verità mi strinse il cuore. «Tutto sembra meno spaventoso quando ci siete voi.»

«Non hai nulla da temere,» borbottò Heathcliff. Il suo petto rimbombò.

«No, per nulla,» dissi con sarcasmo. «Solo diventare cieca, perdere il negozio, vedere una donna innocente finire in prigione e dover combattere il conte Dracula. No, non c'è proprio nulla di cui aver paura.»

«Ti proteggeremo sempre,» disse Quoth. Poi lanciò un'occhiata a Heathcliff e Morrie. «Non è vero?»

«Sempre,» aggiunse Heathcliff.

Le labbra di Morrie si schiusero, ma non disse nulla. Da così vicino, potevo distinguere i suoi lineamenti alla luce tremolante del fuoco. Anche se sorrideva, aveva gli occhi lontani un milione di miglia.

«Hai già dimostrato che non hai bisogno di noi per essere al riparo, bellezza,» disse, distogliendo lo sguardo. «Sei intelligente, piena di risorse e creativa e se c'è qualcuno che può trovare l'assassino, salvare questo negozio e ostacolare un vampiro secolare, quella sei proprio tu.»

Con il Conte Dracula in libertà, avevo bisogno di tutti e tre al mio fianco. Avevo bisogno della rabbia di Heathcliff, dell'astuzia di Morrie e della gentilezza di Quoth. Ma Morrie si stava allontanando. Sarebbe stato lui il primo ad abbandonare l'harem? Come avrei potuto lasciarlo andare?

21

«Sbrigati, Morrie. È solo uno stupido evento organizzato da mia madre per quel cerotto per una migliore forma fisica. Non c'è bisogno di vestirsi bene.»

Morrie scese le scale, i pantaloni da sartoria perfettamente stirati, i baveri della giacca impeccabili e quel familiare, perfido luccichio che gli brillava negli occhi.

«Scusa, bellezza.» Morrie si passò una mano tra i capelli corti. «Non si può mettere fretta alla perfezione.»

Lo spinsi verso la porta, dove Heathcliff e Quoth già aspettavano, entrambi ugualmente splendidi: Heathcliff in jeans scuri e giacca di pelle da motociclista, Quoth in pantaloni eleganti e camicia rosso sangue che richiamava i riflessi cremisi dei capelli, sciolti sulla schiena come un fiume di seta. «Porta in macchina quel tuo culo perfetto. Siamo in ritardo. Devo arrivare prima che convincano mia madre a prendere uno yacht in leasing.»

«Dovremmo lasciare una chiave sotto lo zerbino per Grimalkin?» chiese Quoth mentre mi infilavo il cappotto sopra la mia ultima creazione: un tubino nero che avevo tagliuzzato ad arte intorno alla vita e sull'orlo, aggiungendovi una cascata di strass scintillanti. Era stata un'altra giornata incredibilmente tranquilla in negozio, così avevo confezionato il vestito mentre Heathcliff finiva il libro di Danny, Quoth dipingeva e Morrie trafficava sul suo computer. Sarebbe stata una giornata meravigliosa se non fosse stato per la mia continua preoccupazione per... tutto.

«No. Le sta bene per non essersi degnata di presentarsi,» brontolò Heathcliff. «Se torna a casa, può entrare dalla porticina del gatto, come sempre.»

Quoth sembrava voler ribattere, ma ovviamente non lo fece. Francamente, ero d'accordo con Heathcliff. Chi sganciava una bomba come quella che ci aveva lanciato Grimalkin il giorno prima, per poi alzarsi e andarsene per ventiquattr'ore di fila a fare Athena sapeva cosa, invece di aiutarci a trovare una soluzione?

Un gatto, ecco chi.

Appena usciti fummo colpiti dal vento pungente. Heathcliff mi tenne sotto il calore protettivo del suo braccio nel percorso fino alla fine della strada, dove ci aspettava Jo. Spalancò la portiera del passeggero e io mi sedetti accanto a lei. I ragazzi si strinsero dietro; Quoth al centro, ingobbito perché schiacciato, da una parte e dall'altra, da spalle robuste.

«Grazie mille per avermi invitata a uscire,» ci disse Jo con un sorriso, alzando a mille il riscaldamento mentre si allontanava dal marciapiede. «Non ero sicura di piacerti ancora dopo l'episodio in cucina.»

Rabbrividii al solo ricordo. «Non credo che potrò mai più usare la macchina del caffè.»

«Nemmeno io.» Jo rise. «Ne ho comprata una nuova. E ti prometto che non macinerò più parti di cadaveri. E niente più insetti.»

«Posso metterlo per iscritto?» A che punto eravamo arrivati, se avevo bisogno di una promessa del genere da parte della mia coinquilina?

Pochi minuti dopo ci fermammo alla sala comunale di Argleton. Una Mercedes argento nuova di zecca occupava tre posti del parcheggio davanti all'ingresso della sala. Sulla carrozzeria aveva almeno una decina di adesivi Flourish. Quando la vidi, mi si rivoltò lo stomaco. *Ti prego, fai che la mamma non sia nei guai.* Ma conoscevo troppo bene mia madre per avere qualche speranza.

Non posso credere che la donna che ha ispirato Elena di Troia possa essere caduta in una truffa così ridicola.

Evidentemente, mia madre aveva convertito alcune persone alle meraviglie della tecnologia transdermica. Una piccola folla si aggirava intorno all'ingresso e, tra le persone, molte indossavano sulle braccia cerotti argentati. Entrai al suono di una colonna sonora con un ritmo insistente. Un'enorme palla da discoteca al centro della stanza rifletteva luce colorata su tutte le pareti e delle luci stroboscopiche mi facevano strizzare e sbattere gli occhi. Su una pedana al centro della stanza si ergeva una statua d'argento a grandezza naturale che teneva in mano una replica gigante del cerotto. Immagino che dovesse avere un valore motivazionale e ispirare i presenti a raggiungere i propri obiettivi di salute e forma fisica, ma evidentemente lo scultore non era molto abile, perché sembrava solo una donna anziana un po' sciatta e con le ginocchia storte.

Ci avvicinammo a un tavolo nell'angolo, pieno di vassoi. A un'analisi più attenta, non risultò esserci nessun cibo, a parte una scatola di cracker da novantanove centesimi e alcune fette di formaggio industriale. L'intero tavolo era invece dedicato a una serie di frullati e "shottini nutrienti" disposti ad arte in minuscoli bicchierini su un espositore a più livelli. Ognuno di noi ne prese uno. Io annusai il mio.

«Un bouquet unico di note agrumate con un corpo robusto

di salsa Worcestershire,» annunciai, facendo il verso a Morrie quando degustava. Per nessun motivo al mondo avrei messo in bocca quella roba.

«Qui, guacamole e denti di leone.» Morrie gettò il bicchiere direttamente nel cestino.

«Io ho pesca e... forse patina da stivali?» Quoth ne bevve un sorso, con espressione schifata. «Sì, sicuramente patina da stivali.»

«Siete un branco di incompetenti. Io li trovo buoni.» Heathcliff strappò di mano a Quoth il bicchierino e lo trangugiò.

«Questo perché noi non ci siamo distrutti le papille gustative con whisky da cinque sterline la bottiglia,» ribatté Morrie. «Lo sai che non sono alcolici, vero?»

Heathcliff posò immediatamente il bicchiere e recuperò la sua fiaschetta dal cappotto. «Allora a che servono?»

Mentre i ragazzi bisticciavano sui meriti di vari liquori a buon mercato, io mi guardai in giro, osservando tutto ciò che riuscivo a vedere. Ogni dettaglio doveva essere costato una fortuna... il DJ, le luci, la statua, le dieci bottiglie di champagne di medio livello sul tavolo laggiù, per non parlare di quella maledetta macchina là fuori. *Come fa la mamma a pagare tutto questo? Di sicuro non con la vendita di un paio di dozzine di cerotti Flourish...*

Dov'è la mamma? Mi guardai di nuovo intorno, aspettandomi di vederla parlare e ridere con i suoi ospiti. Quando si metteva d'impegno, era davvero affascinante e affabile. Era per quello che era un'ottima lettrice di tarocchi: riusciva a percepire ciò che una persona aveva bisogno di sentirsi dire in quel preciso momento e faceva in modo di ritrovarlo nelle carte. Se solo avesse rinunciato a quegli schemi di guadagno facile e avesse trovato un lavoro vero, risparmiando un po' di soldi...

La statua al centro della stanza vacillò.

Me lo sono immaginato?

Certo. Sono le luci stroboscopiche che fanno brutti scherzi ai miei occhi...

No, eccola di nuovo. La statua ha sicuramente vacillato. E sono sicura che prima non si stava grattando il naso...

Oh no.

Per favore, NO.

Non è affatto una statua.

22

La statua si inclinò pesantemente verso sinistra. Mi avvicinai di corsa e le afferrai un braccio per tenerla ferma. La pelle morbida cedette sotto la pressione delle mie dita. Fiocchi di vernice argentata caddero a terra e sul davanti del mio vestito, mentre mia madre mi crollava addosso.

«Ciao, Mina,» farfugliò. «Sono felice che tu sia riuscita a venire. Hai portato il tuo bel ragazzo?»

«Morrie è qui da qualche parte. Mamma, che succede? Perché sei ricoperta di vernice argentata? E perché sembri ubriaca?»

«Non sono ubriaca! Ormai bevo solo frullati Flourish... oh, a parte lo champagne per i festeggiamenti...» Fece un gesto verso il tavolo nell'angolo, ma con il corpo si piegò in avanti. Cadde a terra, aggrappandosi alle mie gambe come se fossero l'unica cosa che la teneva in piedi. «Stavo cercando di essere innovativa. Sandy, la mia mentore, dice che bisogna distinguersi dalla massa. Ha detto che dovevo incarnare il marchio Flourish. Così mi è venuta questa idea. Non la trovi geniale?»

«Oh, certo, è assolutamente geniale.» Feci un gesto a

Heathcliff, che si precipitò con una sedia, sulla quale feci accomodare mia madre. «Credo che quando Sandy ha detto che dovevi incarnare il marchio intendesse, hai presente, mangiare sano e fare esercizio fisico, non trasformarti letteralmente in una mascotte Flourish...» Quando mia madre piegò la testa di lato, mi si rivoltò lo stomaco. I fumi della vernice mi arrivarono al naso e mi scoppiò un dolore alle tempie. Mi venne in mente una cosa nauseante. «Mamma, hai controllato che questa vernice si potesse usare sulla pelle?»

«Viene dal negozio di ferramenta. Non la venderebbero se non fosse sicura!»

Merda. Passai le dita sulla vernice che aveva sulla guancia e annusai i pezzi che si staccavano. Mi girava la testa per i fumi. «Mamma... ti sei ricoperta di *vernice spray*?»

«Credo di dovermi sdraiare,» mormorò lei, scivolando giù dalla sedia.

Non è intontita perché è ubriaca. È intontita perché sta inalando vernice da chissà quanto tempo, per Hathor! Devo tenerla sveglia! La tirai in piedi e le diedi uno schiaffo sulle guance. «Quella merda è tossica! Ti sei ricoperta la pelle di vernice tossica. Il tuo corpo non riesce a far passare l'ossigeno attraverso i pori. Non c'è da stupirsi che tu stia collassando.» La trascinai di nuovo in piedi e cominciai a cercare di toglierle la vernice strofinando. Ma ormai era secca, attaccata alla pelle come una colla. Dietro di me, Morrie aveva il telefono all'orecchio, e stava chiamando un'ambulanza.

«Smetti di agitarti, tesoro,» mormorò mia madre. «Sei proprio stressata. Devi provare il cerotto Flourish. Ti farà rilassare...»

«Toglietevi di mezzo.» Tra la folla che si stava radunando, Heathcliff si fece strada a gomitate, con un carico di bicchierini di frullato e una grande bandiera che pubblicizzava i servizi del DJ. Rovesciò i bicchierini sulla mamma, versandole i frullati appiccicosi su testa, spalle e braccia.

«Smettila, barbaro di uno zingaro!» gridò mia madre. La vernice argentata le colò sulla pelle in rivoli lucenti. Heathcliff strinse i denti mentre mi lanciava lo striscione.

«Quel pagano potrebbe averti appena salvato la vita.» Le strofinai la pelle bagnata con la stoffa, cercando di eliminare quanta più vernice possibile. Ora veniva via molto più facilmente, lasciando sullo striscione grandi macchie argentate, mescolate a frullati multicolori. Il DJ urlò a Heathcliff che avrebbe dovuto pagare per sostituire lo striscione. In lontananza, si sentì la sirena dei soccorsi.

«Potrebbe andare peggio,» disse Morrie mentre prendeva l'altra estremità dello striscione e toglieva la vernice dalla schiena della mamma.

«Come? Come sarebbe possibile?»

«Tutti potrebbero improvvisamente trasformarsi in gatti,» suggerì Morrie con un sorriso. «Troppo presto?»

Dopo che mia madre fu portata via dall'ambulanza, la gente si mise a girare intorno, incerta sul da farsi. Avrei voluto andare in ospedale con lei, ma aveva insistito perché restassi a gestire la festa. Non che ci fosse granché di festa, ora. Il DJ se n'era andato in malo modo e non c'era nessuno a stappare lo champagne o a distribuire la montagna di cerotti Flourish e di frullatini.

Fu Quoth a salvare la serata. Andò alla consolle, collegò un paio di cuffie e mise su degli orecchiabili brani da ballo. Le amiche della signora Ellis scesero in pista, seguite da un gruppo di ragazze. Heathcliff lanciava merce gratuita a chiunque sembrasse sul punto di parlargli. In breve tempo, tutti i presenti nella sala avevano dei cerotti argentati sulle braccia e ballavano al ritmo di Lady Gaga.

Morrie stappò le bottiglie di champagne scadente e Heathcliff sciacquò i bicchierini per avere qualcosa con cui berlo. Jo se ne andò e poi tornò con una pila di pizze, che furono rapidamente divorate dai ballerini affamati. Una cosa era certa: ero in grado di mettere insieme una squadra per un party con i fiocchi.

«Ti va di ballare?» Morrie mi tese la mano.

Abbassai lo sguardo sulle sue scarpe immacolate. «Credi che le tue scarpe possano sopportare un po' di pestoni?» Era vero che amavo la musica, ma non ero esattamente un demonio in pista. Se mai, ero un rinoceronte scoordinato.

«A casa ne ho un sacco di paia. Queste possono essere sacrificate.» Morrie mi prese la mano. Nonostante la canzone fosse veloce e incalzante, lui mi strinse a sé, con la mano posata sulla mia schiena in un modo possessivo, che mi fece battere forte il cuore.

«Allora… quel maledetto gatto è tua nonna, il conte Dracula vuole succhiarti il sangue e tu hai accettato di aiutare una presunta assassina a ripulire il suo nome.» Morrie mi fece girare intorno al bordo della pista da ballo. «Cos'altro mi sono perso?»

Mi ricordai allora che avevo una cosa importante da chiedergli. «Ieri è venuto alla libreria Grey Lachlan, per cercare di convincere Heathcliff a vendere.»

«Ah. E Heathcliff gli ha detto dove poteva andare?»

«Certamente, ma non prima che Grey dichiarasse di essere a conoscenza dello stato delle finanze del negozio. Ha anche detto di sapere che i tuoi fondi erano stati bloccati in un conto bancario delle Isole Cayman perché erano oggetto di indagine.»

Osservai con attenzione il volto di Morrie. Nella penombra non riuscivo a vedere, ma forse aveva sollevato leggermente il sopracciglio destro. «Non dovresti ascoltare quello che dice quell'uomo. È tutto chiacchiere e cazzate.»

«Lo so, ma mi stai dicendo, con il cuore in mano, che non c'è un briciolo di verità in quello che ha detto?»

Aspettai. Morrie espirò tra i denti socchiusi. Sentivo la pressione delle sue dita sulla spina dorsale. «C'è qualcosa di vero.»

«È per questo che sei andato a Londra? Ed è anche per questo che non ti sei offerto di salvare il negozio dalla nostra attuale crisi finanziaria?»

Morrie non rispose.

La preoccupazione mi serpeggiava lungo la schiena. «Sei nei guai?»

Morrie aprì la bocca per dire qualcosa, ma poi allontanò lo sguardo dal mio viso. Stava guardando qualcosa dall'altra parte della stanza. «Sistemerò tutto, Mina. Ho avuto un momentaneo contrattempo, tutto qui. L'unica persona che potrebbe svelare i miei traffici è Sherlock Holmes in persona, ed è ancora bloccato in un libro, grazie a dèi inesistenti. È tutto a posto.»

«Non dire "è tutto a posto" in questo modo. Mi fa temere che tu stia tramando qualcosa di nefasto.»

«Io? Mai.» Morrie spostò di nuovo l'attenzione oltre la mia spalla. Le sue dita mi scivolarono lungo il braccio e io non pensai più al suo impero criminale. Le sue mani su di me, il suo corpo forte che mi guidava sulla pista da ballo... era tutto ciò che volevo...

Cosa sta guardando?

Gli calpestai i piedi, un po' più forte di quanto intendessi fare. Morrie trasalì, ma il suo sguardo non vacillò. Quando Heathcliff passò con Dotty tra le braccia, Morrie si chinò e sibilò: «Quella non è Miranda, dell'Argleton Arms Hotel?»

Mi guardai alle spalle, ma non riuscivo a vedere, con tutte le luci in movimento. Heathcliff non si preoccupò nemmeno di guardare. «Chi se ne frega?»

«Noi. So che lavora alla reception quasi tutti i giorni della settimana. È probabile che fosse in servizio la mattina in cui Danny è stato ucciso.» Morrie allungò il collo. «Probabilmente è stata l'ultima persona a vederlo vivo, a parte l'assassino. Si sta dirigendo verso il tavolo delle bevande. Heathcliff, prendi la nostra donna. Io entro in gioco.»

Heathcliff lasciò andare Dotty e mi prese tra le braccia. Ballammo ravvicinati mentre Morrie si infilava tra la folla e andava dritto da Miranda. Ora potevo vedere che Miranda era una bionda con le gambe lunghe e un impressionante décolleté che strabordava dal maglione con scollo a V. Nel giro di pochi istanti, si stava buttando all'indietro i capelli mentre rideva per qualcosa che Morrie aveva detto. Morrie le porse un bicchiere di champagne e lei gli toccò il braccio, sorridendogli nel passarsi la lingua sul labbro inferiore. Guardarli ridere e flirtare seminò un lampo di rabbia nelle mie vene.

Ah. È strano. Non mi ero mai sentita così quando i ragazzi parlavano con altre donne. Anche se sapevo che Morrie era lì solo per cercare di ottenere informazioni da Miranda con ogni mezzo necessario, vederglielo fare mi faceva sentire... non proprio gelosa, ma possessiva. Volevo andare da lui, mettergli un braccio sulle spalle e dire con nonchalance che era mio, mio, mio.

Ma non è giusto. Uscivo con tutti e tre i ragazzi e a loro andava benissimo. Battibeccavano sempre su di me, ma loro bisticciavano su tutto, quindi la cosa non mi rendeva speciale. Avevano dichiarato apertamente che sarebbero stati tutti per me, e io... non volevo nemmeno che Morrie flirtasse con una bionda sexy per ottenere un'informazione importante?

Non mi piaceva quella sensazione pungente che mi scorreva lungo la schiena. Sospettavo che non avesse tanto a che fare con il desiderio di tenere Morrie tutto per me, quanto piuttosto con la paura che un giorno mi avrebbero costretta a scegliere tra loro, e che io non sarei stata in grado di farlo.

Avevo bisogno di qualcosa che mi distraesse. Per fortuna quel qualcosa ce l'avevo proprio tra le braccia.

«Hai mai provato a uscire con qualcuno?» chiesi a Heathcliff. Mi avvicinai a lui e gli appoggiai la testa sulla spalla. Heathcliff non sapeva ballare come Morrie, ma mi permise di rimanere sui suoi piedi mentre si muoveva goffamente avanti e indietro. «Prima che ci conoscessimo.»

Lui scosse la testa. «Non ho mai voluto. Morrie mi ha fatto un profilo per una app di incontri online.»

«Non è vero!» Non riuscivo a immaginarlo.

«Sì. Mi ha fatto apparire un artista cupo e profondo. Sono uscito con una ragazza che mi ha lasciato una recensione senza nemmeno una stella.»

«Non ci credo.»

«È vero. Ha detto che non ero un bad boy tormentato, ma solo uno zingaro testa di cazzo e che il vero tormento era stare con me.»

«Sembra che il problema fosse lei, non tu.» Gli infilai le dita nei capelli scompigliati. «Voglio dire, non riesco nemmeno a pensare che si possa dare a qualcuno una recensione senza stelle. Di sicuro almeno una stella per esserti presentato, te la sarai meritata.»

«A quanto pare, è questo l'effetto che ho sulle persone.» Le labbra di Heathcliff mi sfiorarono la testa. Il gesto fu così inaspettatamente dolce che mi fece sussultare. Per un attimo mi dimenticai di Morrie e di quella strana sensazione di fastidio alla spina dorsale.

Poi mi capitò di lanciare uno sguardo verso lui e Miranda. Avevano le teste vicine in una fitta conversazione. La sensazione fastidiosa tornò con tutta la sua forza.

Feci girare Heathcliff dall'altra parte, in modo da non dover guardare. «Pensi mai a cosa ti piacerebbe fare se non dirigessi la Nevermore?»

Lui sbuffò. «Perché preoccuparmene? Tuo padre mi ha dato un compito. Non me ne andrò. Che altro dovrei fare, andare nella brughiera a cercare la mia eredità, una casa, una terra e un'ex amante che non esistono?»

«Sono seria. Considera per un momento che la camera da letto al piano di sopra non fosse un portale nello spazio e nel tempo, e che questa magia dei libri, qualunque cosa sia, non portasse in vita personaggi immaginari a caso, e che non ci fosse un nascondiglio di pericolosi libri sull'occulto nascosto nel ripostiglio, né una sorgente di antica acqua mistica da qualche parte sotto le fondamenta. Se la Nevermore fosse solo una normale libreria e tu fossi solo un ragazzo normale, vorresti gestirla?»

«Sì.»

La sua risposta mi sorprese. «Perché?»

«Perché ci sei tu.»

«Heathcliff Earnshaw, questa non è una risposta. Ti ho chiesto cosa vuoi tu. Tu non sopporti i clienti. Non vuoi imparare a usare il computer. La metà delle volte non ti interessano nemmeno i libri.»

«Te l'ho detto. Voglio stare con te, Mina. E tu ami la libreria. Prima che arrivassi tu c'erano solo scaffali polverosi pieni di carta, Morrie e Quoth che facevano gli stronzi fastidiosi e clienti che sembravano mandati dall'inferno apposta per torturarmi. Ma poi sei arrivata tu, con tutte le tue idee folli. Tu la rendi *divertente*.»

«Hai appena usato la parola divertimento senza ironia? Credo che potrei svenire.»

«È vero. Mi fai venire voglia di godermi la vita, anche se non userò mai quel maledetto computer.» Un timido sorriso gli si disegnò sulle labbra. «Se quello che dice Grimalkin è vero, potresti essere stata tu, tesoro, a portarmi qui, a portarmi da te. Perché dovrei volermene andare?» Mi fulminò con lo sguardo. «Tu vuoi che me ne vada? È così?»

«No, cavolo.» Gli diedi un bacio sulla guancia ruvida. «Però ultimamente mi è venuto in mente che non possiamo vivere così per sempre. Quello che abbiamo adesso, io, tu, Morrie e Quoth, è *fantastico*, ma non può essere permanente. Questo mondo non accetta una relazione come la nostra, e prima o poi la pagheremo. Qualcuno vorrà uscirne.»

«Non io.» Scosse la testa. Sembrava impossibile, ma il nero dei suoi occhi si fece ancora più cupo. «E tu?»

«No. Mai. Siamo come... Io non mi ero mai sentita al mio posto da nessuna parte prima di ora: né a scuola, né in questa città, né tantomeno a New York. Ero il pezzo di un puzzle nella scatola di un altro puzzle. Ma stare con voi tre è come inserire i pezzi giusti. Ci incastriamo alla perfezione e formiamo un quadro bellissimo e intenso. Ma uno di noi si stancherà di essere uno dei quattro. E vogliamo parlare del matrimonio? Dei figli? Delle procure legali? E le serate al cinema due al prezzo di uno? E come ci tratterà la città non appena scoprirà che usciamo insieme?»

«A me non interessa di quello che pensa la gente,» ringhiò.

«Potresti. Un giorno.»

«Improbabile.»

«Oppure potrebbe interessare a Quoth. O a Morrie. Non possiamo fare cose normali. Se usciamo tutti e quattro insieme, la gente ci guarderà male. Come faremmo a comprare una casa insieme? Come ci organizzeremmo per l'assicurazione sulla vita o per dividerci le faccende domestiche? Chi pulisce il bagno? Come cazzo firmiamo i biglietti di Natale?»

«È facile. Non mandiamo biglietti di Natale.»

«Sono seria! Il mondo non è fatto per ospitare una relazione come la nostra. Stiamo percorrendo la strada più difficile, e mi chiedo se un giorno uno di noi non potrebbe svegliarsi e desiderare che le cose siano più facili.»

«Non succederà.» Heathcliff mi scrutò con gli occhi scuri. «Sai perché?»

«Perché?»

Le labbra calde premettero contro le mie. Il bacio di Heathcliff mi inondò del suo desiderio, annegandomi nel pozzo del suo amore. Era un bacio che parlava in modo più eloquente e appassionato di quanto potessero fare le parole.

Heathcliff si tirò indietro, con il petto che ansimava. Mi mancò il respiro. Quel bacio... mi disse che, per quanto riguardava lui, tutte le mie preoccupazioni erano completamente infondate. La certezza di quel bacio mi rese salda.

La testa di Morrie spuntò tra noi. «Mi dispiace interrompere la festa, piccioncini. Ma ho delle novità.»

«Miranda ti ha rovesciato un frullato in testa?» gli chiesi, cercando di non sembrare troppo ottimista.

«Certo che no. In pochi minuti ha ceduto al mio fascino non indifferente e mi ha raccontato tutti i dettagli dell'ultima mattina di Danny. Secondo Miranda, Brian è arrivato per primo all'hotel, da solo, seguito mezz'ora dopo da Angus, che accompagnava Penny, la moglie di Danny. Danny e Amanda sono arrivati dopo mezzanotte. Sono rimasti al bar per circa un'ora prima di andare a letto. Miranda ha detto che hanno flirtato parecchio. Ha anche detto che poi sono andati al piano di sopra insieme e che sembrava avessero tutte le intenzioni di... "scopare tutta la notte", è stata l'espressione che ha usato. Personalmente, preferisco qualcosa di più poetico, come sbattersi, andar per gnocca, giocare al dottore, trombare, avventurarsi nel boschetto di Venere, fare un giro di giostra, fare tricche tracche, fare su e giù, ciulare, Blitzkrieg mit dem Fleischgewehr, titillare la patonza...

Titillare la patonza? Levai gli occhi al cielo. «Abbiamo capito l'idea. Ma tu dove la *trovi* questa roba?»

«Sono un uomo dai molti talenti. Vuoi sentire il resto della storia?»

Feci un sospiro. «Sì. Ti prego, continua, ma senza eufemismi.»

«Al mattino, Miranda ha visto Danny lasciare l'hotel verso le cinque. Era di umore gioviale e flirtava con lei mentre le chiedeva informazioni sulle opzioni per la cena al suo ritorno. Pochi minuti dopo la sua partenza, Angus ha chiamato la reception per chiedere di lasciare degli asciugamani nel corridoio davanti alla sua stanza. Miranda ha lasciato la scrivania ed è salita con gli asciugamani. Angus aveva messo sulla porta il cartello NON DISTURBARE. Mentre lei posava la pila fuori dalla stanza di Angus, non le sono sfuggiti i rumori di un amplesso piuttosto vigoroso che provenivano dall'interno.»

«Ha riconosciuto la voce della donna?»

«Dice che era Amanda Letterman.»

Non potevo crederci. «Quindi Amanda ha scopato sia con Danny che con Angus quella notte, proprio sotto lo stesso tetto di Brian? Beh, lui non poteva non saperlo.»

«Sono d'accordo. E lui è la persona che con più probabilità ha preso la sciarpa di Beverly. Solo che non sono sicuro che sia lui il responsabile della morte di Danny. Se l'omicidio è stato per infedeltà, perché prendersela con Danny? E non con Amanda? Cosa aveva da guadagnarci Brian, a parte la vendetta? Questo omicidio è stato premeditato: l'assassino ha fatto di tutto per scegliere il tipo di morte. Sta mandando un messaggio. Tutto fa pensare che sia collegato all'omicidio di Abigail Ingram. Il che significa che tutte le prove puntano ancora verso Beverly.»

Ma la mia mente stava girando in una direzione completamente diversa. «O forse tutto questo titillare la patonza serviva proprio a creare un diversivo. Se qualcuno sapeva che Angus e Amanda scopavano...»

Morrie si strofinò il mento. «È possibile. Magari non era Angus che ha telefonato. Miranda ha detto che la voce sembrava stanca e smorzata. L'assassino potrebbe aver chiesto a Miranda di portare gli asciugamani al piano di sopra, proprio perché sapeva che sulla porta di Angus c'era il cartello NON DISTURBARE. Senza Miranda alla reception, l'assassino avrebbe potuto passare di nascosto per trovarsi con Danny al negozio.»

«È una cosa complessa,» disse Heathcliff. «Non sarebbe stato meglio sgattaiolare da un'uscita di sicurezza?»

Morrie scosse la testa. «Tutte le uscite sono dotate di allarme, per impedire agli ospiti di uscire di nascosto a fumare.»

«Miranda non avrebbe potuto vedere dal suo centralino da quale stanza proveniva la chiamata? E sicuramente se qualcuno fosse passato di nascosto dalla reception, la polizia lo avrebbe visto dalle telecamere a circuito chiuso.»

«È l'Argleton Arms Hotel, non il Waldorf. Non hanno questo tipo di tecnologia. La telecamera a circuito chiuso sopra la porta d'ingresso è rotta da mesi.»

«Una cosa è certa,» dissi. «Angus e Amanda hanno un alibi: l'uno per l'altra. Restano Brian Letterman e Penny, la moglie di Danny, che non hanno alibi. Entrambi avevano un motivo per odiare Danny ed entrambi hanno avuto ampie possibilità di seguirlo fuori dall'hotel. Per non parlare di Jim Mathis o di altri sospetti che magari non abbiamo ancora individuato.»

Heathcliff sbuffò. «Naturalmente c'è un'altra possibilità: che Beverly Ingram abbia davvero ucciso Danny.»

Scossi la testa. «Non riesco a crederci.»

«Bene, bene,» mormorò Heathcliff. «Continueremo questa

ricerca infruttuosa. Per quanto tempo ancora resteremo a questa festa? Lo champagne è finito tutto.»

Mi guardai intorno. Sembrava che la festa stesse volgendo al termine. L'unico che ancora ballava era Quoth, dietro la consolle del mixaggio, con i capelli neri che gli svolazzavano intorno al viso mentre si scatenava al ritmo dei Blur.

Io sorrisi. «Bene. Credo sia ora di chiudere. Tu trova Jo. Io prendo Funkmaster Quoth. Questa notte ha bisogno di dormire, perché domattina andremo a visitare quella scuola d'arte.»

23

Ero nervosissima mentre con Quoth salivo sull'autobus davanti all'Argleton Arms Hotel. Volevo tanto che quel giorno andasse tutto bene per lui. Era la prima volta che si dedicava a se stesso, di sua iniziativa, e se qualcosa fosse andato storto, si sarebbe ritirato di nuovo nel suo guscio e quel suo sorriso luminoso sarebbe diventato più raro che mai.

Accanto a me, Quoth fremeva di eccitazione. Irradiava gioia e sentivo che tutti gli occhi sull'autobus erano attratti da lui. Come avrebbero potuto non esserlo, visto che continuava ad agitarsi sul sedile, scuotendo la sua chioma sensuale?

L'autobus ci lasciò proprio davanti al campus. Quoth continuava a sistemarsi i vestiti mentre attraversavamo i cancelli e ci avvicinavamo all'edificio dell'amministrazione. Gli presi la mano e gliela strinsi.

Entrammo in un atrio luminoso e ampio. Un enorme trittico astratto ricopriva un'intera parete e i pannelli giganti si estendevano per due piani. La vernice lucida era così spessa da formare delle creste nette, conferendo ai pannelli una qualità tattile che chiedeva di essere toccata. C'erano studenti dappertutto, che andavano avanti e indietro facendo oscillare le borse dei libri e chiacchierando a voce alta e concitata.

«Salve,» dissi alla donna dietro il bancone. «Siamo Mina Wilde e Allan Poe. Siamo qui per una visita al dipartimento di arte.»

«Ma certo. La signora Anders vi aspetta. Scenderà tra un attimo.»

Pochi istanti dopo, apparve una donna con i capelli rosa shocking, vestita con un ampio e svolazzante abito multicolore e uno scialle di maglia viola brillante. Ci strinse la mano. «Benvenuti. Sono Charlotte Anders e sono davvero contenta di mostrarti il campus, Allan. Ho visto il tuo portfolio. Il tuo lavoro è notevole. Non è esattamente di mio gusto, (un po' troppo scuro per me, temo), ma credo che ti troverai bene qui.»

I lineamenti di Quoth si illuminarono alle sue parole. Lei si rivolse a me. «Fai domanda anche tu, Mina?»

«No, io...»

«Mina è una creativa straordinaria,» intervenne Quoth. «Ha fatto lei gli abiti che indossa. Ha studiato moda alla New York Fashion School e ha lavorato per Marcus Ribald.»

Ora fu il mio turno di arrossire. Alla menzione del nome di Ribald, il volto della signora Anders si illuminò. «Wow, è fantastico. Adoro il lavoro di Ribald. Quell'abito che ha fatto per la settimana della moda di New York nel 2017, fatto di chiodi e viti? Ovviamente noi non siamo niente di paragonabile alla Fashion School, ma sarei felice di mostrarti i nostri laboratori di moda e tessili.»

«In realtà, io sono qui solo per sostenere Quoth... ehm, Allan,» spiegai. «Potrei considerare di tornare a scuola, ma non per la moda. Ho bisogno di cambiare percorso.»

«Beh, abbiamo un sacco di ottimi programmi, soprattutto in campo artistico, e siamo molto più vicini di New York. Venite, vi mostro il dipartimento di arte.» La signora Anders ci fece entrare in uno studio ampio e luminoso. Gli studenti lavoravano in postazioni individuali su grandi tele oppure armeggiavano su sculture in acciaio. Nell'angolo in fondo, una ragazza si era applicata i colori dell'arcobaleno sul corpo nudo, poi si era rotolata su una grande tela che copriva metà del pavimento. Ogni centimetro delle pareti era coperto da dipinti, stampe, incisioni e fotografie, una più interessante dell'altra.

In fondo a un altro corridoio c'erano studi privati più piccoli, ognuno con enormi finestre che davano sul parco. Gli occhi di Quoth erano grandi come due fanali mentre osservava quei bellissimi spazi e gli scaffali pieni di materiale artistico. Visitammo uno studio per la lavorazione del legno e del metallo, i forni per la ceramica e uno studio di fotografia.

«Cosa ne pensi, Allan?» chiese la signora Anders mentre passeggiavamo nell'ala della facoltà, dove si tenevano esercitazioni più piccole e c'erano gli uffici dei docenti. «Ci vedremo il prossimo semestre?»

Le dita di Quoth strinsero le mie. «Penso di sì.»

«Ottimo. Posso darti i moduli di iscrizione prima che te ne vada... Oh, mi piacerebbe che incontrassi una persona speciale.» La signora Anders bussò a una porta in fondo al corridoio. «Marjorie? Ho due possibili studenti per te.»

«Nuove vittime?» La donna dietro la porta ridacchiò come la strega di una fiaba. «Portali dentro.»

La signora Anders aprì la porta e ci fece entrare. La prima cosa che notai fu la donna rotonda con le guance rosee e gli occhi vitrei che si girò sulla sedia per salutarci. Un bastone da passeggio bianco era appoggiato alla scrivania e un labrador nero con la pettorina sonnecchiava ai suoi piedi.

La stanza era piena di opere d'arte straordinarie. Audaci macchie di colore sembravano balzare dalle pareti. Su ogni superficie erano disposte delle sculture: forme sinuose di argilla, sculture di legno secco levigato e molti aggeggi di metallo battuto che sembravano muoversi. La finestra era piena di campanelli e sculture appese. Persino il suo abito a portafoglio era chiassoso ed energico con quadrati dai colori vivaci come in un quadro di Mondrian. Triangoli verde lime le penzolavano dalle orecchie e un braccialetto coordinato le cingeva un polso. I miei occhi reagirono al colore e alla luce, producendo vari disegni nel mio campo visivo.

La donna toccò un pulsante sulla tastiera per silenziare il computer, che stava trasmettendo un elenco di indirizzi e-mail con voce robotica. «Benvenuti, benvenuti,» disse, stringendosi le mani e fissando un punto alla sinistra di Quoth.

Fu allora che mi resi conto che era cieca.

24

«Sono Marjorie Hansen, la facilitatrice del corso, e sono molto felice di avervi qui,» disse, indicando un paio di sedie imbrattate di vernice di fronte alla scrivania. «Prego, accomodatevi. Gradite del tè?»

Annuii, poi mi resi conto che era una cosa stupida. «Sì, grazie.»

Mi aspettavo che la signora Anders uscisse per andare a prendere il tè, invece si sedette accanto a noi. Marjorie si voltò verso un piccolo vassoio per il tè accanto alla scrivania e accese un bollitore. Prese delle tazze sbeccate e dai colori vivaci e le dispose sul vassoio, chiedendo a ciascuno di noi la nostra preferenza. Notai le etichette in braille sulle lattine di tè e un piccolo dispositivo vicino ai cucchiaini.

Accanto al suo computer c'erano un tavolo da disegno inclinato e una superficie piena di blocchi di argilla e strumenti per la scultura. Quoth mi guardò, con gli occhi spalancati in un'espressione preoccupata. Mi strinse le dita per controllare che stessi bene. Ricambiai la stretta, più affascinata che colpita. Marjorie era la prima persona cieca che incontravo, a parte il signor Simson, mio padre. «Hai creato tu le opere d'arte sulle pareti, Marjorie?» le chiesi.

«La maggior parte,» rispose. «Il mio lavoro è tutto incentrato sul movimento. Mi piace l'arte che cambia in continuazione, mai statica. Ecco perché ho scelto questo ufficio d'angolo: posso aprire le finestre e far entrare la brezza. In una giornata di vento, sembra di sentire una band heavy metal qui dentro, con tutti i rumori e gli sferragliamenti.»

Risi. «Ci credo.»

«Ditemi, come vi chiamate?»

«Io sono Mina.»

«E io Allan.»

«Siete entrambi interessati a iscrivervi a uno dei nostri corsi d'arte?»

«Io sì.» La voce di Quoth risuonò come una musica. Sembrava così leggero e felice che mi fece aumentare i battiti. «Mina è venuta a sostenermi, anche se spero di convincerla a iscriversi. È incredibilmente creativa.»

Il bollitore fischiò. Marjorie appoggiò il piccolo dispositivo sulla parte superiore di una tazza e iniziò a versare l'acqua. Quando il livello arrivò appena sotto l'orlo, il dispositivo emise un forte segnale acustico, lei lo mise da parte e mi passò la tazza.

«Lasceremo che Mina decida da sola.» Si sedette e iniziò a sorseggiare il tè. «Parlami del tuo lavoro, Allan.»

Quoth fece per prendere il suo portfolio, ma poi evidentemente si ricordò che era inutile. Invece, le descrisse alcuni dei suoi lavori recenti, le cose che gli piaceva dipingere, come si sentiva con un pennello in mano e le parlò degli artisti di cui ammirava il lavoro. Non l'avevo mai sentito parlare così tanto con qualcuno diverso da me. Qualcosa in quella donna lo metteva a suo agio.

Anche io mi sentivo a mio agio. Dal modo in cui si muoveva

nel suo ufficio pieno di oggetti, prendendo opere d'arte da mostrargli o trovando sugli scaffali libri da fargli leggere, era evidente che si sentiva completamente a casa. Sapeva dove si trovava ogni cosa in quel caos organizzato. Avevo così tante domande da farle riguardo al dispositivo collegato al computer che le leggeva lo schermo, al piccolo strumento che usava per misurare il livello dell'acqua nel tè, e a come sceglieva i colori da dipingere anche se non poteva vederli.

Invece, la osservai. Era una donna di successo, capace di fare carriera non solo come artista, ma anche come facilitatrice di corsi. Ed era cieca. Marjorie era proprio il tipo di persona che volevo essere io. Volevo disperatamente conoscere la sua storia, sapere come avesse trovato quella serenità, che indossava come un abito fatto su misura. Ma non riuscivo a trovare le parole. Rimasi lì, intorpidita e meravigliata, mentre Quoth e Marjorie si lanciarono in una facile conversazione sull'uso della forma e della geometria da parte di Mondrian.

«Anche il mio cane guida si chiama come lui.» Marjorie diede un colpetto al suo cane, Mondrian, per svegliarlo, così che potessimo accarezzarlo. «Non ho potuto dargli un nome. I nomi li danno le persone che fanno una donazione all'associazione che addestra i cani. A ogni cucciolata viene assegnata una lettera dell'alfabeto e tutti i cani di quella cucciolata devono avere un nome che inizia con quella lettera. Ogni cane vive con un volontario per il primo anno di vita, poi ha ventisei settimane di addestramento speciale prima di essere abbinato a un proprietario. Quando sono stata abbinata a Mondrian ho pensato: "È il destino".» Marjorie gli grattò le orecchie. «Ed eccoci qui, cinque anni dopo, e siamo l'una la famiglia dell'altro.»

Mondrian si rotolò su se stesso in modo che gli grattassi la pancia, e tirò fuori la lingua per la felicità. Pensai a quanto sarebbe stato divertente avere un cucciolo in giro per il negozio, soprattutto se fosse stato gentile e disponibile come Mondrian.

Quando uscimmo dall'ufficio di Marjorie, venti minuti dopo, mi sembrava di fluttuare. L'incontro con lei mi aveva fatto un regalo che non mi sarei mai aspettata. La mia mente si arrovellava tra le idee di cose nuove che avrei potuto fare con la libreria, di modi in cui avrei potuto continuare a essere creativa anche dopo aver perso la vista.

Alla reception, la signora Anders ci consegnò una busta spessa con il materiale per l'iscrizione e un prospetto del corso. «Spero di rivedervi presto qui.» Mi rivolse uno sguardo significativo.

«Non si sa mai,» risposi.

Non appena fummo fuori e ci incamminammo verso la fermata dell'autobus, feci a Quoth la domanda che mi assillava da quando eravamo entrati in quella stanza. «Sapevi di Marjorie quando mi hai chiesto di venire qui?»

«Giuro che non...» Quoth mi afferrò il braccio. «Mina, quello è Brian Letterman.»

Seguii il suo sguardo verso un uomo che camminava lungo il sentiero davanti a noi, diretto verso l'edificio dell'amministrazione. Aveva una mano all'orecchio, presumibilmente con un telefono, perché lo sentivo borbottare. Da quella distanza non riuscii a riconoscerlo, ma se Quoth diceva che era l'editore, gli credevo.

«Ha detto di aver tenuto un corso di editoria qui,» ricordai. «Scommetto in questo stesso campus. Seguiamolo.»

Se fossi stata con Morrie, lui si sarebbe già tuffato nei cespugli, con il telefono pronto a registrare ciò che sentiva. Invece ero con Quoth, che distolse subito lo sguardo. «È una conversazione privata. Non credo che dovremmo...»

«Cazzate,» sibilai. Lo trascinai tra i cespugli e tirai fuori il telefono per registrare. Avevo imparato fin troppo da James

Moriarty. «Non permetterò che questo omicidio distrugga il negozio. Brian Letterman è uno dei nostri sospettati, e potremmo cogliere informazioni preziose. Ora, silenzio.»

Tenni il telefono vicino alla cima del cespuglio proprio mentre passava Brian. «Me ne rendo conto, *tesoro*, ma non posso fare proprio nulla mentre la polizia sta ficcanasando.» La voce di Brian era piena di disprezzo. L'uomo si spostò verso i cespugli, proprio sopra le nostre teste. *Eccellente, eccellente.* «Non appena le acque si saranno calmate, potrò procedere con la lista degli arretrati di Danny.»

Deve riferirsi ai libri di Danny.

Brian continuò. «Esatto, tesoro... L'avvocato dice che non aveva sistemato tutti i documenti. Penny dovrebbe ricominciare le trattative da capo e, nel frattempo, io posso pubblicare tutte le nuove edizioni che voglio. Grazie alla sua morte prematura, andranno a ruba. Anche se alla fine restituiremo i diritti a Penny, nel frattempo faremo il botto. È la giusta punizione per quell'avido bastardo che ha cercato di autopubblicarsi e di tenere per sé tutte le royalties. La sua carriera è quella che è per merito mio, e lui ha cercato di tagliarmi fuori? Guarda dove è finito, eh?»

Okay, agghiacciante.

«... i nostri problemi economici spariranno, ma solo se terremo la testa a posto. Questo significa andare al funerale vestita di nero, con un abito che ti copra le tette, e non andare a letto con nessuno né aprire la bocca per un'ora. Ce la farai, tesoro?»

La voce all'altro capo iniziò a urlare. Brian interruppe la chiamata e infilò il telefono in tasca.

«Che significa tutto questo?» chiese Quoth.

«Sembra che Danny volesse revocare i diritti sui suoi libri arretrati per poterli autopubblicare,» sussurrai. «In questo modo Brian sarebbe stato tagliato fuori dalle royalties di Danny.

Solo che Danny non ha completato le pratiche prima di morire, quindi Brian continuerà a guadagnare dal patrimonio di Danny finché Penny non si deciderà a revocarli lei stessa...»

«Ma questo non significherebbe...»

«Che Brian aveva un grosso incentivo finanziario per uccidere Danny?» Guardai l'uomo dirigersi al parcheggio con indifferenza. «Sì, sì, è così.»

25

«Hai ragione.» Morrie alzò gli occhi dal computer. «Brian Letterman è in un mare di guai finanziari. Usa la carta di credito per qualsiasi acquisto, la sua attività è in crisi e i suoi autori vengono stroncati dalle recensioni. Inoltre, sua moglie ha una dipendenza da borse firmate e vacanze costose. Gli unici libri su cui Brian sta guadagnando sono quelli di Danny. Scommetto che contava sulle royalties dell'autobiografia di Danny per rimettere le cose a posto, ma se Danny si fosse autopubblicato, Brian non avrebbe ottenuto nulla.»

«Dobbiamo andare alla polizia,» dissi.

«Potremmo farlo,» ribatté Morrie. «Però non basterà per incriminare Brian. Probabilmente Hayes e la Wilson hanno le stesse informazioni, e hanno ancora Beverly Ingram in custodia. Nel frattempo, il negozio continuerà a essere deserto e tu continuerai a negarmi i tuoi favori sessuali finché non sarò ingrifato fino alle orecchie...»

«Non abbiamo fatto sesso per *una notte* perché dovevo andare a letto presto. Sopravvivrai. Immagino che tu abbia un'idea migliore.»

«Certo che sì. Ogni mia idea è superiore per definizione. La moglie di Brian è l'unica altra persona che sapeva dello stato dei suoi affari e della questione tra lui e Danny. Se c'è qualcuno che può rivelare ciò che potrebbe avere trasformato un editore mite in un assassino dal cuore freddo, è lei. Tutto quello che dobbiamo fare è convincere Amanda Letterman a darci informazioni che possiamo usare. Sono pronto a scommettere la mia considerevole fortuna in lingotti d'oro che non ha detto tutta la verità alla polizia.»

«E come intendi farlo?» La mia mente tornò a come Morrie aveva flirtato con Miranda alla festa di mia madre.

«Non lo farò io.» Morrie sorrise a trentadue denti. «L'hai visto tu stessa alla festa. I gusti di Amanda sono più per uomini robusti e trasandati che per begli esemplari come me. Sarà Heathcliff il Desiderabile, a convincerla.»

«Sei in debito con me,» mormorò Heathcliff mentre lo spingevo verso il portone riccamente decorato dell'hotel.

«Ho già accettato di occuparmi del negozio per le prossime due settimane,» dissi. «Due settimane in cui potrai oziare davanti al caminetto del piano di sopra, mentre leggi libri e accarezzi la schiena di mia nonna senza un solo cliente in vista. Cosa vuoi di più da me?»

«Lo sai,» ringhiò Heathcliff, con gli occhi improvvisamente cupi di desiderio. Un profondo rantolo mi rimbombò nel ventre.

«Ehi, voi due, calmatevi. Heathcliff deve conservare l'appetito sessuale per il nostro obiettivo. Entra, tigre.» Morrie lo spinse un po' più forte. Heathcliff emise un brontolio di protesta, ma entrò.

«Niente ripostigli!» gli urlai dietro, pensando all'ultima volta che avevo visto Amanda.

Morrie aveva scaricato il calendario di Amanda dal suo account cloud e aveva scoperto che ogni due martedì prendeva il tè all'Argleton Arms Hotel. Avevo prenotato un tavolo per Heathcliff e passato un paio d'ore a istruirlo sul galateo del tè (a quanto pareva Nelly Dean non aveva mai pensato di insegnarglielo). Morrie lo aveva vestito in quello che aveva dichiarato essere uno stile di passabile raffinatezza. Poi però aveva rovinato tutto cercando di raderlo, e Quoth era dovuto intervenire per interrompere la scazzottata che ne era seguita. Ne era valsa la pena, perché Heathcliff si era avvicinato alla porta con un aspetto da gentiluomo che non gli avevo mai visto prima. A dire il vero, era maledettamente bello, con i capelli pettinati e i vestiti freschi e non sgualciti...

«Raccogli la mascella che ti è caduta a terra e richiudi quella bocca, donna,» mi ordinò Morrie mentre Heathcliff scompariva nel ristorante. «Avrà anche l'aspetto giusto, ma quel bastardo impestato si è rifiutato di indossare un microfono, quindi dovremo starcene qui seduti ad aspettare che torni. Speriamo che si ricordi tutto quello che lei gli dice, perché non ha una memoria fotografica come la mia...»

«Se la caverà, e a me non dispiace stare qui con te.» Gli presi la mano. «Ci dà la possibilità di parlare.»

«Di cosa vuoi parlare? Sono esperto di diversi argomenti, tra cui la costruzione di casseforti da banca, la guerra biologica, i posti migliori a Londra per comprare un cronut...»

«Guerra biologica...» *No, non glielo chiedo.* «Morrie, ti sta succedendo qualcosa. Ha a che fare con quello di cui abbiamo parlato quella sera a Baddesley Hall?»

«Niente di niente.» Gli occhi di ghiaccio di Morrie si diressero verso le porte dell'albergo.

«È che il modo in cui hai guardato Heathcliff l'altra sera...»

«Oh, quello.» Morrie distolse lo sguardo. «È una cosa che bolle in pentola da un po' di tempo.»

«Davvero?» Sapevo che Morrie era bisessuale, ma non avevo mai notato nessuna scintilla particolare tra lui e Heathcliff. Anche se, a pensarci bene, i loro continui battibecchi potevano avere una certa carica sessuale.

«Da parte mia.» Morrie fissò un punto sopra la mia spalla. «Quando sono finito in questo mondo per la prima volta, ero sconvolto dal tradimento di Holmes. E qui c'era questo tizio che se ne fregava di quello che gli altri pensavano di lui. Mi ha accolto, mi ha dato una stanza nel negozio, mi ha permesso di bere fino a stordirmi davanti al camino quando ho scoperto che non avrei più rivisto Holmes. Il suo nichilismo era l'antidoto perfetto alla mia rabbia. Avrei voluto sprofondare in quella barba ispida e lercia e annegarci. Leggevo continuamente *Cime tempestose* e sognavo che un giorno avrebbe potuto rivolgere a me quella devozione ossessiva.»

«Non ci credo,» dissi con scherno.

«Forse è un po' esagerato, però sì, mi piace. Tutta quella rabbia appena celata... è deliziosa. Una volta ho fatto una mossa, quando eravamo entrambi ubriachi. Mi ha quasi buttato giù dalla finestra del piano di sopra.» Morrie sorrise con rancore. «Ora che siamo spesso nudi insieme, con te, sento delle cose, dei fermenti. C'è ancora qualcosa di non detto tra noi.»

«Quindi, solo Heathcliff, allora? Non Quoth?» Odiavo l'idea che Quoth venisse escluso, anche se in parte era per motivi egoistici.

«Quoth è un esemplare maledettamente stupendo. Non dirgli che l'ho detto. Ma è troppo sano per me. Inoltre, il suo cuore è già stato conquistato. Quoth ti ama con un amore che è più dell'amore, il tipo di amore che suppongo desiderino i serafini alati in cielo. Non posso competerci. Ma Heathcliff... di quella maestosa creatura ce n'è abbastanza per tutti. Quindi sì, sto pensando di fare una mossa la prossima volta che noi tre saremo *in flagranza*. Cogliere l'attimo, carpe diem, quel genere di cose. A te non dispiace, vero?»

«Dispiacermi che ti piaccia Heathcliff?» Gli sorrisi. «No, diamine. Penso che sia sexy da morire.»

Il sorriso di Morrie avrebbe potuto sciogliere il ghiaccio polare... era incredibilmente bello.

Sollevai una mano. «Però... mi dispiace che tu non mi dica queste cose. Avresti dovuto parlarmene prima. Non possiamo avere una storia se non ti confidi.»

«Ti parlo, invece. Ti dico ogni pensiero brillante che mi passa per la testa.»

«È vero. Parli molto, ma sono per lo più stronzate. Voglio sapere di *te*, Morrie. Chi sei sotto tutte le tue pose e spavalderie. Hai capito?»

Morrie annuì, gli occhi fissi sulla punta delle sue scarpe lucide.

«Allora, tenendo presente questo, c'è qualcos'altro che vuoi dirmi? Qualsiasi cosa?»

Morrie alzò lo sguardo verso di me. L'espressione ferita era sparita, sostituita dal suo solito mezzo sorriso. Mi studiò, gli angoli della bocca arricciati, e io mi sentii arrossire.

«Che c'è?» chiesi.

«Il sospetto è una tinta che non ti sta bene, bellezza.»

«Non fare l'innocente. Hai in mente qualcosa. Che cosa hai fatto?»

«Ho fatto tutto quello che dovevo fare, e più di quanto sperassi.»

«Ah, per nulla criptico.»

Morrie sospirò. «Speravo di parlartene una volta risolto l'intero puzzle. Ma visto che insisti, ho scoperto qualcosa. Su Dracula.»

«Cosa? Come?»

Il ghiaccio negli occhi di Morrie era duro come la selce. L'inquietudine mi annodò lo stomaco. Qualunque cosa Morrie avesse scoperto era una cosa che lo rendeva serio, il che, per esperienza, non era mai un buon segno. «Ieri sera ho creato un algoritmo per cercare tra i siti di notizie di tutto il mondo. Identifica parametri specifici. Nella fattispecie, i tipi di crimini che un vampiro potrebbe commettere. Stragi con versamento di sangue, decapitazioni, questo genere di cose. Poi verifica le storie su più fonti e crea una mappa dello spazio e del tempo che potrebbe dirci qualcosa sui suoi spostamenti.»

«Sembra un algoritmo piuttosto complesso da scrivere in una sola sera.»

«Beh, l'ho fatto *io*,» si vantò Morrie con un sorriso. Non perdeva mai l'occasione di mettersi in mostra. «Inoltre, ultimamente ho avuto molto tempo. L'unica cosa di cui non ho avuto abbastanza è il tuo corpo, ed è un peccato, perché penso che un'altra decina di orgasmi potrebbero farti bene, ed eliminare tutti questi sospetti e questa negatività.»

«Se voglio eliminare la negatività, vado al negozio di Sylvia a prendere dell'incenso purificatore. E che cosa ti ha detto questo algoritmo?»

«Guarda tu stessa.» Morrie mi passò il suo telefono.

Scorsi lo schermo, visualizzando una complessa cronologia di eventi che iniziava più di un anno prima, all'incirca quando Heathcliff era apparso per la prima volta al negozio. C'era un unico ritaglio di giornale della *Argleton Gazette*, che riportava la notizia dell'irruzione in un arboreto di Barchester. I ladri avevano portato via tre grosse scatole contenenti rare orchidee dei Carpazi con una zolla del loro terreno naturale.

«Ricordo questo episodio dal romanzo. Dracula stava cercando di spostarsi dalla Transilvania all'Inghilterra, per trovare nuovo sangue e diffondere la sua maledizione. Per rigenerare i suoi poteri, aveva trasportato cinquanta casse di terra della Transilvania.» Le mie mani tremarono mentre passavo alla voce successiva del programma di Morrie. «Se lui fosse già arrivato in Inghilterra, tutto quello che gli servirebbe per riacquistare forza e poteri rigenerativi sarebbe del terreno dalla sua terra d'origine.»

«Proprio per questo ha rubato solo tre esemplari, tutti provenienti dalla Romania,» disse Morrie. «Sta iniziando in piccolo.»

Dopo alcuni mesi di assenza di attività, la cronologia si ampliava rapidamente, con località che spuntavano dappertutto sulla mappa. C'erano altri articoli che rivelavano furti da giardini privati, da mostre di piante rare, da altri posti in cui ci fossero piante arrivate dalla Romania. Nessuno sembrava aver collegato i crimini: c'erano pochi indizi e nessun arresto. "È come se i ladri avessero scavalcato la recinzione, come un uccello o un pipistrello," aveva detto un giornalista.

Ma non furono i furti a farmi sussultare. Avvisi relativi a strane morti, a persone scomparse, a corpi trovati nei boschi, a sangue spalmato sulla porta di una chiesa. Considerati singolarmente, si trattava di fatti normali, dato l'alto tasso di criminalità della Gran Bretagna. Ma messi insieme in quel modo e collegati ai furti con scasso...

È lui. Il Conte Dracula. Sta ripetendo la storia del suo romanzo. Il che significa che non appena sarà abbastanza in forze... non si fermerà finché i fiumi non saranno rossi di sangue innocente.

«Cosa sono queste linee tratteggiate?» chiesi, indicando sulla mappa.

«Quelli collegano le vendite immobiliari nelle aree in cui è stata rubata la terra. Ho pensato che se Dracula sta seguendo il piano del suo libro, starà acquistando proprietà in Inghilterra per ospitare le sue tombe. Ho rintracciato le vendite di immobili nelle zone in cui si verificano le morti e i furti, ma finora non ho trovato uno schema convincente che indichi in modo definitivo qualche indirizzo in particolare. Potrebbe essere utile sapere se i suoi gusti erano orientati a bifamiliari dell'epoca vittoriana, o magari ad appartamenti modernisti.»

Gli gettai le braccia al collo. «È *geniale*. Hai fatto metà del lavoro, Morrie. Con questa mappa, possiamo tracciare gli spostamenti di Dracula. Sembra che si stia muovendo nelle Midlands e verso nord. Ci vorranno solo un po' di indagini per capire quali proprietà sta acquistando. Se ricordo bene dal libro, per annientarlo dobbiamo semplicemente trovare tutte le sue tombe e distruggerle. Poi, se lo feriamo, non sarà in grado di guarire.»

«Sono un genio.» Morrie si avvicinò per un bacio. «Perché non mi fai vedere quanto mi trovi intelligente?»

Lo baciai, perché era davvero molto intelligente e anche perché nella sua voce c'era un minimo accenno di vulnerabilità. Morrie sapeva di... di inganno e disperazione. Scacciai i miei dubbi e mi persi nelle sue labbra, le sue dita che mi accarezzavano la guancia, l'altra mano che mi sfiorava il capezzolo...

«Smettetela di sbaciucchiarvi e portatemi via di qui.» Heathcliff ci passò davanti di corsa, costringendomi a staccarmi da Morrie. Si avviò lungo la strada verso il parco. Morrie e io ci alzammo e ci precipitammo dietro di lui.

Gli correvo di fianco mentre attraversava il parco, diretto a Butcher Street come se fosse una questione di vita o di morte. «Com'è andata?»

«Quella donna è un'arma di distruzione di massa,» rispose Heathcliff. Si avvicinò e si strofinò una macchia sul colletto.

«È... rossetto?» chiesi.

«Mi hai detto tu di essere convincente,» brontolò. «Non potevo certo dirle di lasciarmi.»

Volevo sapere cosa era successo lì dentro? La mia mente

tornò a Danny e Amanda nel ripostiglio della Nevermore. *No, non voglio assolutamente saperlo.*

«Allora, hai scoperto qualcosa?»

«Ho avuto conferma di quello che già sapevamo. Brian era molto indebitato. Danny lo voleva portare in tribunale per ottenere la restituzione dei diritti sui suoi libri, per autopubblicarli. Se Danny avesse vinto, Brian sarebbe stato rovinato. Sembra che l'annuncio di Danny sulle sue memorie sia stata la ciliegina sulla torta.» Heathcliff si strofinò un'altra macchia di rossetto sul polsino. «Inoltre, Amanda stava aiutando Danny con il suo caso, fornendogli dei documenti che dimostravano che Brian non gli aveva pagato tutti i diritti d'autore. A quanto pare, Amanda era convinta che Danny avrebbe lasciato Penny per fuggire con lei. Sfoggiava una collana di diamanti regalatele da Danny.»

«Wow. C'è altro?»

«Sì. Alla casa editrice Amanda fa un po' di lavoro amministrativo per il marito. Ha detto che quella donna, Beverly, l'ha contattata qualche giorno fa, fingendo di essere un'agente letteraria alla ricerca di nuovi talenti. E le ha fatto molte domande sugli impegni di Danny. Amanda le ha inviato un biglietto gratuito per l'evento e la bozza del libro di memorie di Danny che aveva trovato sul disco rigido di Brian. Credo che stesse cercando di creare qualche problema.»

«Interessante. Beverly aveva detto di aver visto i manifesti dell'evento in giro per la città e di aver acquistato lei stessa il biglietto,» commentò Morrie.

«Esatto.» Heathcliff si accalorò. «E allora, se è così innocente, perché ha mentito?»

26

«Perché non mi ha detto che Amanda le aveva dato un biglietto gratis?» chiesi.

Beverly camminava avanti e indietro per la cella, torcendosi le mani. «Perché pensavo che mi avrebbe fatto sembrare più colpevole, okay? Come se avessi pedinato Danny per settimane, nell'attesa dell'occasione perfetta per colpire.»

«E l'aveva fatto?»

Lei annuì cupa. «Da quando è uscito il suo nuovo libro. Non riesco a spiegarmelo, mi ha fatto impazzire. Vederlo in TV o nei video di YouTube che ne parlava, che leggeva passaggi sullo strangolamento per garrota, provando piacere per ciò che ha fatto passare al suo personaggio. Volevo scrivere ai locali per chiedere di cancellare gli eventi. So che era del tutto inutile, e i media mi avevano già fatto capire che non erano affatto interessati e che dovevo provare *io* a fare qualcosa. È stata lei a incoraggiarmi ad andare avanti e a sollevare un polverone.»

«Amanda? Come mai?»

«E che ne so?» Beverly si strinse le spalle. «Mi ha detto che mi avrebbe dato il biglietto e il manoscritto di Danny se fossi andata a dire la mia e mi fossi assicurata che tutti guardassero.

Come se io avessi voluto leggere un libro di memorie pieno di vitalità! Ho cancellato subito il file.»

«Però ha deciso di andare all'evento?»

Beverly annuì. «Amanda ha detto che se dovevo sgridare qualcuno, doveva essere suo marito, l'editore: è lui che ha pubblicato il libro. Ha aggiunto che avrei dovuto dirlo davanti alle telecamere, se ne avessi viste. Beh, non ne ho avuto l'occasione prima che il tuo collega mi buttasse fuori, ma sono riuscita ad affrontarlo fuori. È tutto quello che posso dirti. Ora esci da qui. Stanno per servire la colazione e non voglio mangiare davanti a te la sbobba medievale che passano per cibo.»

Non appena ebbi varcato la porta dell'appartamento, Jo mi mise in mano un bicchiere di vino. «Wow, è come se avessi dei poteri magici di lettura della mente,» le dissi con un sorriso e ne presi un sorso. Dopo la giornata trascorsa, me ne sarebbe servito una flebo.

«Devo cercare di rimediare alla piaga biblica,» rispose Jo sorridendo. «E ho fatto anche il ragù.»

Un delizioso profumo di pomodoro e aglio si sprigionava dalla cucina. «Sei perdonata.»

Mi misi a sedere, mentre Jo si affaccendava a distribuire nei piatti generose porzioni di pasta con il ragù, a grattugiare il parmigiano e a preparare delle bruschette. «Che cosa hai fatto oggi?»

Mi strinsi nelle spalle. «Oh, beh... il solito.»

«Sistemato i libri sugli scaffali, ficcato il naso negli affari della polizia, scopato con i tuoi sexy amanti, cose di questo tipo?»

«Esattamente. Roba noiosa, a differenza della tua giornata. Tu hai fatto l'autopsia a Danny Sledge,» dissi con nonchalance. «Hai trovato qualcosa di interessante?»

«Mina Wilde, non mi userai per ottenere informazioni riservate su una vittima di omicidio, solo per raggiungere i tuoi scopi.»

Le sorrisi affabile. «Sto solo chiacchierando della giornata con la mia coinquilina e cercando di mostrare interesse per il suo lavoro.»

«Certo.» La sua voce grondava sarcasmo. Jo posò il bicchiere di vino e intrecciò le dita. «Comunque sia, sono un'incapace totale, perché *muoio dalla voglia* di parlarne con qualcuno.»

Versai una generosa manciata di parmigiano sulla pasta e iniziai a mangiare. Il sapore era ancora più delizioso del profumo. «Avanti, sputa.»

«Beh, come sai, Danny è stato strangolato. Le prove sul suo corpo suggeriscono che qualcuno si sia avvicinato alle sue spalle e gli abbia avvolto il pezzo di stoffa intorno al collo. Solo che non è morto per asfissia, come avevo pensato in un primo momento. L'assassino ha usato l'arma del delitto per sollevare Danny da terra e la pressione è stata sufficiente a recidere l'arteria carotidea. È morto per un'emorragia interna.»

Rabbrividii. «È brutale.»

«Vero. La persona che l'ha fatto deve essere stata relativamente forte. Non ci piace fare supposizioni sessiste, ma è molto probabile che si tratti di un aggressore maschio.»

«Allora la signora Ingram è scagionata?»

Jo scosse la testa. «La sciarpa che hai trovato è l'arma del delitto. Numerosi testimoni hanno affermato di averla vista intorno al collo di Beverly durante la sessione di lettura della sera prima, compresa me. E si dà il caso che sia la stessa sciarpa che fu usata per uccidere la figlia di Beverly tanti anni fa. Ho trovato tracce del sangue di Abigail che corrispondono ai dati nel suo fascicolo, e la descrizione della sciarpa è la stessa: era a macchie di leopardo.»

«Che cosa ha risposto Beverly?» *Non posso credere che non me ne abbia parlato.*

«Ha detto di non avere idea della provenienza di quella sciarpa. Ha ammesso di aver indossato una sciarpa leopardata, ma non era di sua figlia. Per quanto ne sapeva, quella ce l'aveva ancora la polizia. Ha detto che la sua l'ha acquistata al negozio di beneficenza una settimana fa, nella speranza di risvegliare qualche ricordo in Danny.»

«Ma non può essere vero. C'è stato qualche equivoco? La sciarpa sarebbe potuta uscire in qualche altro modo?»

«No. Secondo i loro registri, quindici anni fa Beverly ha riconosciuto quella sciarpa insieme ad altri oggetti di Abigail.»

Merda. La situazione sembrava sempre più complessa. «E non c'è modo di provare che l'arma del delitto sia la stessa sciarpa che Beverly indossava quella sera.»

«Lei dice di averla lanciata a Brian Letterman durante la festa. Quando Hayes lo ha interrogato, lui ha detto che la sciarpa era caduta a terra e lui non l'aveva raccolta. Gli agenti stanno svuotando i bidoni della spazzatura nel caso in cui qualche cittadino benintenzionato l'abbia gettata via, ma è più probabile che sia andata persa per sempre, o...»

«Oppure Beverly Ingram sta mentendo e quella mattina è tornata presto con la sciarpa di Abigail e ha ucciso lei Danny Sledge,» conclusi io.

27

«Non ci credo,» dissi.

In quello che ormai sembrava un evento fin troppo comune, noi quattro eravamo stravaccati qua e là nella libreria vuota, a discutere di un omicidio. Io ero seduta dietro la scrivania, con un libro mastro aperto davanti a me, come se il solo fatto di avere i conti in rosso potesse miracolosamente far arrivare qualche cliente. Morrie era appoggiato al bordo della sedia di velluto, il corpo che gli tremava per il nervoso. Heathcliff si aggirava tra gli scaffali, incerto su cosa fare ora che gli avevo quasi usurpato la sedia. Quoth era appollaiato sul lampadario, e stava mangiucchiando la sua scorta di mirtilli rossi che aveva nascosto lassù.

«Cosa c'è che non ti quadra?» brontolò Heathcliff. «Ha ucciso l'uomo con la sciarpa della figlia per vendicarsi del suo omicidio.»

«Ma se devi uccidere qualcuno, perché mostrare l'arma del delitto a un centinaio di persone la sera prima? E poi Beverly sa che non può essere stato Danny. Era in una cella di prigione in quel momento.»

«Allora l'ha fatto perché lui ha scritto *Il Garrotatore del*

Somerset,» intervenne Morrie. «L'ha detto lei stessa: Danny si è arricchito grazie alla morte di Abigail e Beverly non lo sopportava.»

«Come ha potuto arricchirsi con queste cretinate?» Heathcliff prese una copia del libro di Danny e la sbatté sul bancone. «Le sue inettitudini sono così tante che per descriverle occorrerebbe un tomo grande più del doppio di questo. E ho letto solo la prima pagina. Come sia possibile finire il libro, per me è un mistero.»

Ma l'altro giorno ha detto che gli piaceva, mi ricordai. Heathcliff stava facendo di tutto per litigare con Morrie.

«In realtà io l'ho letto sul treno per Londra.» Morrie prese il telefono. «È bello, anche se brutale come non mai. Non ci aiuterà molto perché nel libro l'assassino era il medico legale, e sappiamo che Jo non è una criminale. Non vedevo l'ora di discuterne con voi, invece sembro essere l'unico così interessato a risolvere questo omicidio.»

«L'hai letto sul *cellulare*?» sbraitò Heathcliff, con le mani strette a pugno.

«Sì, esatto.» Morrie si alzò in piedi e sventolò il telefono in faccia a Heathcliff. «Ho allargato il testo fino a leggerlo bene, l'ho tenuto in una mano e lo scorrevo con il dito, mentre nell'altra mano tenevo il caffè.»

Okay, *ora* percepivo nettamente la tensione sessuale. Heathcliff dilatò le narici e le sue spalle si tesero mentre fissava Morrie, che rispondeva alla sua rabbia con il suo caratteristico sorriso. Mentre i due si affrontavano, l'atmosfera nella stanza sfrigolava, come se l'aria tra di loro potesse prendere fuoco da un momento all'altro.

Mi chinai in avanti, con il cuore che mi batteva forte e il calore che mi si accumulava nel ventre. *Dovrei separarli, prima che Heathcliff dia un pugno a Morrie.*

Ma non mi mossi.

«Non ne hai comprato una copia dalla libreria,» sbottò Heathcliff. «La libreria che ha ospitato te e le tue attività criminali quando non avevi nessun altro posto dove andare. La libreria che potresti salvare in un batter d'occhio semplicemente firmando un assegno, se non fossi così egoista. No, invece ci tradisci tutti acquistando dal Negozio-Che-Non-Si-Deve-Nominare e poi torni qui a sbattermelo in faccia...»

«La cosa buona è che non ne stai facendo un dramma.» Morrie gli diede qualche colpetto sulla spalla. «Ho letto un libro. Non è un crimine. Calmati, amico. Non farti scoppiare un'arteria.»

La pelle di Heathcliff, già scura, divenne ancora più scura. Mi sembrava di vedergli il fumo uscire dalle orecchie.

Non dovresti dividerli? mi chiese telepaticamente Quoth.

Non questa volta.

«Tu non prendi nulla sul serio,» ringhiò Heathcliff. «Per te tutto è un cazzo di scherzo. So che non te ne frega niente di me e di Quoth, ma ora si tratta della vita di Mina e del fatto che sta per perderla, e a te non importa...»

«A me interessa. Solo che non vedo come deprimersi e arrabbiarsi possa risolvere le cose. Il tuo problema è che sei troppo serio.» Morrie sorrise. «Rilassati, amico. Divertiti un po'. Guarda, ti faccio vedere.»

Si chinò in avanti e lo baciò sulle labbra.

28

«Ora?» intervenne Quoth, affascinato dallo spettacolo. Io mi immobilizzai, con il corpo in preda a un impeto di desiderio, mentre le labbra di Morrie stuzzicavano Heathcliff con un tocco leggero come una piuma. Heathcliff socchiuse gli occhi e alzò un pugno. Io mi costrinsi ad alzarmi dalla sedia, pensando che stesse per colpire Morrie.

Invece, passò la sua enorme mano intorno alla nuca di Morrie e gli tirò il viso contro il suo. Le loro lingue si intrecciarono, le loro bocche si scontrarono in un bacio caldo, violento e duro.

Bene, bene, bene, disse Quoth.

Non sembri sorpreso, pensai io.

Oh, me ne sono accorto da tempo. Onestamente, pensavo che sarebbe successo molto prima. A te sta bene?

Più che bene. Sentii una fitta salirmi tra le gambe mentre guardavo quei due uomini potenti combattere la loro battaglia con lingua e labbra, mettendo a nudo qualcosa che era rimasto inespresso per così tanto tempo.

Con un sussulto, Heathcliff si liberò da quell'incantesimo

che Morrie gli aveva fatto. Gli mise le mani sulle spalle e lo spinse via. Con forza.

Morrie fu scaraventato dall'altra parte della stanza e andò a sbattere contro gli scaffali di Studi Classici. Si schiantò a terra e una cascata di volumi con la copertina rigida si riversò su di lui. Quando Tucidide gli si schiantò su una guancia, sospirò.

«Esci,» ringhiò Heathcliff, indicando la porta.

«Ma...»

«Ti ho detto di andartene. In questo momento non voglio vedere la tua cazzo di faccia.»

«Heathcliff...» Mi avvicinai a lui, ma lui spostò il braccio.

«Che nessuno mi tocchi, porca vacca,» urlò lui, salendo di corsa al piano di sopra.

Mi si strinse il petto. Mi precipitai da Morrie, ma lui stava già spingendo i libri da parte per rimettersi in piedi e poi correre verso il corridoio. Il suo volto era bianco come uno straccio. «È meglio che vada.»

«Aspetta, dovremmo parlarne.» Diedi un'occhiata alle scale, ma Heathcliff era già scomparso. «Sono sicura che quando si calmerà capirà...»

«No,» disse Morrie. «Non posso stare qui con lui. Non ora. Devo...»

La porta d'ingresso sbatté sui cardini. «Salve, pietosi umani. Vi sono mancata?»

Grimalkin entrò nel negozio come se si aspettasse di essere accolta da un quartetto d'archi. Indossava un abito aderente in un tessuto scivoloso che, dal taglio, si capiva essere un pezzo di design. A un braccio aveva una serie di borse da shopping di negozi firmati e con l'altro stringeva un sacchetto di carta marrone di The Third Wheel, il costosissimo produttore di formaggi artigianali di Argleton. L'angolo di un cartone di panna intera artigianale mi si conficcò in una coscia mentre lei passava tra di noi, dirigendosi verso la sala principale.

«Non sono sicura che "mancata" sia la parola giusta.» Presi per mano Morrie e me lo tirai dietro la schiena. «Cos'è tutta questa roba?»

«Il minimo indispensabile. Ora che ho di nuovo i pollici opponibili, intendo sbizzarrirmi nella direzione che intendo fare mia.» Grimalkin posò le borse a terra. Rovistò nel sacchetto del formaggio e tirò fuori una forma di Camembert, che scartò con gusto.

«Ma... sei un gatto. Non hai un conto in banca. Come hai fatto a permetterti tutto questo?»

Tirò fuori dalla scollatura una carta di credito e la lanciò a Morrie. «Gliel'ho vista usare un certo numero di volte per ottenere ciò che desiderava. Ho pensato che non gli sarebbe dispiaciuto se l'avessi presa in prestito per fare lo stesso.»

L'espressione sul volto di Morrie suggerì che invece gli dispiaceva, e parecchio. «Qua... quanto hai speso?»

«Non ho guardato bene,» disse con dolcezza Grimalkin mentre dava un enorme morso alla forma di formaggio. «Il denaro ha poco significato per un gatto.»

«Sei sicura di non volerci dei cracker insieme?» chiese Quoth. Era sceso dal lampadario e ora sedeva sul bordo del tavolo in tutta la sua gloriosa nudità. «Magari un po' di cotognata?»

«Non credo.» Grimalkin diede un altro enorme morso, chiudendo gli occhi in estasi. Sulla crosta del formaggio era rimasto un cerchio di rossetto rosso.

«Non sei più un gatto,» le ricordai, ma poi mi venne in mente una cosa. «Quindi tu non puoi mutare da umana a gatto e viceversa, come può fare Quoth? Ora sei umana per sempre?»

«Ho provato a trasformarmi diverse volte mentre vagabondavo, ma non sembra funzionare. Per quanto mi concentri, non riesco a...»

Le sue parole furono interrotte da un urlo di sorpresa e le

uscirono delle vibrisse dalle guance. Lei lasciò cadere il formaggio e dalle dita affusolate le spuntarono pelo e cuscinetti, a formare una zampa. Le ginocchia batterono a terra quando cadde in avanti, mentre si contorceva tutta, la schiena le si inarcò e del pelo scuro le spuntò dalla pelle liscia.

Un attimo dopo, un gatto a chiazze dall'aspetto conosciuto uscì da un abito firmato e avanzò impettito sul pavimento per andare a mordicchiare il formaggio. Quoth scoppiò a ridere.

In un lampo, la donna Grimalkin apparve di nuovo. Si scosse i capelli e provò le dita, piegandole e graffiando l'aria con le unghie affilate.

«Mmm,» mormorò. «Invece no: a quanto pare posso mutare forma anche io. Probabilmente, il mutamento è legato alla vicinanza alla sorgente da cui sgorgano le acque del Meles.»

«Dov'è questa sorgente?» le chiesi. «Se è sotto la casa, come mai non abbiamo mai avuto problemi con le fognature?»

«Oh, Omero se ne è occupato decenni fa.» Agitò una mano. «Se scendete nel seminterrato, vedrete dove è stato deviato. Ma non aspettatevi che venga con voi. Laggiù è umido. A me non piace l'umidità.»

«Come fai a sapere tutte queste cose? Sulla sorgente, sull'andirivieni di mio padre e su Dracula?»

Ignorando la mia domanda, Grimalkin prese un volume dal tavolo e ne aprì le pagine. «I libri hanno una loro magia. Lo sapevi? Soprattutto quando i racconti al loro interno sono tessuti da un maestro della scrittura. Tu lo sai da tutta la vita, cara. È per questo che hai trascorso la tua giovinezza in questo negozio. Sei stata attratta dalle acque del Meles e dalla magia delle parole e delle storie, proprio come tuo padre prima di te. Ma le storie possono giocare i loro scherzi. Certi libri... certi personaggi... hanno una magia tutta loro. E quando tuo padre ti ha trasmesso il suo seme, ha diluito la sua magia, indebolendo la barriera tra questo mondo e quello dei libri. Se un personaggio è abbastanza forte, se è stato ferito così tanto da voler lasciare la sua storia, da interromperla prima che sia giunta alla sua conclusione, può infrangere la barriera e diventare reale.»

Impallidii, sconcertata dalle sue parole. «Stai dicendo che il motivo per cui i personaggi di fantasia prendono vita in questo negozio sono io?»

Grimalkin diede un altro morso al formaggio e non rispose. Mi portai rapida la mano alla tasca a toccare la lettera di mio padre. Questa volta il gesto non bastò a calmare il cuore che batteva forte.

«Come faccio a sapere che non stai mentendo?» le chiesi. «Sei un gatto da diverse migliaia di anni e non conversi con Omero da quando Poseidone ti ha scagliato contro la sua maledizione. Quindi come puoi sapere tutte queste cose?»

«Perché le persone, soprattutto quelle solitarie che possiedono librerie e osservano i loro cari da lontano invece di dire loro la verità, tendono a chiacchierare con i gatti.» Grimalkin si distese sul divano sotto la finestra e diede un altro morso al suo formaggio. «Mio figlio non faceva eccezione. Anche se l'avevo effettivamente cercato per secoli, a volte avrei voluto che stesse zitto. Formaggio?» Mi porse una mezzaluna di crosta bianca. Scossi la testa. Grimalkin gettò la crosta a terra e aprì una confezione di panna.

Morrie mi strattonò. Io gli strinsi un braccio. «Non andartene.»

«Lui vuole che me ne vada,» disse Morrie. «Devo andare.»

«Mi dispiace.» Soffrivo per lui. Sembrava così vulnerabile, così abbattuto.

«Di cosa ti dispiace?»

«Avrei dovuto dividervi prima. Ma dopo la nostra conversazione, volevo vedere se...»

Morrie fece un sospiro. «Sono io quello che manda a

puttane le cose qui, bellezza. Non arrovellarti quella testolina intelligente per me. Andrà tutto bene. Heathcliff si calmerà. Le cose torneranno alla normalità. Vedrai. Ho un piano.»

Quando portò il suo corpo allampanato verso la porta d'ingresso, aveva un portamento leggermente ingobbito. Ebbi la sensazione che qualsiasi cosa Morrie avesse in mente, non mi sarebbe piaciuta. Per niente.

TRE ORE dopo ero alla scrivania, a giocare a scacchi con Quoth, e a bere il terzo vino della giornata cercando di non pensare al fatto che potevo essere io la responsabile del fatto che il Conte Dracula calpestasse il nostro mondo, quando Heathcliff scese le scale a passo pesante. Ci osservò dall'ingresso. Sentivo il suo sguardo che mi accarezzava la pelle. Mi ci volle tutto il mio autocontrollo per ignorarlo, ma dovetti farlo. Heathcliff doveva seguire i suoi tempi. Se lo avessi spinto, mi avrebbe sbattuta fuori dal negozio, e in quel momento non potevo sopportarlo.

«Scacco,» disse Quoth, facendo scivolare la sua regina sulla scacchiera a minacciare il mio re.

«Mina, vado a mettere il prezzo a una collezione di libri,» mormorò Heathcliff. «Vuoi venire?»

«Diavolo, sì.» Mi alzai in piedi. L'acquisizione di scorte da collezioni ereditate era una parte dell'attività che non conoscevo ancora molto. Almeno sarebbe stata una gradita distrazione dal negozio vuoto, dalle paure di Dracula, dal bacio e da… grrr, *da tutto*. «Quoth sta vincendo troppo. Mi farebbe comodo una distrazione.»

«Ti ritiri ora che perdi?» Quoth sorrise a trentadue denti,

scrocchiandosi le nocche. «Mossa intelligente. Ho imparato da Morrie: stavo per smettere di andarci piano con te.»

Al nome di Morrie, Heathcliff si irrigidì. Afferrai in fretta il mio cappotto. «Puoi occuparti tu del negozio? Ricorda alla gente che i libri su quel tavolo sono a metà prezzo e...»

«Non preoccuparti.» Heathcliff spalancò la porta d'ingresso che andò a sbattere contro il muro dietro, facendo tintinnare la struttura antica. «Non viene nessuno.»

Non ricordarmelo, pensai con amarezza mentre giravo l'insegna su CHIUSO e chiudevo la porta alle nostre spalle. Alla velocità con cui le nostre finanze stavano crollando, avremmo chiuso i battenti nel giro di un mese.

Heathcliff si infilò le mani in tasca e si precipitò in strada. Dovetti correre per raggiungerlo. Un vento pungente mi colpì il viso. Lo presi a braccetto e gli infilai la mano in tasca: me la teneva calda, ma mi costringeva a tenere il suo passo, che era estenuante.

«Non dovremmo chiamare un'auto?»

«No. Dobbiamo andare qui vicino. È a quattro isolati di distanza.»

«Come faremo a riportare le scatole al negozio?» chiesi.

«Facciamo un paio di viaggi.»

Le braccia mi facevano già male al solo pensiero. «Credo che tu abbia sopravvalutato la mia forza. Dovresti comprare un furgone o qualcosa del genere, così potrai usarlo ogni volta che devi trasportare qualcosa.»

«Non voglio una macchina,» mormorò. «Odio che nessuno vada più da nessuna parte a piedi.»

Heathcliff aveva trascorso la sua giovinezza vagando per le brughiere. Si sentiva a suo agio nei luoghi selvaggi, ricoperto dalle nebbie, mentre seguiva ruscelli e torrenti, si arrampicava su precipizi e costeggiava i bordi di pericolosissime paludi. In quelle condizioni meteo si sentiva nel suo elemento.

Io no, però. Avrei voluto avere il mio telefono. «Bene. Abbiamo quattro isolati per parlare di quello che è successo.»

Heathcliff non disse nulla.

«Non hai davvero cacciato Morrie dal negozio, vero? Cioè, non per sempre?»

Heathcliff grugnì una cosa incomprensibile.

«Devi dirmi qualcosa. Lui ti ha baciato. Tu hai ricambiato il bacio. Cosa stai provando in questo momento? Sto morendo di curiosità.»

«Mi sento come se ti avessi tradito, ecco come mi sento.»

«Ma non è vero.»

«Invece sì. Avevo promesso a te il mio cuore, Mina. A te e a te soltanto. Morrie non aveva il diritto di costringermi a...»

«Ma devi provare qualcosa per lui. Altrimenti non avresti ricambiato il bacio.»

«Lo ha fatto tacere per cinque minuti,» sbottò lui. «Non si può dire che non ne sia valsa la pena.»

Io risi. Heathcliff no. «Voglio che tu sappia che se tu e Morrie volete provare questa cosa, se volete vedere dove porta, io vi appoggio, a patto che ne discutiamo prima.»

«Non c'è niente da discutere perché non succederà.»

«Dillo alla persona a cui hai dato il bacio più appassionato che abbia mai avuto l'onore di vedere,» dissi. «Sembra che tu stia dicendo a te stesso come sentirti, invece di riconoscere quello che c'è tra te e Morrie...»

«E invece tu sembri aver bazzicato nella sezione Auto-aiuto,» ribatté Heathcliff. «Non c'è niente tra me e Morrie, se non un'amicizia che si sta rapidamente deteriorando. Morrie non diceva sul serio, cercava solo di distrarci dal fatto che è un idiota egoista. Non voglio parlarne.»

«Non puoi chiuderti e ignorare i tuoi sentimenti...»

«Per fortuna siamo arrivati,» mormorò Heathcliff, aprendo con tanta violenza un cancello di legno bianco che lo sentii scricchiolare. Corse davanti a me lungo il sentiero, senza aspettare che lo raggiungessi.

La casa era in un bellissimo gotico vittoriano, con un portico a graticcio bianco e un rivestimento di legno dipinto di fresco. Notai un cartello di un'agenzia immobiliare sul prato davanti, con una gigantesca scritta VENDUTA. Era un peccato abbandonare una casa così bella. Sperai che fosse perché i proprietari stavano andando incontro a una nuova opportunità e non per... altri motivi.

Heathcliff bussò alla porta. Una vecchia signora sorridente, avvolta in uno scialle nero, rispose e ci fece entrare. «I libri sono qui,» disse. «Sia io che Edward siamo terribilmente affezionati alla collezione, ma naturalmente non possiamo metterli tutti sulla houseboat.»

«Houseboat?»

«Sì!» Stava praticamente saltando per l'eccitazione. Era adorabile. «Io ed Edward non abbiamo mai avuto molti soldi. Per mantenere questa vecchia e grande casa servivano tutti i nostri risparmi. Ma poi è arrivato Grey Lachlan, che ci ha offerto quattro volte il valore della proprietà. Beh, era un affare troppo vantaggioso per non coglierlo.»

«Grey Lachlan?» Spalancai la bocca per l'orrore. «Sa che è un grosso costruttore. Butterà giù questa bellissima casa antica per costruire un mucchio di villette moderne a schiera.»

«Oh, cielo, no! Non avremmo mai venduto se fosse stato così. Grey ha acquistato la casa per sua moglie. Ha detto che era interessata ad avviare un'attività di ospitalità e, dato che la sua Jane Austen Experience è stata rovinata da quei brutti omicidi, ha pensato di farla qui. A quanto pare, ci saranno tè a tema, un ballo e ogni sorta di lusso. Sembra meraviglioso, ed è bello sapere che la casa sarà esposta con orgoglio mentre noi ci godiamo la nostra pensione. Bene, ecco i libri.» Fece cenno verso una grande stanza con un bovindo che dava sul giardino davanti. «Vi porto le cose per il tè.»

Fissai con terrore gli scaffali a tutta altezza. Come poteva Heathcliff immaginare che li avremmo portati tutti al negozio? C'erano almeno duemila libri.

Apparentemente impassibile, Heathcliff iniziò a togliere i tomi dagli scaffali. Con una semplice occhiata alle copertine, li smistò in due pile.

«Quali sono quelli che teniamo?» gli chiesi.

«Quelli.» Indicò la pila più piccola, che conteneva soprattutto volumi sulle ferrovie. «Tutto ciò che riguarda aerei, treni, storia locale o degustazione di whisky va in questa pila. Quello che non leggeresti sull'autobus, neanche morta, va nella spazzatura. Inizia da quell'angolo e vieni verso di me.»

Presi i libri dagli scaffali e li divisi in tre pile. Libri da tenere, quelli da lasciare lì (non potevo sopportare di pensare a nessun libro come "spazzatura"), altri di cui chiedere a Heathcliff. La terza pila era di gran lunga la più voluminosa.

Alla fine, avevamo rimosso tutti i libri dagli scaffali e avevamo riempito due piccoli cartoni da riportare al negozio.

La signora sembrava delusa. «Tutto qui?»

«Sì,» disse Heathcliff. Aprì il portafoglio e ne estrasse tre banconote da venti sterline, che le porse. «Chiami il negozio di beneficenza di Barchester. Verranno loro a prendere il resto.»

«Okay. Ma non ho il numero...» Heathcliff, però, si stava già dirigendo lungo il sentiero con un cartone di volumi in mano.

«Se vuole, li chiamo io per lei.» Sorrisi alla signora e lei ricambiò il sorriso. «Grazie mille per averci permesso di dare un'occhiata alla sua collezione. Si goda la sua houseboat!»

«Lo farò. Grazie, cara.» La donna mi infilò in tasca una delle banconote di Heathcliff. «Sei molto più carina di quell'uomo orribile.»

Non è orribile. È solo stato baciato dal suo migliore amico e non sa come gestire la cosa. Ma sorrisi e accettai i soldi.

Volevo provare a parlare di nuovo di Morrie con Heathcliff, ma lui mi stava lontano e i libri erano così pesanti che dovevo concentrare tutte le mie energie per mettere un piede davanti all'altro. A ogni passo, il peso mi schiacciava.

A metà strada, appoggiai la scatola sul ciglio e mi ci sedetti accanto. Un attimo dopo, Heathcliff era davanti a me, corrucciato.

«Cosa stai facendo? Qui si gela.»

«Sì, vero.» Mi sfregai le mani sotto la felpa. «Ho deciso che me ne starò qui ad aspettare che il disgelo mi riporti sana e salva all'ingresso del negozio.»

«Mina.»

«La scatola pesa un sacco. Sto facendo una pausa. Riparto non appena riuscirò a sentire di nuovo le dita.»

Heathcliff posò la sua scatola, trascinò la mia sopra la sua e le sollevò entrambe. «Il disgelo non aspetta nessuno,» esclamò mentre si avviava a passo spedito verso il negozio.

Lo raggiunsi proprio mentre posava le scatole nell'ingresso. «Stai bene?» mi chiese.

No, non sto bene. La mia vita si stava finalmente sistemando e tutto stava andando al suo posto e poi Danny Sledge, e mia nonna gatta, e Dracula, e tu, e Morrie, e quel maledetto Grey Lachlan dovevate andare a mettere i bastoni tra le ruote. «Perché Grey sta comprandosi tutta la città?» gli chiesi.

Heathcliff alzò le spalle.

«Non mi piace. C'è qualcosa che non mi convince. Non può mettere le mani sulla Nevermore, vero?»

Di nuovo, Heathcliff si strinse nelle spalle. «Hai visto i conti. Quanto possiamo resistere ancora?»

Ebbi un sussulto. Avevo sperato che avesse qualche piano magico nella manica, qualche accordo segreto con la banca, che avrebbe tirato fuori all'ultimo minuto. Ma, ovviamente, una cosa del genere sarebbe stata più nello stile di Morrie. «Magari chiediamo a Morrie di aiutarci economicamente, solo per questa volta...»

«Non ho nessuna intenzione di chiedere l'elemosina a Morrie,» sbottò Heathcliff.

«*Va bene.* Scusa.»

«Comunque credevo che tu non volessi usare i suoi soldi, dato che sembrano provenire da attività criminali.»

«È vero.» Affondai una mano nella sua tasca. «Però non voglio nemmeno perdere il negozio.»

Mentre Heathcliff spostava alcune scatole vuote, notai un piccolo quadrato di carta sul tappeto di benvenuto. "Agli occupanti della Libreria Nevermore" c'era scritto in una grafia elegante. Il mio cuore batté più forte e mi portai rapida una mano alla tasca, dove tenevo ancora la lettera di mio padre.

Ma quella non era la calligrafia di mio padre. «Heathcliff, hai visto questa?»

Gli passai la busta. Accigliato, lui fece scorrere il dito lungo il sigillo per romperlo, rivelando un piccolo quadrato di carta e un articolo di giornale. Mi porse l'articolo.

Lo tenni alla luce e lo scrutai. Era un articolo della *Gazzetta di Argleton*, di quindici anni prima. Il titolo recitava: **Adolescente locale condannata per droga**. Una ragazza di diciassette anni era finita nei guai dopo essere stata sorpresa a spacciare ai ragazzi del posto. Poiché era ancora minorenne, il giornale non aveva scritto il nome né pubblicato la foto, quindi non avevo idea di chi fosse. Abigail? O qualcun altro?

Strano. Qualcuno ha voluto che lo leggessimo. Ma chi? E perché? È collegato allo spaccio di droga che facevano Danny e Jim? Mi voltai verso Heathcliff, che guardava accigliato il biglietto.

«Cosa c'è scritto?» chiesi.

Heathcliff abbassò il foglio. «C'è scritto: 'Hai un appuntamento con un funerale'.»

29

Il funerale di Danny attirò centinaia di persone. Era la persona che ad Argleton più si avvicinava a una vera e propria celebrità, quindi tutti ci tenevano a passare per suoi amici intimi. Quando io e Morrie entrammo in chiesa, in tanti si voltarono a guardarci. La pelle mi friggeva per tutti quegli occhi puntati addosso. Afferrai Morrie e lo trascinai nel banco in fondo.

«Non si vede niente da qui dietro,» osservò lui.

«È un funerale. So già come finisce,» risposi sottovoce. «È che non credo che dovremmo sederci davanti, dato che Danny è stato ucciso nel nostro negozio e tutti pensano che la Nevermore sia maledetta o qualcosa del genere. Inoltre, da qui dietro possiamo osservare la gente.»

«È vero.» Morrie fece un cenno dall'altra parte della navata mentre altre persone entravano in chiesa. «Lì ci sono Brian e Amanda. Il ritratto della felicità coniugale, vero?»

Strizzai gli occhi, ma nella chiesa buia e piena di persone vestite di nero non riuscivo a distinguere nessuno. «Non ci vedo.»

«Brian ha la camicia sgualcita e i calzini spaiati. Amanda ha le tette che le escono dal vestito e indossa quella grottesca collana che le ha comprato Danny. Sta anche registrando qualcosa sul telefono per il suo canale YouTube. E guarda,» Morrie girò il foglietto con il programma della cerimonia, su cui c'era una pubblicità a tutta pagina de *Il Garrotatore del Somerset*. «Brian sta cercando di incrementare le vendite.»

«Che schifo. Vedi Penny Sledge da qualche parte?»

«Sì, è davanti con Angus. È la perfetta vedova in lutto, con tanto di velo nero e tutto il resto. Quel tipo dai capelli viola, Jim Mathis, è un paio di file più indietro ed è tutto azzimato in un completo anni '20. Potrei chiedergli il nome del suo sarto.»

La funzione iniziò. Invece dei soliti inni, ci fu una canzone dei Metallica. Il sacerdote fece una espressione ripugnante quando la congregazione si alzò per chinare il capo durante l'assolo di chitarra. Mio malgrado, seguii con il capo il ritmo della batteria. Anche se Danny era stato uno stronzo donnaiolo, aveva un gusto musicale ottimo.

Dopo che il sacerdote ebbe pronunciato una preghiera e fatto il solito discorso sul viaggio dell'anima immortale, Angus si alzò. Parlò con grande proprietà della carriera di Danny e di ciò che per lui aveva significato vedere Danny cambiare vita e condividere le sue storie con il mondo. Alla fine versò persino qualche lacrima. «Non ho perso solo un'ispirazione. Ho perso un caro amico.»

Poi fu il turno di Penny. «Danny era un completo idiota senza buone maniere né senso del decoro. Non mi manca la sua faccia stupida, le sue battute volgari o il modo in cui non riusciva a tenere il cazzo dentro i pantaloni. Però mi mancheranno i suoi soldi. Con la sua eredità mi comprerò una casa rispettabile tra gente rispettabile, a Londra, e questa è la cosa migliore che lascerà al mondo.»

Accidenti... poteva anche essere stato uno stronzo, ma mi sembrava una cosa piuttosto dura da dire al suo funerale.

Ricordai a me stessa che, sebbene sia Angus che Amanda avessero un alibi per la morte dello scrittore, Brian, Penny e Jim continuavano a essere sospetti, e tutti e tre avevano motivi piuttosto forti per voler vedere Danny morto.

Angus e Brian si unirono ai portatori per trasportare la bara fino a fuori dalla chiesa. Io e Morrie aspettammo che la maggior parte dei presenti fosse uscita. Tuttavia, quando ci alzammo per unirci alla folla che attendeva di deporre i fiori sulla bara di Danny, sentii gli abitanti del villaggio mormorare qualcosa su di noi.

«Vengono dalla libreria dove è stato ucciso, vero?»

«È piuttosto di cattivo gusto presentarsi in questo modo. Devono fare soldi a palate ora che sono il luogo in cui il famoso autore Danny Sledge ha fatto la sua macabra fine.»

Magari, pensai infastidita.

«Uff. Tipico di quella nuova ragazza. Sta cercando di pubblicizzare il locale con eventi, degustazioni di whisky e cose simili. *Degustazioni di whisky?* In una *libreria?* Non ho mai sentito nulla di così volgare. A quanto pare, viene dalle case popolari, il che non è una sorpresa, no? Quelle ragazze sono sempre affamate di soldi. Ho detto a tutti quelli che conosco di non mettere piede in quel posto. È spregevole.»

«Zero classe! Lo dirò alle signore in chiesa. Li boicotteremo.»

Ottimo. Semplicemente fantastico.

Dopo la fine della funzione, gli ospiti cincischiarono un po' nel parcheggio di fronte alla chiesa per poi dirigersi nella sala parrocchiale dove erano stati preparati tè, caffè e un buffet. Andai dritta verso il cibo, pensando che se proprio dovevo essere oggetto di pettegolezzi perché ero una povera ragazza avida di denaro, almeno avrei scroccato un pasto gratuito.

«Guarda con chi sta parlando Penny,» mi disse Morrie

dandomi un colpetto con il gomito, dato che aveva le mani piene di involtini con la salsiccia.

Mi indicò l'altra estremità della stanza, ma io non riuscivo a vedere. «Avviciniamoci.» Toccai la mano di Morrie e ci avviammo verso il tavolo del cibo. Mentre mi facevo strada, buttai giù tre involtini. Alla fine fui abbastanza vicina da riconoscere Penny, che aveva la testa china mentre parlava con un tipo alto e allampanato che riconobbi immediatamente. Jim Mathis.

I due si conoscono? Interessante. Non pensavo che Danny avrebbe voluto avere a che fare con Jim dopo essere stato tradito. Quindi come faceva Penny a conoscerlo?

Dopo qualche minuto di conversazione, Jim prese il telefono e le indicò che doveva fare una chiamata. Penny annuì e lui uscì.

«Tu aspetta qui,» dissi a Morrie, infilandomi il cappotto. «Tieni d'occhio Penny.»

Se Heathcliff fosse stato con me quel giorno, non mi avrebbe permesso di inseguire da sola un criminale come Jim. Ma Heathcliff non c'era. Si rifiutava di stare nella stessa stanza di Morrie, così era rimasto al negozio. Quoth era su, tra gli alberi, da qualche parte, ma non poteva sapere cosa stava succedendo. Morrie annuì e si avvicinò a Penny. Io mi allontanai e seguii Jim mentre si dirigeva verso il lato della chiesa. Si fermò alla fine di un breve sentiero di cemento e appoggiò il gomito su un pilastro di pietra. Mi appoggiai con la schiena a una colonna, sperando di riuscire a rimanere nascosta.

Azzardai un'occhiata dietro l'angolo. Jim non guardava verso di me. Si accese una sigaretta, aspirando il fumo nei polmoni mentre teneva il telefono all'orecchio. «Sì, sono alla cerimonia. Non mi hai visto? Era tutto Danny qua, Danny là, bla bla bla.»

La persona all'altro capo parlò per un po'.

«Dobbiamo aspettare il momento giusto,» disse Jim. «C'è

troppa stampa in giro. Troppa attenzione. Tutti pensano che Danny sia un cazzo di eroe. Penso che dovremmo aspettare...»

L'altra persona stava parlando di nuovo. Avrei voluto poter sentire quello che diceva.

«Sì, va bene. Faremo a modo tuo. Devo rientrare.» Jim spense la sigaretta con la punta del piede. «Non ti agitare. Sai che ci sono sempre riuscito. Farò quello che c'è da fare.»

Si girò di scatto e si diresse verso di me. Io mi chinai, borbottando, mentre arrancavo nel giardino. «Credo mi sia caduto qui, da qualche parte,» dissi a voce più alta al suo passaggio. Non si offrì di aiutarmi.

Raggiunsi Morrie dall'altra parte della strada e rimanemmo a guardare mentre la bara di Danny veniva calata nel terreno. Scrutai l'enorme folla alla ricerca di Jim, ma non lo vidi da nessuna parte. Nonostante il rinfresco in corso, i convenuti si attardarono nel cimitero, non volendo apparire troppo desiderosi di avere rotolini alla salsiccia e focaccine alla crema gratis in quella che doveva essere un'occasione mesta.

«Spero che tu abbia scoperto qualcosa di squallido,» disse Morrie, prendendomi per un braccio e allontanandomi dalla folla per poter parlare. «Ho sentito Penny Sledge discutere *fino alla nausea* su come darà nuova vita ai vecchi libri di Danny, ora che la proprietaria è lei. Nuove copertine, un marchio più elegante. Ha detto che potrebbe persino assumere un ghostwriter per produrre "una serie più letteraria" con il suo nome. Quella donna è un'illusa se pensa che i fan di Danny vogliano che i suoi thriller polizieschi si trasformino in cazzate introspettive.»

Morrie fu interrotto da un urlo straziante.

«Cos'è stato?» gridò qualcuno.

«Veniva dalla sala di Studi Biblici!»

Io e Morrie ci precipitammo verso l'ingresso della sala parrocchiale, facendoci strada tra i presenti confusi. Angus e Jim emersero da una seconda stanza verso il fondo del corridoio, con volti cupi, e si misero in modo da bloccare la porta.

«Per favore, tutti indietro,» disse Angus, avanzando e agitando le braccia nel tentativo di far indietreggiare la folla. «È successa una cosa orribile. La polizia sta arrivando e non vogliamo che nessuno si faccia prendere dal panico...»

Mi infilai sotto il braccio di Angus e in qualche modo entrai nella stanza. Un urlo mi si bloccò in gola.

Brian Letterman giaceva sul tappeto, completamente immobile. Aveva le mani strette intorno al collo e gli occhi vitrei che gli uscivano dal volto contorto. Intorno al collo, aveva attorcigliata una leggera sciarpa nera.

30

«È stato trascinato fin qui e strangolato,» spiegò Jo. Si lasciò cadere su un banco all'ingresso della chiesa, dove io e gli altri testimoni principali eravamo riuniti mentre Hayes e la Wilson ci interrogavano. «Esattamente lo stesso schema dell'ultimo omicidio, solo che questa volta il tessuto è stato lasciato sulla scena del crimine.» Con un paio di pinzette sollevò un velo nero e lo infilò in un sacchetto di carta. Mi diceva qualcosa, ma non riuscivo a capire cosa.

«Ho già visto quella stoffa,» dissi, toccando la lettera di mio padre nella tasca. Un mal di testa mi affiorò alle tempie. «Vorrei solo ricordarmi dove.»

Guardai verso il banco accanto, dove Hayes e la Wilson stavano interrogando Angus Donahue. Mi sforzai di ascoltare: in quanto ex-poliziotto e prima persona sulla scena del crimine dopo che la signora del tè aveva trovato il corpo di Brian e aveva urlato, probabilmente Angus aveva qualche idea.

«Mentre stavamo attraversando la strada per andare al cimitero, ho visto per caso che Brian entrava nella sala parrocchiale con Jim Mathis. Non ci ho pensato molto in quel momento. So che Jim lavora come ghostwriter per la moglie di Brian.»

Ah sì?

«Che sarebbe quella Amanda con cui hai passato la notte all'Argleton Arms?» chiese Hayes, mentre la Wilson scribacchiava furiosamente.

«È stato solo per divertirci un po',» spiegò Angus. «La reputazione di Amanda non è un segreto nella nostra cerchia, nemmeno per suo marito. Brian sapeva tutto. Credo che quasi fosse contento che lei uscisse con altri uomini. Perché spendeva soldi loro, non i suoi.»

«E andava a letto con questo Jim Mathis?»

Angus si strinse nelle spalle. «Probabilmente. Lui la stava aiutando a scrivere un romanzo erotico trash. Secondo me, stavano facendo delle ricerche pratiche per una delle scene.»

Che schifo.

«Tu hai visto Brian e Jim entrare nella sala parrocchiale,» incalzò Hayes. «E poi, cos'è successo?»

«Poi ho attraversato la strada per andare al cimitero con gli altri. Dovrebbero poter confermare che ero vicino alla tomba. Sono stato io il primo a gettare un pugno di terra sulla bara. Poi non ho visto Brian o Jim fino a quando...» Si strinse di nuovo nelle spalle. «Beh, avete visto anche voi.»

«Hai notato qualcosa di insolito nel cimitero?» chiese Hayes.

«A parte l'allegro calcetto che Penny Sledge ha dato a una zolla di terra per farla cadere nella fossa, no. A me è sembrato un funerale normale.» Angus abbassò la testa. «Per quanto normale possa essere perdere il proprio migliore amico.»

«Grazie, Angus.» Hayes chiuse di scatto il blocco e si diresse verso Jo. «La tua squadra ha trovato qualcos'altro?»

«Purtroppo, tutte le persone che si aggiravano nella sala parrocchiale hanno rovinato le poche prove che potevano esserci.» Jo diede qualche colpetto alla piccola scatola di sacchetti per le prove che stava etichettando in vista del trasporto al suo laboratorio. «Ne saprò di più quando avrò esaminato il corpo, ma direi che è ovvio che i due crimini sono collegati.»

«Se l'assassino è la stessa persona che ha ucciso Danny, significa che Beverly Ingram deve essere innocente,» intervenni. Hayes si accigliò.

«Sono d'accordo,» disse Jo. «Infatti non ho detto che siano la stessa persona.»

«Però hai detto che erano collegati. Pensi che possano essere due assassini distinti?» le chiesi.

Jo alzò le spalle. «Non spetta a me fare ipotesi. Quello è il lavoro di Hayes. Io mi limito a fornire i dati.»

«Esatto.» Hayes batté sul blocco con la penna, guardando Jo corrucciato. «E non dovresti nemmeno condividere informazioni private sui nostri casi con una comune cittadina, soprattutto se ficcanaso come la signorina Wilde.»

Ignorai la frecciatina. «Wilson ti ha detto che prima ho sentito Jim Mathis che parlava al telefono? Stava dicendo a qualcuno: "Dobbiamo aspettare il momento giusto. C'è troppa stampa in giro. Farò quello che c'è da fare", il che mi sembra un po' sinistro. Sembrerebbe che qualcuno lo abbia convinto a uccidere Brian.»

«Grazie per le informazioni, signorina Wilde, ma nessuno le ha chiesto la sua interpretazione. Anzi, le è stato espressamente intimato di tenersi fuori dalle indagini della polizia...»

«Jim era anche l'uomo su cui Danny aveva fatto la soffiata, per spuntare una condanna più breve,» ribattei. «Perché si sarebbe presentato al funerale di Danny, se non per creare problemi? Credo che abbiate messo in prigione la persona sbagliata, e la morte di Brian lo dimostra.»

Hayes toccò il telefono. «Questa telefonata fatta da Jim... sarebbe avvenuta verso le due e un quarto?»

«Sì, direi di sì.»

«Nello stesso momento in cui Beverly Ingram riceveva una telefonata alla stazione di polizia?»

Oh. Merda.

«Non credo parlasse con lei! Da quello che diceva Jim, sembrava che la persona all'altro capo fosse al funerale. E poi, anche se fosse stata Beverly, non significa nulla! Io ho sentito solo che parlavano del funerale di Danny. Poteva trattarsi di qualcosa di completamente estraneo.»

«Signorina Wilde.» La voce di Hayes era tesa. «Mi sembra che stia cercando di inserirsi negli affari ufficiali della polizia.»

«No, ma io...»

«Al momento siamo molto impegnati nell'interrogatorio dei testimoni. La sergente Wilson ha già raccolto la sua deposizione, quindi è libera di andare.»

«Ma...»

Hayes mi indicò l'esterno. «Se ha altre informazioni da darci, parli pure con la sergente Wilson.»

Lo fulminai con lo sguardo e poi raccolsi le mie cose. «State facendo un grosso errore!» urlai mentre lasciavo la chiesa con Morrie. «E ve lo dimostrerò!»

«Non posso credere che stiano ancora tenendo Beverly in prigione!» gridai.

«Devi ammettere che quella telefonata stabilisce un collegamento tra Beverly e Jim Mathis,» commentò Heathcliff.

«Non credo. La persona con cui Jim stava parlando era al

funerale, solo che voleva discutere di qualcosa in privato, senza che nessuno lo sentisse. Ma anche se al telefono con Jim ci fosse stata Beverly, perché avrebbe voluto uccidere Brian? Immaginando sia stata lei a uccidere Danny, ha di sicuro già avuto la sua vendetta. E comunque, non avrebbe dovuto odiare Jim perché anche lui usciva con Abigail? Avrebbe potuto essere lui il suo assassino.»

«Brian ha pubblicato il libro,» disse Heathcliff. «Alla sessione di lettura, Beverly era fuori a litigare con lui. Gli aveva scritto tutte quelle lettere chiedendogli di ritirare il libro e lui si era rifiutato. Lo considera ugualmente colpevole.»

Accidenti. Messa così è convincente. Non c'è da stupirsi che la polizia tenga ancora Beverly in custodia. «Quindi Beverly ha assunto Jim Mathis per uccidere Brian? Anche se Jim fosse stato motivato dal denaro, non riesco proprio a vederlo...»

«Non riesci a vederlo perché vuoi che quella donna sia innocente,» sottolineò secco Heathcliff.

«Non sei di nessun aiuto. Dov'è Morrie? Voglio sfogarmi con lui.»

Heathcliff fissò la pagina. «È di sopra, al computer.»

Sollevai un sopracciglio. «Oh, davvero? Gli hai permesso di tornare in negozio?»

«Continuava a grattare alla finestra. Non riuscivo a concentrarmi. È maledettamente fastidioso.»

Sorrisi. «L'hai fatto rientrare nel negozio.»

«Solo per prova. Una mossa sbagliata ed è fuori a calci nel sedere.» Heathcliff chiuse il libro con un colpo e mi guardò con quegli occhi tempestosi. «Anche se è magnifico quando bacia, cazzo.»

Salii le scale dell'appartamento con un sorriso da un orecchio all'altro. Trovai Morrie non al computer, come mi aspettavo, ma a sfidare la sorte seduto sulla sedia di Heathcliff, ingobbito su un portatile scrostato, con qualcosa che sembrava salsa di pomodoro spalmata sullo schermo. «Che cos'è? Non sembra il tuo.»

«Non lo è.» Morrie non alzò nemmeno lo sguardo dallo schermo. «Questo, mia cara, è il portatile di Danny Sledge.»

Mi sedetti accanto a lui. «Come l'hai avuto? Non è nel deposito prove della stazione di polizia?»

«Non preoccuparti del come o del perché. Lo riporterò al distretto stasera.» Morrie continuava a battere sui tasti con le mani inguantate. «Nel frattempo, ho pensato che dovremmo dare un'occhiata ai file di Danny.»

«Cosa hai trovato finora?»

«Niente di che. Ha una cronologia di ricerca così sordida che potrebbe rivaleggiare con la mia, ma lo attribuisco al fatto che scrive gialli. Ci sono molti appunti, e naturalmente i suoi manoscritti... l'unica cosa che non sono riuscito a trovare è il manoscritto a cui stava lavorando.»

«Il suo libro di memorie?»

Morrie annuì. «C'è una cartella apposita, ma è vuota. Durante la serata, Danny aveva detto che aveva già iniziato a lavorarci, quindi dovrebbe esserci *qualcosa* qui. Sto controllando i registri per vedere... mmm, questo è interessante.»

«Che cos'è?» Mi avvicinai per guardare lo schermo, ma riuscii a vedere solo righe di codici.

Morrie indicò alcune righe incomprensibili. «Secondo questo log, Danny stava lavorando a un documento in questa cartella. Aveva anche diversi PDF, forse materiale di ricerca. Però ha cancellato tutto.»

«Quando ha cancellato i file?»

Morrie guardò lo schermo accigliato. «Ma non ha senso. Secondo il registro, la cancellazione è avvenuta mercoledì, ventiquattr'ore *dopo* l'omicidio di Danny.»

31

Fissai lo schermo, mentre la mia mente si interrogava su quell'ultima informazione. «Stai dicendo che o è stato il fantasma di Danny, o che qualcun altro è entrato nel computer di Danny?»

«Qualcuno che conosce le password,» disse Morrie. «Sono entrati con le sue credenziali. Non vedo tentativi di intrusione da hacker. Deve essere stato qualcuno di cui lui si fidava.»

«E che avesse accesso al suo computer nella sua suite all'Argleton Arms,» aggiunsi.

Morrie e io ci girammo l'uno verso l'altra. «Penny Sledge,» esclamammo entrambi esattamente nello stesso momento.

«Sappiamo che non c'era stata nessuna storia d'amore tra di loro,» iniziò a elencare Morrie, con il viso acceso per l'eccitazione. «Le infedeltà e le altre azioni spudorate di Danny erano state ben documentate dai media. Penny lo sopportava solo per i suoi soldi, ma forse quando Beverly Ingram è entrata nella libreria, lei ha visto un modo per liberarsi finalmente di lui. Penny sapeva che Danny stava cercando di riavere i suoi diritti e che avrebbe potuto trarre un enorme profitto dall'autopubblicazione. Però non sapeva che l'annullamento non era ancora stato completato.»

«Sì,» gridai. «Ha visto Beverly lanciare la sciarpa a Brian e l'ha presa per strada mentre tornava a casa. Ha chiamato la reception fingendo di essere Angus e quindi è sgattaiolata fuori dall'albergo. Però, come ha fatto a ucciderlo? Jo ha detto che molto probabilmente l'assassino era un uomo...»

«Jim Mathis,» disse Morrie, con gli occhi che gli brillavano. «Ha assunto Jim Mathis, un truffatore diventato assassino.»

«Ecco! Probabilmente si è incontrata con Jim quella mattina, gli ha dato la sciarpa e gli ha detto di raggiungere Danny. Ma come faceva a conoscere Jim? Lui non avrebbe dovuto odiarla se era la moglie di Danny? E non si spiega come abbia potuto chiamarlo durante il funerale se tu l'hai tenuta d'occhio per tutto il tempo.»

«È andata in cucina!» gridò Morrie. «Mentre tu eri fuori, lei si è infilata in cucina per controllare la marca del caffè che avevano usato. Aveva detto che non era all'altezza delle sue aspettative. Non ho potuto seguirla, per non destare sospetti. È rimasta assente solo per pochi istanti, ma abbastanza per fare una telefonata veloce.»

«Allora è così. Jim ha chiamato Penny. Aveva dei ripensamenti a causa dell'attenzione su Danny. Ma lei ha insistito. Così Jim è tornato, ha attirato Brian nella sala di Studi Biblici e lo ha strangolato.»

«Scommetto che ha provato un grande piacere nel farlo,» esclamò Morrie, assaporando ogni dettaglio cruento. «Per poi presentarsi al workshop per godersi la sua impresa.»

«Ma che movente aveva lei per uccidere Brian?»

«Lui aveva letto il manoscritto, quindi sapeva la verità su di lei,» dissi. «Penny intendeva metterlo a tacere.»

«Sei così sexy quando risolvi uno schifoso omicidio...» Le

labbra di Morrie sfiorarono le mie. Io mi buttai su di lui, lasciando che mi prendesse con più passione.

L'aria intorno a noi si caricò di elettricità. Malvolentieri, mi staccai e tornai al computer. «Se tutto questo è vero, allora perché cancellare le sue memorie? Deve esserci qualcosa che Penny non voleva che nessuno vedesse. Qualche prova che la condannerebbe. Puoi recuperarne qualcuna?»

«Non sembra...» Morrie batté sui tasti. «No, aspetta... Posso ripristinare una versione precedente. Non ci saranno le ultime modifiche, ma potrebbe essere comunque utile.»

Aspettai con il cuore in gola mentre Morrie batteva sui tasti. Aveva una gamba che gli saltellava per l'eccitazione. Pochi minuti dopo, fece un urlo di trionfo. Passò rapido gli occhi sulla pagina. «È un'autobiografia, bene... Non vedo l'ora di divorarla. Danny Sledge ha avuto una vita squallida piena di misfatti criminali, proprio il mio tipo di uomo... Aspetta. Ho trovato qualcosa.»

Morrie toccò lo schermo. «Danny sta descrivendo una sua ragazza. "Incontrai Penny nell'estate di quell'anno, quello che sarebbe stato uno degli anni più importanti della mia vita. Aveva sedici anni, ma si vestiva e parlava come se ne avesse venticinque. Ero completamente innamorato del suo atteggiamento. Anche Jim lo era. Litigammo per lei, come per tutte le ragazze. A differenza di Abigail, che non voleva scegliere, Penny scelse me. Vinsi io, ah-ah. Beccati questo, Jimmy!"»

«Quindi, Penny conosceva Danny ai tempi in cui lui era un truffatore,» sussurrai. All'improvviso mi sovvenne un dettaglio. Cercai in tasca l'articolo di giornale, ma non c'era più. Mi ricordai che l'avevo letto il giorno prima al piano di sotto. Probabilmente l'avevo lasciato sulla scrivania di Heathcliff. «Scommetterei qualsiasi cosa che quell'articolo parlava di lei. E che lei conosceva anche Jimmy. L'avrebbe riconosciuto all'evento, anche se Danny era troppo distratto per notarlo...»

Morrie annuì e continuò a leggere. «È tutto qui. Parla di Penny che è stata condannata per spaccio di droga. Quando è uscita dal riformatorio, Danny aveva girato le spalle a Jim e stava rigando dritto. Lui dice che i genitori di Penny erano dei ricconi che avevano pagato un sacco di soldi per tenere il suo nome lontano dai giornali e assicurarsi che quel crimine non finisse sulla sua fedina penale.»

«Ecco cosa stava succedendo qui,» sussurrai. «Penny deve aver letto le memorie di Danny. Sapeva che se lui le avesse pubblicate, il suo segreto sarebbe stato svelato. Hai visto quanto ci tiene all'apparenza. Sarebbe stata mortificata se tutti i suoi amici letterati londinesi avessero saputo che era stata una delinquente spacciatrice. Ha ucciso Danny per bloccare il libro di memorie. E Brian, perché l'aveva letto.»

«Danny ha detto che di solito mostrava il suo lavoro anche ad Angus,» sottolineò Morrie.

«Questo significa che anche Angus è in pericolo.» Presi il cappotto e la borsa. Morrie si alzò, ma io stavo già correndo verso la porta. «Tu chiama la polizia,» gridai.

«E tu dove pensi di andare?»

«Devo andare da una donna per parlarle di una sciarpa.»

32

«Ho bisogno di quell'articolo di giornale,» esclamai scendendo di corsa le scale.

«Ciao anche a te,» ribatté Heathcliff mentre mi precipitavo nella sala principale.

«Non c'è tempo per i saluti.» Sfogliai la pila di carte e di libri sulla scrivania. *Dov'è?* «Devo trovare quell'articolo e portarlo alla polizia.»

«Non è qui. È venuta a cercarti una persona. Circa un'ora fa.»

«Chi?»

Heathcliff alzò le spalle. «Non lo so. Non ha lasciato nessun nome. Era una donna.»

«Mia madre?» Il giorno prima era tornata a casa dall'ospedale con un po' di mal di testa, ma per il resto stava bene. Avevo intenzione di andare a trovarla dopo il lavoro. Speravo che non si fosse cacciata in altri guai, ma sapevo che era una velleità.

Heathcliff alzò di nuovo le spalle.

«Non sei di nessun aiuto.» Mentre cercavo sotto la scrivania mi ricordai che l'avevo portato a casa la sera prima per darci un'occhiata, ma poi io e Jo avevamo bevuto e me ne ero dimenticata. Sospirai infastidita, e tirai fuori le chiavi dalla borsa.

«Vado all'appartamento,» dissi. «Sappiamo che Penny Sledge è la responsabile degli omicidi e l'articolo lo dimostra. Morrie sta andando a sorvegliarla, per assicurarsi che non uccida nessun altro. Ho bisogno che troviate Jim Mathis: pensiamo che sia stato ingaggiato per uccidere al posto suo. Oppure, vai a cercare Angus Donahue, che sarà la prossima vittima.»

Heathcliff si alzò in piedi. «Non mi allontanerò da te, con un assassino in libertà.»

«Sto solo andando al mio appartamento e alla stazione di polizia. Me la caverò. Porterò Quoth con me se ci tieni così tanto.»

Heathcliff scosse la testa. «Quoth è uscito per portare la sua domanda alla scuola d'arte. Questo è il problema quando gli vengono idee più grandi di lui. Noi abbiamo bisogno di lui e lui non c'è»

«Non dire così! Quoth si merita questa cosa.» Sbirciai nell'angolo, dove Grimalkin sotto forma di gatto era seduta sulla poltrona di velluto, intenta a lavarsi delicatamente l'ano. «Viene Grimalkin con me.»

«Miaooo.» Grimalkin allungò il collo verso l'alto e mi lanciò uno sguardo che diceva chiaramente: "Non disturbarmi. Sono occupata con importanti questioni da gatti".

Heathcliff guardò accigliato la gatta. «Cosa potrà mai fare se qualcuno ti raggiunge con una garrota?»

«Spero che gli infilzi gli artigli negli occhi.» Raccolsi una recalcitrante Grimalkin e me la infilai nella borsa di stoffa oversize. «Inoltre, non sarò certo scoperta se ci siete tu e Morrie a tenere d'occhio i due assassini. Ora, forza! In questo momento Morrie sta entrando nel telefono di Jim. Scenderà non appena avrà una posizione da darti.»

«Non mi piace!» mi urlò dietro Heathcliff mentre fuggivo dal negozio.

«Chiedigli di baciarti meglio!» urlai di rimando, sbattendomi la porta alle spalle.

MENTRE CORREVO VERSO L'APPARTAMENTO, con Grimalkin che miagolava in protesta e mi graffiava un braccio, composi il numero di Jo. «Ehi, Jo. Sei occupata?»

«Sto per iniziare ad analizzare l'arma del delitto.»

«Potrei essere in grado di farti risparmiare un po' di tempo. Mi sono ricordata dove ho già visto quella stoffa nera. È il velo a lutto di Penny Sledge.»

«Davvero?»

«Sì, davvero. Lo indossava durante la funzione. Morrie l'ha notato e io gliel'ho visto addosso mentre mi passava accanto. Ma quando ha rilasciato la sua dichiarazione a Hayes, non lo indossava.»

«Mmm,» commentò Jo. «È interessante. Grazie, Mina. Lo dirò a Hayes.»

«Digli che Penny è l'assassina e che ho le prove. Sto andando a casa a prenderle e le porto subito in centrale,» dissi.

«Oooh, intrigante. Non toccare nulla nel secondo ripiano del frigorifero. Sto facendo un esperimento sui microbi che divorano la carne e se mangi il fagottino di carne, morirai di una morte terribile e dolorosa.»

«Prendo nota.»

«Ah, il sergente di turno dice che Beverly ha chiesto di te,» mi comunicò Jo. «Credo che voglia davvero parlarti. A quanto pare, ha usato la sua telefonata per chiamare in negozio, ma immagino che abbia risposto Heathcliff.»

Gemetti. La telefonata che Heathcliff aveva ricevuto prima. «La vedrò alla centrale. Sarà bene che ci sia qualcuno quando la faranno uscire, se ha bisogno di aiuto per tornare a casa. Non credo che abbia qualcuno nella sua vita.»

«Sei una brava persona, Mina.»

«Ci provo. Sono arrivata. Devo chiudere.» Salii di corsa i gradini e infilai la chiave nella toppa. La sera prima, quando ero tornata a casa, avevo posato l'articolo di giornale sul tavolo della cucina. C'era qualcosa che mi disturbava, ma non ero riuscita a capire cosa fosse. Fino a quel momento.

Mi precipitai nell'appartamento. Ah, sì. Era lì, esattamente come lo ricordavo. Quando lo presi in mano per infilarlo nella borsa, colsi un movimento con la coda dell'occhio.

Che cos'è?

Mi avvicinai al camino. Al posto della scimmia impagliata e delle teste rimpicciolite che di solito decoravano il caminetto, qualcuno aveva messo una fila di grandi vasi a campana. Ognuno di essi conteneva sciami di grossi e disgustosi insetti, tutti in lotta per vari pezzi di carne e di tessuto.

Formiche, ragni, scarafaggi e...

Sì... quelle sono sicuramente locuste.

La rabbia mi salì dentro. Jo *aveva promesso* che non ci sarebbero più state bestie schifose. Perché avrebbe dovuto tenere di nuovo delle locuste dopo quello che era successo l'ultima volta?

«Ecco fatto,» borbottai, infilandomi i barattoli di insetti nella borsa. Sbatterono l'uno contro l'altro. Io sperai che non si rompessero. Li avrei portati al laboratorio di Jo, che era vicino alla centrale, e le avrei detto che o se ne andavano loro, o me ne sarei andata io.

«Miaooo!» si lamentò Grimalkin, mentre i vasi le sbattevano contro.

Chiusi la porta e andai di corsa alla stazione di polizia. Fui sorpresa a vedere l'ufficiale di servizio accasciato sul bancone, profondamente addormentato. Suonai il campanello sperando di svegliarlo, ma lui non si mosse.

«Scusa, amico, non ci vorrà molto. Non voglio restare in giro con queste piccole creature nella borsa.» Scrissi il mio nome e i miei dati sul foglio dei visitatori, in modo che non finisse nei guai, e gli passai davanti diretta all'ufficio dell'ispettore Hayes.

Quando infilai dentro la testa, scoprii che era vuoto. Dovevano essere fuori a seguire una pista. Provai a chiamare il cellulare di Hayes, ma partì subito la segreteria telefonica. Posai l'articolo sulla scrivania, ma mi sembrava strano lasciarlo lì. A dire il vero, l'intera centrale sembrava strana. Era troppo silenziosa. *Deve esser una giornata intensa per il crimine, ad Argleton.*

Ah, ecco. Andrò in cella a trovare Beverly. Le darò la buona notizia che l'ho scagionata. Se quando avrò finito non saranno tornati Hayes e nessun altro agente, lascerò l'articolo con un biglietto.

Dopo quella terribile notte in cui ero finita in cella perché sospettata dell'omicidio di Ashley, sapevo come muovermi all'interno del distretto. Scesi le scale e mi avviai lungo l'umido corridoio tra le celle. Quel posto puzzava di piscio.

«Beverly?» chiamai. «Sono Mina Wilde. Voleva parlarmi? Ho una buona notizia per te. Io...»

Lei fece un passo verso di me, con gli occhi spalancati dal panico. «Mina, esci di qui!»

«Ma devo...»

«Attenta!» gridò. «Ha ragione...»

Il grido di Beverly fu interrotto da un singhiozzo quando qualcosa di freddo e scivoloso mi avvolse il collo. Una voce roca mi sussurrò all'orecchio. «Salve, signorina Wilde.»

33

«Non muovere un muscolo, Mina. O tiro la sciarpa e tu sarai una donna morta.»

Quella voce soave mi risuonava nelle mie orecchie, fastidiosamente forte, fastidiosa in tutti i sensi perché... non poteva essere lui l'assassino. Aveva un alibi... *un alibi...*

Morrie aveva letto uno dei primi libri di Danny. Aveva detto che era una storia fantastica in cui l'assassino usava una registrazione per inscenare un alibi, e Danny aveva preso le sue idee da...

«Lasciala andare, Angus,» sibilò Beverly. «Lei non ha fatto nulla. È me che vuoi davvero.»

«Nemmeno per sogno.» La voce di Angus era calma. «Devo risolvere tutte le questioni in sospeso. Quando Danny mi ha detto che non potevo leggere la sua autobiografia, ho capito che aveva scoperto che l'assassino ero io. Dovevo fermarlo. Anche Brian sapeva la verità, quindi doveva andarsene. E tu Beverly... hai ragione. Sono venuto qui per finirti. Sei una gran rottura e non la smetti di parlare di quella tua figlia morta! Che fortuna che ci sia anche Mina. Ora potrò prendere due piccioni con una fava. O con una sciarpa, per così dire. Ho questa che ho raccolto da terra la sera della lettura di Danny. Andrà benissimo. È identica alla sciarpa di Abigail di un tempo. Farò in modo che sembri che Mina ti abbia fatto evadere di prigione e che tu ti sia rivoltata contro di lei, garrotandola a morte per poi impiccarti nella tua stessa cella.»

Le sue parole mi arrivavano attraverso la nebbia che avevo in testa mentre lottavo per prendere aria, ma non avevano alcun senso. *Angus non può essere l'assassino. Non può...*

Naturalmente. Nella frenesia la mia mente recuperò tutte le informazioni che avevamo sull'omicidio di Abigail. Non avevo mai pensato di sospettare di Angus perché era un poliziotto... ma ciò lo metteva nella posizione perfetta per cercare di incolpare Danny dell'omicidio, e per dichiarare il caso irrisolto quando non aveva funzionato perché Danny aveva un alibi, e... *oh Iside...*

Beverly aveva detto che l'esame del DNA non aveva portato a nulla, che Angus aveva fatto del suo meglio per trovare l'assassino, ma che non c'erano state prove sufficienti. E se non ci fossero state abbastanza prove perché Angus stesso stava coprendo le proprie tracce?

La sciarpa. La sciarpa di Abigail che l'assassino aveva usato per strangolare Danny... probabilmente Angus l'aveva presa dall'inventario della polizia. L'aveva tenuta come ricordo per tutti quegli anni. Ma perché fare amicizia con Danny... e perché uccidere Danny adesso... e poi anche Brian e Beverly...

Angus mi strinse la sciarpa intorno al collo. Tutti i miei pensieri si interruppero mentre venivo assalita dal panico. Le mie mani si agitarono alla ricerca di qualcosa, qualsiasi cosa. Davanti ai miei occhi apparvero delle macchie rosse, sempre più grandi e punteggiate da scintille di luce fluorescente. Avevo la testa che urlava.

Il mio borsone sbatté contro le sbarre quando Angus mi

sollevò. Le mie dita si strinsero intorno a qualcosa di liscio e freddo. Vetro. I barattoli!

Strinsi la presa. I miei muscoli ululàrono in protesta. Proprio nell'attimo in cui la mia mente stava per perdere il contatto con la realtà e la mia vista si oscurava, alzai il braccio e sbattei il barattolo di vetro in faccia ad Angus.

«Aaaaargh!» urlò lui, e lasciò la presa. Io caddi in ginocchio, boccheggiando. Angus indietreggiò barcollando, schiaffeggiandosi la pelle. Nell'oscurità, riuscivo a distinguere una scia di puntini rossi che gli si muovevano sul corpo.

«Toglili! Toglili!» gridò e cadde in ginocchio. «Brucia!»

«Miaooo!» Grimalkin si avvicinò a lui, passando con disinvoltura sopra gli insetti, e lo colpì in pieno viso con gli artigli.

Mi fischiarono le orecchie. Sapevo di avere pochi istanti prima di svenire. Frugai nella borsa, alla ricerca del telefono, ma non riuscii a trovarlo tra tutti i barattoli. «Grimalkin, cerca aiuto... trova Morrie...» Ansimai, ogni parola mi lacerava la gola. Appoggiai la guancia alle sbarre mentre vedevo una miriade di uccellini che mi giravano in cerchio nella testa.

Tutto si fece nero.

34

«Non posso credere che il nostro assassino sia stato abbattuto da formiche rosse.» Morrie si chinò e mi diede un languido bacio sulla guancia. «Sei davvero speciale, Mina Wilde.»

«Non starle addosso!» sbraitò Heathcliff e lo spinse contro il muro.

Morrie si scansò e gli fece il suo caratteristico broncio. «Un trattamento così insensibile da parte dell'uomo che negli ultimi due giorni le è stato appiccicato addosso come un cattivo odore.»

«Potete sbrigarvi a baciarla di nuovo?» disse Quoth incredulo. «La tirerà su di morale.»

«D'accordo con Quoth,» sussurrai io, anche se le parole mi laceravano la gola. Angus mi aveva danneggiato le corde vocali e avrei dovuto stare tranquilla per le prossime settimane. Sarebbe stata un'impresa ardua con quei tizi che mi stavano continuamente addosso.

Morrie si sporse in avanti e arricciò le labbra. Heathcliff si allontanò, appiattendosi con la schiena contro il muro.

L'espressione di finto dolore di Morrie era così adorabile che scoppiai a ridere, cosa che mi fece *molto* male alla gola.

Dopo due giorni all'ospedale stavo impazzendo. Tutti stavamo impazzendo. Heathcliff, Morrie e Quoth non si erano mai allontanati, dormendo a turno sulla sedia di plastica rigida accanto al mio letto mentre qualcuno rimaneva di turno al negozio. Quando l'orario di visita finiva, Quoth si nascondeva sotto il letto e poi volava fino ad appollaiarsi sopra la porta, e rimaneva a vegliare su di me per tutta la notte.

Un'infermiera fece capolino nella stanza e mi guardò allibita. «Mina Wilde, hai *un altro* ospite.»

Io sorrisi. Ero diventata piuttosto popolare. La mia stanza era piena di mazzi di fiori provenienti da tutto il villaggio. Mia madre era venuta tutti i giorni, a ricoprirmi le braccia con i cerotti Flourish, che gli infermieri rimuovevano non appena se ne andava. Beverly era venuta a ringraziarmi per averla scagionata e aveva portato con sé diverse orribili sciarpe dal negozio di beneficenza che non avrei mai indossato (perché: a) erano orribili e b) dopo essere stata quasi strangolata a morte non avrei mai più indossato una sciarpa). Jo arrivò con una torta al cioccolato gigante a forma di locusta. Diversi abitanti del villaggio erano passati per ringraziarmi per aver scovato l'assassino. Richard mi lasciò un'intera cassa di sidro (che Heathcliff insistette per riportare al negozio "per sicurezza"). Persino Penny Sledge era venuta a ringraziarmi tutta compassata perché avevo trovato l'assassino di suo marito. Ero contenta di non poter parlare, così non dovetti dirle che ero stata erroneamente convinta che fosse lei l'assassina.

«Hai già superato il limite,» disse l'infermiera guardando accigliata i ragazzi e Grimalkin che si accalcavano intorno al mio letto. «Le regole sono regole. Non la farò entrare fino a quando...»

«Signorina!» Una voce familiare tuonò dal corridoio.

«Sappia che ho lasciato un giovane dio greco piuttosto attraente nella mia stanza d'albergo a Santorini per venire a trovare la mia amica. Non mi importa un fico secco delle vostre regole!»

La porta si aprì di colpo e la signora Ellis entrò di corsa. L'infermiera fece uno sbuffo, ma si ritirò dalla stanza, chiudendosi la porta alle spalle.

«Mina, cara.» La signora Ellis si chinò sul letto e mi piantò sul viso un centinaio di baci umidi. «Sono così felice che tu stia bene. Come fai a infilarti sempre in questi guai?»

Le sorrisi e riuscii a farfugliare: «Credo di aver imparato qualche trucchetto da una certa signora anziana.»

La signora Ellis mi sorrise, poi si rivolse ai tre ragazzi. «Voi ragazzi dovreste tenerla d'occhio. Non potete lasciare che vada in giro a farsi strangolare.»

«No, vero,» ringhiò Heathcliff. «Dovremmo avvolgerla nella bambagia e chiuderla nel negozio. Solo così imparerà.»

«È vero.» La signora Ellis si fece avanti per abbracciare Heathcliff e Morrie. Mentre si dirigeva verso Quoth, notò Grimalkin in forma umana che si rilassava sull'unica sedia comoda nell'angolo della stanza. «E questa chi è?»

«Sono la nonna di Mina,» disse Grimalkin con un sorriso tirato.

«Nonna?» La signora Ellis scrutò la pelle perfetta di Grimalkin. «Vorrebbe unirsi al mio circolo della maglia? Io e le signore vorremmo davvero conoscere i segreti della sua pelle.»

Sembrava che Grimalkin avrebbe preferito stare in una vasca da bagno in compagnia di un vivace cucciolo, piuttosto che sopportare il circolo della maglia della signora Ellis. Si alzò e le passò sotto le braccia tese. «Se volete scusarmi, credo di aver sentito un topo in corridoio che ha bisogno delle mie attenzioni.»

La signora Ellis si accomodò sulla sedia lasciata libera da

Grimalkin. «Per arrivare qui ho dovuto abbandonare un bagnino greco sconvolto e prendere due voli diversi. Quindi mi aspetto una storia grandiosa. Raccontatemi tutto degli omicidi.»

«È stato Angus Donahue, l'amico di Danny,» spiegò Morrie. «Si è scoperto che è un serial killer fuori di testa. Tanti anni fa, Angus ha ucciso la figlia di Beverly e un'altra ragazza a Barchester, e altre due un paio di anni prima a Stoke-on-Trent, dove aveva fatto il tirocinio in polizia. Ha confessato tutto.»

«La prego, signor Moriarty,» la signora Ellis lo esortò a continuare. «Esigo ogni dettaglio più sordido.»

«Con piacere,» ribatté con un sorriso Morrie. «Angus usciva con Abigail, ma non gli piaceva che lei frequentasse altri uomini. Glielo disse, e lei gli rise in faccia. Così prese la sciarpa leopardata dal suo letto, gliela avvolse al collo e la uccise. Pensava di poter dare la colpa a Danny o a Jim, così lasciò la stanza in disordine e la porta aperta. Però più tardi scoprì che i due erano stati arrestati da un altro poliziotto la sera stessa, e che in quel momento erano in cella. Avevano prelevato il DNA da Abigail, prova del rapporto sessuale che aveva avuto un'ora prima della sua morte. Però Angus aveva manomesso la prova, alterando i risultati in modo che non portassero a lui. Le sue impronte digitali sulla scena del crimine furono scartate perché lui era l'investigatore principale. L'ha fatta franca per tutti questi anni.

«Quando, più tardi, Danny si è rimesso sulla retta via e ha cercato un poliziotto da consultare per i suoi libri, ha incontrato Angus. Il nostro killer gli ha fornito le squallide storie dei suoi casi passati e Danny le ha trasformate in romanzi di successo. Questo finché Danny non ha chiesto ad Angus dettagli sullo strangolamento, per il suo ultimo romanzo. Angus, pensando di essere ormai al sicuro, ha aiutato Danny a inventare una storia perfino troppo ingegnosa per essere vera: la storia di un medico legale che incastrava un truffatore per gli omicidi manomettendo le prove. Mentre Danny scriveva *Il Garrotatore del Somerset*, si è reso conto che alcuni dettagli della storia suonavano un po' troppo veri e che c'era una persona che *poteva* assolutamente aver ucciso Abigail: Angus.

«Quando Danny ha annunciato che stava scrivendo un libro di memorie, ma che Angus non avrebbe potuto leggerlo fino alla pubblicazione, Angus si è preoccupato. Finché Danny si limitava alla narrativa era al sicuro, ma con la saggistica... forse Danny era sulle sue tracce. Poi alla festa ha scoperto che Danny aveva dato una copia della sua autobiografia a Brian, ma non a lui, e così lui ha avuto conferma dei suoi sospetti.

«Quella sera Amanda gli ha raccontato di come aveva cospirato per far venire Beverly Ingram all'evento e anche che le aveva fatto avere una copia del libro di memorie. Angus sapeva che Beverly avrebbe letto il libro studiando ogni minimo dettaglio, alla ricerca di prove per condannare l'assassino. Doveva metterli tutti a tacere. E quando ha visto Beverly alla festa con quella sciarpa, ha capito che era l'occasione perfetta. Quella sera ha raccolto la sciarpa sul marciapiede fuori dal negozio, è tornato in albergo con Amanda, poi ha finto di addormentarsi finché lei, scocciata, è sgattaiolata nella stanza di Danny, dove si trovava quando Danny se ne è andato al mattino.

«Poco dopo le cinque, Angus ha telefonato alla reception, ha riprodotto il nastro e poi è sgattaiolato fuori dall'albergo mentre Miranda consegnava gli asciugamani. Più tardi, ha promesso ad Amanda che avrebbe confermato il suo alibi dicendo che erano insieme, in modo che la polizia non sospettasse di lei perché era stata l'ultima persona a vedere Danny vivo. In realtà, era stata lei a confermare l'alibi di Angus.

«Angus ha poi usato una registrazione di loro due che facevano sesso per creare un falso alibi e allontanare Miranda dalla reception, in modo da sgattaiolare via dopo Danny. Aveva ancora la sciarpa dell'omicidio di Abigail, che aveva rubato dal deposito delle prove anni prima. Si è avvicinato di soppiatto a Danny, l'ha strangolato e poi è scappato quando ci ha sentito scendere le scale.»

«Impressionante,» commentò la signora Ellis.

«Questo è un genio di livello superiore,» disse Morrie. «Questa me la ricorderò. Era un trucco usato da Danny in uno dei suoi libri. Ecco come l'ho capito.»

«E Brian Letterman?»

«Angus aveva già cancellato il manoscritto dal computer di Danny prima che la polizia perquisisse la sua stanza. Ma sapeva che Brian aveva ricevuto quella prima copia. Sapeva che se l'avesse letto, Brian avrebbe capito che Angus aveva ucciso Danny, così ha strangolato Brian prima che potesse parlare. Era un peccato che Beverly Ingram non fosse lì per venire accusata dell'omicidio, ma lui ha cercato di far ricadere la colpa su Jim, sostenendo di averlo visto entrare nella sala parrocchiale con Brian, anche se Jim aveva ricevuto quella telefonata da Amanda, che voleva che lui diffondesse i capitoli del suo libro su Internet e scatenasse l'inferno sui social media. Ecco perché ha rubato il velo da lutto di Penny dopo che lei se l'era tolto per bere il tè. Un piano molto scaltro e, naturalmente, nessuno sospettava di Angus perché era un ex poliziotto.»

«Ma cosa è successo alla povera Mina?» La signora Ellis si chinò per stringermi la mano.

«Amanda le ha inviato un articolo su Penny Sledge, che faceva sembrare Penny l'assassina. Amanda voleva rovinare sia suo marito che Penny per scatenare l'inferno prima dell'uscita del suo romanzo erotico. Per questo ha fatto trapelare il libro di memorie di Danny a Beverly Ingram e le ha dato un biglietto per la serata.»

«Quella brutta puttana!» esclamò la signora Ellis, con una punta di allegria nella voce.

«Esatto.» Morrie sorrise. «La nostra bella Mina stava andando a mostrare l'articolo alla polizia. Solo che Angus era arrivato per primo alla stazione di polizia con caffè e cronut gratis per tutti i suoi amici ex-poliziotti, tutti imbottiti di forti sedativi. Una volta liberata la stazione, è sceso al piano di sotto, con l'intenzione di appendere Beverly nella sua cella con la sciarpa leopardata e di uccidere l'ultima persona che avrebbe potuto capire che l'assassino era lui. Ma poi Mina Wilde si è presentata con una borsa piena di insetti pericolosi e ha minacciato di rovinare tutto. E il resto lo sapete.»

«Sono felice che tu stia bene,» mi disse la signora Ellis, dandomi un altro abbraccio e un bacio umido sulla guancia.

«Non ti avremmo mai trovato se non fosse stato per Grimalkin. Mi ha scovata fuori dalla casa di Penny Sledge e mi ha portato dritto da te. Eri svenuta. Avevo paura che fosse troppo tardi, ma ho sentito un debole battito e ho chiamato un'ambulanza. Sono arrivati appena in tempo.» Morrie mi strinse la mano. «Non so cosa...»

«Yu-huuu!» La voce di mia madre riecheggiò nel corridoio. «Sono quasi venti minuti che cerco di entrare per vederti, ma un'infermiera molto scortese mi ha detto che non potevo. Ho aspettato che la chiamassero e sono entrata di soppiatto...» Mia madre cercò di spingere la porta per aprirla, ma Heathcliff intralciava il passaggio. Lui si spostò di lato, andando a schiacciare Morrie contro il muro, e mia madre entrò di corsa.

«Oh, salve ragazzi. Signora Ellis.» Posò un mazzo di fiori sul mio comodino e si chinò a baciarmi. «Mina, sono così felice che tu stia meglio. Ancora un giorno e potrai tornare a casa. Scommetto che sei contenta.»

Annuii. Avevo una gran voglia di rivedere il negozio. Heathcliff brontolava che da quando la polizia aveva arrestato

Angus e lasciato andare Beverly, il negozio era strapieno di gente. Anzi, quella sera era arrivato in ospedale con un'ora di ritardo perché non era riuscito a buttare tutti fuori in tempo. Le due autrici di romanzi rosa che avevano disdetto, Bethany Jadin e Marie Robinson, avevano chiamato per fissare un altro appuntamento. Si erano offerte di organizzare una festa per le lettrici con molti gadget e alcolici e un paio di modelli sexy. Tutti i biglietti erano già stati venduti.

Quel mese saremmo riusciti a pagare il mutuo, con un po' di avanzo per il sistema di etichettatura. Sarebbe andato tutto bene.

«Muoio dalla voglia di mangiare di nuovo qualcosa di vero,» gracchiai. «Forse quando uscirò potremo andare tutti al pub...»

«Oh, Mina, no. Quel cibo è così *malsano*. Tutto quello zucchero, i conservanti e i grassi saturi. Con il mio nuovo business mi assicurerò io che tu assuma tutte le vitamine e i nutrienti che ti servono.» Gemetti mentre mia madre estraeva un enorme oggetto dalla borsa e lo metteva sul letto. «È una macchina per spuntini a base di frutta. È per chi vuole stare sano ma non sopporta l'idea di mangiare frutta. Si infila una mela o una pesca intera o un frutto a scelta in questo scomparto, si preme il pulsante e in un attimo la macchina affetta la frutta, la disidrata, la ricopre di sale e la sputa fuori. Sono chips di frutta, deliziose *e* salutari. Non è straordinario?»

Straordinariamente disgustoso. Feci per lamentarmi, ma mi faceva male il petto. «È... è notevole, d'accordo. E i cerotti Flourish?»

«Oh, con quelli ho chiuso. Un branco di truffatori. Completamente ridicoli. È orribile come aziende del genere si approfittino dei deboli e degli sprovveduti,» disse mia madre con un feroce cipiglio.

Morrie le diede una gomitata sul fianco. «Dille cosa è successo, Helen.»

Mia madre arrossì. «Mina ha avuto un'esperienza traumatica. Non vuole sentire parlare di...»

Gli occhi di Morrie brillarono di malizia. «Conosco Mina. Vorrà *sicuramente* sentire questa storia.»

«Dimmi,» gracchiai.

«Bene.» Mia madre fece un sospiro. «Ho avuto un piccolo incidente con la mia Mercedes.»

Sentii una fitta al petto. «Stai bene? Ti sei fatta male?»

«Oh, no, no. Sto bene. È solo che...» Mia madre sospirò di nuovo. «Ero così entusiasta di avere la Mercedes. Volevo vedere cosa era in grado di fare, sai? Non era affatto divertente andare a fare la spesa a passo di lumaca. Quell'auto era nata per andare in pista, non per i dossi del centro cittadino. Volevo davvero schiacciare la tavoletta, godermi la mia nuova ricchezza e la mia libertà!»

«Mamma, ti hanno beccata a correre? Non puoi farlo. Potresti farti male, o potresti causare un incidente e far male a qualcun altro...»

«No, no! Non correrei mai per strada. E l'autodromo più vicino è a Barchester. Così ho pensato di trovare un bel campo libero. Sai, una delle fattorie che si affacciano sulle nostre case, solo per dare un po' di gas e vedere cosa era in grado di fare.»

«Ah, sì?» Dal ghigno malefico che scorgevo sulle labbra di Morrie, capii che ne avrei sentite delle belle.

Mia mamma diventò più rossa in viso. «Ho scoperto che il campo che avevo scelto conteneva una piccola mandria di pregiate mucche Hereford. Naturalmente non le avevo viste perché il campo è enorme! Non avrebbe dovuto essere un problema. Quando ho dato gas ero a chilometri di distanza dalle mucche. Solo che quel contadino scorbutico mi ha vista attraversare il campo in direzione del suo bestiame e ha chiamato la polizia!»

Emisi una risata roca che mi grattò la gola, ma non mi importava. Morrie stava già ridendo. Accanto a me, Heathcliff emise uno sbuffo. Quoth si coprì la bocca con la mano, ma dal modo in cui gli brillavano gli occhi capii che stava ridendo anche lui. Il viso di mia madre era rosso come una barbabietola, ma lei continuò. «La polizia arriva con le sirene spiegate. Ovviamente io mi faccio prendere dal panico e schiaccio il freno. Solo che le ruote sono così sporche di sterco di mucca che girano a vuoto. Non riesco a uscire. Ogni mio tentativo fa solo affondare di più l'auto o spargere altro sterco in giro.»

«La polizia ha dovuto rimorchiare l'auto,» esclamò Morrie tra i rantoli delle risate. «Uno degli agenti ha fatto un video e l'ha messo su Facebook. Vuoi vederlo?»

«Diamine, sì.»

«Mina! Morrie!» Mia madre sembrava inorridita.

Morrie mi passò il telefono. Heathcliff, Quoth e la signora Ellis si accalcarono sul letto a guardare. Premetti PLAY e guardai mia madre che agitava le braccia, il logo di Flourish visibile anche sotto lo strato di sterco.

«Mamma!» Scoppiai a ridere. «Stai diventando virale!»

«Mina!»

«Sei famosa. Ti riconosceranno dappertutto, con la tua Mercedes...»

«Ora non mi serve più,» sbottò. «Naturalmente, quando quelli di Flourish hanno visto il video, hanno deciso che non avevo lo stile di vita giusto per essere una distributrice dell'azienda, così mi hanno licenziata.»

Venni presa dal panico. «E le rate del leasing dell'auto? Come fai a permetterti...»

«È tutto a posto,» disse Morrie. «Ho risolto tutto io.»

Mia madre mise un braccio intorno alle spalle di Morrie e

sorrise raggiante. Notai che lui non sembrava più tanto allegro. Ma ero troppo sollevata per chiedergli qualcosa. L'avrei fatto più tardi, quando saremmo tornati al negozio, quando sarei stata davvero di nuovo a casa...

Heathcliff e Morrie continuarono a bisticciare. La signora Ellis e mia madre si lanciarono in una rumorosa discussione sui vari tipi di cibo che potevano essere trasformati in patatine. Grimalkin tornò nella stanza in forma felina e mi chiese di farla entrare sotto le coperte per accoccolarsi contro le mie gambe. Quoth si chinò sul letto e mi accarezzò la testa con la sua.

«Sono così felice che tu sia al sicuro,» mi sussurrò.

Ma sono al sicuro? Qualcuno di noi è al sicuro? Era vero che avevamo catturato l'assassino, ma il Conte Dracula era ancora in libertà, a succhiare sangue e ad accrescere il suo potere. Senza contare che mia nonna era una ninfa felina mutaforma, che la mia vista si stava deteriorando e che Grey stava comprando la città, rifiutando di accettare un no come risposta. Mi sentivo come il personaggio de *Il pozzo e il pendolo* di Poe, con una spada di Damocle in agguato dietro ogni angolo.

Mi guardai intorno, nella stanza d'ospedale, e osservai tutte le persone che amavo di più al mondo. Un profondo senso di trepidazione mi si insinuò nelle viscere. Forse ci sentivamo trionfanti, ma un vampiro malvagio e i suoi piani per il dominio del mondo potevano distruggere tutto e tutti quelli a cui tenevo.

«Non voglio essere una guastafeste,» sussurrai tra i capelli setosi di Quoth. «Ma credo che i nostri problemi siano solo all'inizio.»

35

«Pensavo che non avresti mangiato nulla di quel cibo dell'ospedale,» mormorò Heathcliff mentre saliva barcollando i gradini della Nevermore, tenendomi in braccio. «Avevi detto che era, e ti cito, "così disgustoso che piuttosto berrei i frullati Flourish".»

«Confermo.» Strinsi la presa intorno al suo collo.

«Allora perché pesi di più adesso di quando sei entrata?»

«Ehi! Mi dispiace.» Gli diedi un buffetto sul braccio. «La colpa è di Morrie. È lui che continuava a introdurre di nascosto tutti quei cioccolatini e i pasticci di maiale.»

Morrie fece un inchino. «Sono qui per servire.»

«Sto solo scherzando.» Le labbra di Heathcliff mi sfiorarono il collo. «Sei più bella che mai.»

Mi si gonfiò il cuore. Morrie salì di corsa i gradini per tenere aperta la porta. Heathcliff mi portò oltre la soglia. L'odore di carta, cuoio vecchio, polvere e peli di gatto mi riempì i pori. *Libreria Nevermore.* Era così bello essere tornata.

«Benvenuta a casa,» mi disse Quoth con un sorriso. Effettivamente, ora era la mia casa, in tutti i sensi. In ospedale, i ragazzi mi avevano chiesto di trasferirmi di nuovo da loro (in realtà, Heathcliff lo aveva preteso, Morrie aveva cercato di convincermi a suon di lusinghe, e Quoth non aveva detto nulla, ma aveva fatto un piccolo sorriso di speranza, e io ero diventata creta nelle loro mani), e ora non potevo rifiutare. Jo era fantastica, ma tra gli insetti, le ricostruzioni di scene del crimine e gli esperimenti sui veleni in frigorifero, essere la sua coinquilina era un vero incubo.

Per la prima volta, io, Mina Wilde, andavo a convivere. Con *i miei* partner. Era una cosa grande e spaventosa, ma anche perfetta. Non sapevo cosa mi riservasse il futuro, ma ero certa che non mi importava più cosa il mondo pensasse di me e della mia storia. Eravamo innamorati e ne andavamo fieri, e se la gente aveva dei problemi, poteva comprarsi da leggere altrove.

Per favore, non acquistate libri altrove.

«Abbiamo qualcosa da mostrarti,» disse Morrie, salendo le scale davanti a noi. Quoth rimase al mio fianco, come se mi fossi ferita alle gambe invece che alla gola. Morrie mi trascinò nella sua stanza e spalancò la porta.

«Non sono sicura che sia il momento giusto per...» Le parole mi si bloccarono in gola.

La stanza era stata completamente trasformata. Erano sparite le pareti bianche e i moderni mobili di ispirazione industriale. Al posto del letto di ferro di Morrie con gli angoli tesi e perfetti come nei letti da ospedale, e al posto del porta abiti con file di scarpe ben abbinate e del porta attrezzi BDSM, c'era un letto nuovo di zecca con una struttura in ferro nero, coperto da un lussuoso piumone e da montagne di cuscini neri e rossi. Sulla parete dietro il letto c'era un'enorme scultura in ferro dipinta in argento spazzolato: tre pannelli, ognuno dei quali raffigurava la scena stilizzata di un romanzo. Una grande casa di campagna nella brughiera; due poltroncine una di fronte all'altra davanti al camino, una lente d'ingrandimento, una pistola e una pipa sul caminetto; e un corvo seduto su un busto.

«L'ha fatto Quoth,» mi spiegò Morrie, mentre io salivo sul letto per passare le dita sul metallo.

«Pensavo che ti sarebbe piaciuto qualcosa di tattile,» mi disse Quoth tenendomi la mano. Sembrava preoccupato. Gli gettai le braccia al collo.

«Ma... ma...» Non riuscivo a formulare parole. Era tutto così... così perfetto. «Hai rinunciato alla tua stanza per me?»

«Per noi.» Morrie passò le braccia intorno a Heathcliff e Quoth.

«Ma voi dove dormirete?»

«Oh, bellezza, con te in casa non ho intenzione di dormire affatto.» Morrie aveva gli occhi che brillavano.

Lo presi tra le braccia e lo attirai a me per un bacio profondo e senza fiato. «Era una domanda seria,» dissi quando mi allontanai per prendere aria.

«Ho trasformato un ripostiglio del primo piano in una camera da letto,» spiegò Morrie. «In pratica ci sta un letto solo, ma sto riponendo i miei vestiti e altri oggetti nella stanza di Quoth. È solo una cosa temporanea, finché non riuscirò a mettere insieme i soldi per buttare giù questi muri e creare una stanza grande per tutti. E poi abbiamo un'altra sorpresa.»

Morrie mi trascinò nel corridoio e spinse la porta del bagno. Io voltai la testa dall'altra parte. «Non aprirla! Non sai quali orrori potrebbero uscire da lì!»

«Smettila di essere così tragica.» Heathcliff mi costrinse a guardare. «Non è così brutto come pensi.»

«L'ultima volta che ho aperto la porta, puzzava come se ci fosse un cadavere...»

Rimasi senza fiato. Il bagno, un tempo sporco, *brillava*. Piastrelle di marmo nuove di zecca circondavano una bellissima vasca da bagno in rame con il bordo stondato e un lavabo bianco immacolato. Soffici asciugamani color crema pendevano da una rastrelliera di rame e un armadietto nero opaco nell'angolo conteneva ogni sorta di prodotti da bagno dall'aspetto delizioso. Accanto al lavabo c'era un portaspazzolino a forma di teschio. Sembrava il bagno di un hotel di lusso.

«È fantastico,» sussurrai. «Ma tra una settimana sarà pieno di muffa e ragni...»

«No, se ci atteniamo a questo,» esclamò Quoth indicando una tabella appiccicata sul retro della porta del bagno. Su di essa c'era un programma di pulizia codificato a colori. I ragazzi l'avevano già compilata con i loro nomi.

Mentre li abbracciavo mi scendevano le lacrime. Avevano fatto tutto ciò per me. *Per noi.* Erano davvero presi. Come potevo dubitare che non volessero far parte del mio harem? Volevano che quello che avevamo durasse per sempre, proprio come lo volevo io.

«Vi amo tanto,» sussurrai.

La bocca di Heathcliff trovò la mia, calda e bisognosa. Il suo petto largo mi premeva addosso. Dietro di me, Morrie mi sfiorò l'orecchio con le labbra, passandomi i denti sulla pelle finché non reagii con un brivido. Quoth mi posò una scia di baci leggeri e svolazzanti lungo il collo mentre mi abbassava il top e mi scopriva la spalla. Uscimmo dal bagno e crollammo sul mio letto nuovo di zecca, con le molle che gemevano sotto il nostro peso mentre mi facevano rotolare e...

Al piano di sotto, il campanello del negozio tintinnò.

«Vaffanculo!» Heathcliff urlò. Io gli misi una mano sulla bocca.

Li baciai a turno mentre mi risistemavo il top. «C'è un sacco di tempo per questo, più tardi. Abbiamo dei clienti!»

Scesi le scale di corsa, ansiosa di vedere chi fosse entrato. Sarebbe stato qualcuno che cercava di venderci una prima edizione di Oscar Wilde, o un altro idiota che confondeva E. L.

James con M. R. James (non è un errore che vorrei fare, personalmente).

«Benvenuti alla Libreria Nevermore,» esclamai con un sorriso mentre giravo le scale e scorgevo una figura accanto alla porta d'ingresso. «Come posso aiutarvi oggi?»

La figura si voltò. Riconobbi immediatamente il volto stoico dell'ispettore Hayes, con la sua barba brizzolata. Dietro di lui, la sergente Wilson aveva girato l'angolo. «Salve, ispettore Hayes, posso aiutarla a trovare un libro? Abbiamo una sezione di True Crime piuttosto interessante...»

«Temo di non essere qui per un libro, Mina.» Hayes fece un cenno alla Wilson, la quale alzò un paio di manette e le schiaffò soddisfatta sui polsi di Morrie. «Siamo qui per arrestare James Moriarty perché sospettato di omicidio.»

CONTINUA

Morrie viene arrestato perché sospettato di omicidio. Mina sa che il Napoleone del crimine è innocente, ma come può dimostrare che il suo truffatore preferito è stato incastrato? Scopritelo nel libro 5 dei misteri della Libreria Nevermore, *Versi e Capoversi*.

http://books2read.com/proseandconsitalian

Non ne avete mai abbastanza di Mina e dei suoi ragazzi?
Leggete gratuitamente una scena alternativa dal punto di vista
di Quoth e altre scene bonus e storie extra iscrivendovi alla
newsletter di Steffanie Holmes.

http://www.steffanieholmes.com/newsletteritalian

DALL'AUTRICE

Spero che questo mistero con Mina e il suo harem vi sia piaciuto. Io mi diverto molto a scrivere questa serie e a inventare nuovi omicidi.

Il prossimo giallo, *Versi e Capoversi*, è in uscita (http://books2read.com/proseandconsitalian). Mi dispiace per il ritardo, ma vi assicuro che è stato per una buona causa. Mio marito e io abbiamo festeggiato dieci anni di matrimonio con un viaggio a Wacken, il festival tedesco heavy metal dove avevamo trascorso la luna di miele (non siamo tipi da relax in spiaggia), e poi con un'avventura tutta nostra attraverso l'Europa dell'Est. Ho fatto alcune importanti ricerche per una nuova serie che verrà lanciata a breve, oltre a visitare alcuni importanti siti legati all'acerrima nemesi di Mina, il Conte Dracula.

Vorrei ringraziare la mia fantastica famiglia di amici scrittori, alias i Pervertiti Professionisti, per avermi mantenuta sana di mente mentre finivo questo libro prima del mio viaggio. Grazie a Bri, Katya, Elaina, Kit, Jamie ed Emma per tutte le risate e l'amore. E ad Amanda per la fantastica copertina. Sei una dea.

E un grande applauso ai miei compagni di avventura: Gronk, Olya, Amy, Tony, Allan, Ian, Lee, Chrissy, Eli, Bree e il mio fantastico irascibile marito batterista. Non vedo l'ora di fare altre avventure europee con voi!

Alla prossima!

Steffanie

INFORMAZIONI SULL'AUTRICE

Steffanie Holmes è autrice bestseller di *USA Today* e scrive romanzi dark, gotici e peccaminosi. I suoi libri sono caratterizzati da eroine intelligenti e spiritose, società segrete, antiche dimore da brivido e maschi alfa che ottengono *sempre* ciò che vogliono.

Ipovedente dalla nascita, Steffanie ha ricevuto il premio Attitude Award for Artistic Achievement nel 2017. È stata anche finalista del premio Women of Influence 2018.

Steff è anche la creatrice di *Rage Against the Manuscript*: una fonte di contenuti, libri e corsi gratuiti per aiutare gli scrittori a raccontare storie, a trovare lettori e a costruirsi una carriera di scrittori rampanti.

Steffanie vive in Nuova Zelanda con il marito, la loro collezione di spade medievali e un'orda di gatti irascibili e.

Newsletter di Steffanie Holmes

Iscrivendoti alla newsletter di Steffanie Holmes riceverai una copia gratuita di *Cabinet of Curiosities:* un compendio di racconti e scene bonus scritte da Steffanie Holmes, compresa una scena bonus della Libreria Nevermore.

www.ingramcontent.com/pod-product-compliance
Lightning Source LLC
Chambersburg PA
CBHW061618190726
48288CB00007B/2381